小虎妻智求多福 1

風文創 1220

途圖 著

目錄

序文

途圖

故事和「勇氣」這個話題有關。

大部分人的勇氣，來自於自己的原生家庭。

有人說，美好的童年能治癒一生，而痛苦的童年要用一生來治癒。原生家庭能塑造一個人的性格，讓人變得正向自信，抑或膽怯懦弱。不同的性格可能帶來不同的際遇，遇到不同的人，走上不同的路，繼而擁有不同的人生。

年少的時候，總有人問，我們長大之後想成為什麼樣的人，卻沒有人能給我們答案。也許每個人都有自己的理想人格，但不是人人都能活成理想的樣子。很多時候，我身邊的朋友面對質疑、不公、傷害，卻不敢直率坦蕩地表達，因為沒有勇氣，因為心裡有太多質疑和雜音——

「沒關係的，忍一忍就過去了。」

「大事化小，小事化了，對誰都好。」

「何必與人一般見識？算了吧。」

剛剛燃起的勇氣，一旦被冷水無情澆下，就可能灰飛煙滅。

我忍不住想，人情俗世的桎梏到底是從哪裡來的？是原生家庭的束縛，還是現實的敲打與牽制？

這所有的一切，共同織成了一張巨大的、看不見的網，將我們牢牢籠罩在裡面。日復一日，循規蹈矩，忍氣吞聲，直到磨去所有銳氣，我們就成了那個勸誡別人的人——「算了吧，忍一忍。」

所以，我格外想寫一位充滿勇氣的主角，無論她面臨什麼困境，都能堅韌、樂觀地面對；碰上不公能直言不諱，遇見不平會見義勇為。她當擁有恣意、熱烈、自由的人生，於是便有了這個故事。

這世界或明或暗，每個人都要做自己的燈。願讀者也心明眼亮，享受美好的光。

第一章

靖軒二十四年冬，京城剛下完一場雪。

屋頂白皚皚一片，雪霜逐漸匯成冰稜，掛在屋簷。寒風一吹，冰稜便斷裂開來，悄無聲息地沒入泥裡。

雲泥之別，不過朝夕。恍若京城中的局勢，此起彼落，暗湧不絕。

入夜之後，風颳得更狠了些。

常平侯府裡，侍女思雲小心地護著明滅不定的燈籠，將光湊到身旁的年輕婦人身前，為她照明腳下路。

「少夫人，仔細足下。」

黃若雲的神色有些焦急，一面走、一面問道：「當真醒來了？」

思雲回答。「回少夫人的話，咱們姑娘確實醒了，但不知怎的……奴婢總覺得姑娘有些奇怪。」

黃若雲聽了這話，頓時不安。「哪裡奇怪？」

思雲壓低了聲音。「姑娘似乎不認得咱們了！」

黃若雲微微一驚，抿住唇角，提裙疾走，很快便進入前面的聽月閣。

侍女慕雨正立在臥房門口，著急地來回踱步，一見黃若雲到了，立即福了福身。

「少夫人，您總算來了。姑娘她……她不太好……」說著，眼眶竟紅了。

黃若雲道：「先別著急，大夫怎麼說？」

慕雨吸了吸鼻子。「大夫說，姑娘昏厥的工夫太長，可能傷了腦子。所以醒來後，便什麼都不記得了。」

黃若雲秀眉微蹙。「妳的意思是，晴晴失憶了？」

慕雨道：「不僅如此，姑娘醒來之後，問奴婢如今何年何地，奴婢答了，她又讓奴婢去取當朝律例典籍。您也知道，咱們姑娘一貫是讀《女則》、《女訓》，頂多再看些詩詞歌賦，哪裡讀過什麼律例呢？」

黃若雲心頭一沈。「容我看看再說。」

慕雨忙不迭點頭，為黃若雲推開臥房的門。

黃若雲著急地邁入內室，便聞到一股淡淡的藥味。

床幔半斂，身形單薄的少女正靠坐在床榻上，墨色長髮隨意攏在身後，勾勒出極美的側臉，纖長手指正捧著一本厚厚的《大靖律典》，看得投入。

黃若雲低聲喚道：「晴晴？」

少女聞聲，轉過臉來。

她面容蒼白，但神情冷靜，打量黃若雲一下，朝慕雨投去詢問的目光。

慕雨忙道：「姑娘，這位是少夫人，也是您的嫂嫂，在府中與您最是親近。」

寧晚晴見對方五官秀麗、氣質溫婉，一雙好看的柳葉眉微微蹙起，略帶病容的面上滿是擔憂，便點了下頭。

「嫂嫂。」

聲音禮貌卻不失清冷，感覺與以往那個羞澀嬌弱的小姑娘截然不同。

黃若雲在榻邊坐下，溫言道：「妳醒了就好。可有哪裡不適？」

不適？那太多了。

寧晚晴本來是個年薪百萬的金牌律師，剛剛結了個大案子，得到一筆不菲的代理費，正在美滋滋地休假呢，卻不小心撞傷了頭，迷迷糊糊醒來之後，就到了這裡。

穿越後，她試著與照顧她的侍女攀談，這才確認自己來到了一個連史書上都沒有的架空朝代，不過，看眾人的衣著打扮，與宋朝倒是有幾分相似。

方才，她粗略翻了翻《大靖律典》，雖然這個朝代依舊階級森嚴，男尊女卑，但也勉勉強強算是一個法治社會。

黃若雲見寧晚晴不語，輕聲問：「晴晴？」

寧晚晴收起思緒。「沒什麼大礙……就是有些頭疼，很多事想不起來了。」

她說的是實話，屬於原主的記憶復甦得很慢，導致她頭昏腦脹。況且，如此猝不及防地穿越到陌生時空，最安全的自保之法，便是「失憶」。

黃若雲繼續問：「妳可還記得自己為何暈厥？」

寧晚晴搖頭。

黃若雲神色複雜地看寧晚晴一眼。「想不起來就算了。晴晴別怕，大夫開了藥，興許吃兩日就能恢復。

「兩日前，妳的兄長已經從西域啟程，不日將抵達京城。若還有不順心的事，千萬不要鑽牛角尖，我們定會為妳作主。」

寧晚晴聽得一知半解，只得頷首。「好。」

黃若雲說罷，站起身來，替她拉了拉被子。「今夜，要不要嫂嫂在這裡陪妳？」

寧晚晴有些意外，對上黃若雲的眼神，目光誠摯，便知黃若雲是真的關心她。但她畢竟與黃若雲不熟，遂道：「多謝嫂嫂，不必了，我想一個人靜一靜。」

黃若雲也沒再勸。「那好，妳安心休息。」叮嚀完，轉身離開了。

思雲和慕雨送黃若雲出來。

掩好門後，黃若雲低聲問道：「二房那邊知道晴晴醒來的事嗎？」

一提起二房，慕雨就面露憤慨。

「奴婢還沒告訴他們。今日若不是二房的堂姑娘拿太子的事說嘴，也不會惹得咱們姑娘這麼傷心，更不會一時衝動就……後來，堂姑娘聽說咱們姑娘出事了，嚇得躲在院子裡不敢出來，二房上下跟著裝糊塗，好像這事與他們無關似的，這算是什麼道理?!」

思雲也忍不住道：「若是侯爺和將軍在，他們才不敢這麼欺負咱們。」

黃若雲聽了，亦憂心忡忡。

寧夫人去世得早，常平侯寧暮與長子寧頌駐守西域，京城中的家業由二房打理。二老爺寧遂兩耳不聞窗外事，只愛弄鳥養魚，侯府上下便是二夫人說了算。

黃若雲嫁到侯府後，寧侯爺曾打算將中饋之權交給兒媳，但黃若雲無意爭搶，身子又不太好，就婉拒了。

孰料，日子久了，二房見寧侯爺和寧頌長年不在京城，開始作威作福。

平日小打小鬧也就罷了，黃若雲不願讓寧頌在領兵之餘，還掛心後院之事，一直忍氣吞聲。但二房長女寧錦兒這般欺負寧晚晴，饒是性子溫和如她，也忍不住生氣了。

可生氣歸生氣，公爹、官人都不在身邊，她又是一個外姓人，有什麼資格指責二房呢？

黃若雲嘆了口氣。「這次錦兒做得太過了，二房居然也不管管。待官人回來，定要讓他們給個交代。」

思雲道：「今日多謝少夫人了。若沒有少夫人去請大夫，只怕我們姑娘……」

黃若雲搖搖頭。「晴晴是官人的妹妹，自然也是我的妹妹，我照顧她是應該的。雖然她已經醒了，但我瞧著氣色還有些差，今夜若有什麼情況，立即來悅然軒尋我。」

思雲和慕雨低聲應是。

待黃若雲走後，慕雨望著她的背影，忍不住嘆道：「少夫人這麼好，居然沒有孩子，真是可惜。」

思雲聽罷，面上也浮起一絲惋惜。「罷了，咱們先去看看姑娘吧。」

內室裡，寧晚晴已經合上了《大靖律典》。

初來乍到，她居然成了一介法盲，真有點不習慣。

寧晚晴下了床榻，不疾不徐地套上絲履，來到銅鏡面前。

燈光勾勒出優美的輪廓，依然是前世那張臉，但映在鏡框裡，又多了幾分古典的韻致。

寧晚晴端詳著自己，目光掠過脖頸時，眸色一頓。

修長白皙的脖頸上，居然有一道猙獰的紅色勒痕。

寧晚晴不由撫上紅痕，腦中瞬間掠過幾道殘存的影像，耳邊彷彿聽見熟悉又陌生的呼救聲，一時之間汗毛直豎，心下駭然。

慕雨一進門，發現寧晚晴神色驚懼地坐在鏡子前，連忙三步併作兩步奔過來。

「姑娘，您怎麼了？」

思雲也道：「姑娘是不是不舒服？大夫還沒走，奴婢去請大夫來。」

寧晚晴定了定神，很快恢復冷靜，直視思雲和慕雨。「妳們先告訴我，我脖子上的紅痕是怎麼來的？」

「這……」思雲欲言又止。「姑娘，您的身子還沒養好，奴婢先扶您回榻上休息？」

寧晚晴聽思雲言詞閃爍，又看慕雨。「妳說。」

慕雨是個直腸子，本來就憋了一肚子的氣，被寧晚晴這麼一問，便開口道：「思雲，妳還瞞著姑娘做什麼？姑娘失憶了，若她什麼也不清楚，又著了二房的道怎麼辦？」

思雲張了張嘴，最終輕嘆一聲。「姑娘，不是奴婢有意瞞著您，奴婢實在擔心，若您憶起今日之事，又會想不開。」

寧晚晴眼皮一跳，不可置信地問：「難不成，我是自縊？」

思雲和慕雨相視一眼，齊齊點頭。

這些年，寧晚晴接觸過無數案子，萬萬沒想到會遇上原主自殺。

她思索了一會兒，道：「今日到底發生了什麼事，一五一十地告訴我。」

思雲道：「此事得從姑娘與太子殿下的婚約說起。姑娘是侯爺的掌上明珠，七年前，官家便為姑娘和太子殿下賜了婚。」

寧晚晴猜到原主的出身非富即貴，不承想好到了這個地步，便點點頭。

「說下去。」

「自半年前開始，宮裡和咱們府裡開始籌備太子和姑娘的大婚。這原是天大的好事，但前陣子，東宮出了一樁大事……」

寧晚晴追問道：「什麼大事？」

思雲繼續道：「城中有一間樂伎館，名叫扶音閣，裡面有個小有名氣的歌姬，喚作鶯娘。十幾日前，鶯娘忽然去官府門前大敲登聞鼓，狀告太子殿下對她不軌，要求法辦太子！」

寧晚晴雖是冷靜，聽到這話也有些意外。「一介歌姬竟然敢告太子，可有實證？」

慕雨接過思雲的話頭。「聽說鶯娘是在扶音閣後院被迷暈的，醒來之後發現自己失了清白，身旁有太子殿下遺落的玉牌。」

寧晚晴又問：「她如何識得是太子殿下的玉牌？」

慕雨道：「鶯娘是扶音閣的紅牌，之前接待過不少達官貴人，與太子殿下有一面之緣。她見太子殿下戴過這枚玉牌，所以一口咬定，是太子輕薄了她。且事發當天，太子確實去過扶音閣，如此一來，便說不清了。」

寧晚晴總覺得有些奇怪，按常理推斷，若太子真要犯案，怎會如此不小心，將玉牌遺留在案發現場？

「後來如何了？」

「事關太子，並非京兆尹或刑部審得了的，便捅到上頭，惹得官家雷霆大怒，當夜安排三司會審。會審之後，發現這玉牌雖是太子的，可人證只見到太子進入扶音閣後院，沒有親眼目睹犯案，不好直接判太子的罪。那幾日，京城的街頭巷尾都在議論這件事，堂姑娘便開始對姑娘冷嘲熱諷。」

寧晚晴沈吟。「如今可曾宣判？」

「判了！鶯娘得知查證無果，在公堂上尋死覓活，東宮的幕僚站了出來，說那玉牌是太子賞給他的。當日，他也在扶音閣，多喝了幾杯，犯下糊塗事，事後不敢告訴太子，見事情越發嚴重，這才出來自首。」

「如此一來，人證物證俱在，幕僚被判了流放，事情才慢慢平息。太子雖然無辜，但也少不得被說是御下不力，不堪大任……」

「慕雨！」思雲連忙打斷她，對寧晚晴道：「姑娘，這些都是我們聽來的閒話，未必是真的。平日堂姑娘便與姑娘不睦，才借題發揮。」

寧晚晴未置可否，沈默片刻。「這件事，與我『自縊』有什麼關聯嗎？」

慕雨嘆氣。「姑娘，您就是性子太好了，總是任堂姑娘欺負。今日堂姑娘說那東宮幕僚八成是太子的替罪羊，太子私德有虧，如果姑娘還要嫁給太子，便是趨炎附勢，唯利是圖。姑娘當場就被氣哭了，將堂姑娘趕走之後，把自己關在房中，待下人來送湯時，才發現您已經……」想起下午那駭人的一幕，依舊心有餘悸。

寧晚晴秀眉微蹙。「妳的意思是，我與寧錦兒爭執後，就想不開自縊了？」

慕雨點頭。

思雲安慰道：「姑娘，您千萬別往心裡去。堂姑娘是嫉妒您即將成為太子妃，故意說話氣您。您再生氣、再傷心，也不可再尋短見了。」

寧晚晴看向思雲。「原主……我是說，我失憶之前，經常被寧錦兒欺負嗎？」

思雲點頭，神情有些心疼。「是啊，姑娘就是太乖順、太懂事了，受了委屈也不肯說。若是早些告訴侯爺和公子，二房如何敢這般放肆？」

「不對。」寧晚晴脫口而出。

思雲一愣。「哪裡不對？」

「我再軟弱可欺，好歹是侯府的正經主子，撇開歌姬案不談，只要婚約沒有解除，不日便會成為太子妃。大婚在即，寧錦兒怎麼敢來招惹我？」

思雲答道：「因為侯爺聽聞了歌姬案，想重新考慮姑娘的婚事。侯爺走不開，便遣公子回京，不想人還沒到，就出了這樁事。堂姑娘定是聽到風聲，以為姑娘嫁不成了，這才幸災樂禍。」

寧晚晴陷入沈思，從思雲和慕雨的表述來看，寧錦兒並不希望她成為太子妃。畢竟，誰會希望自己看不慣的人身居高位呢？

「方才妳說有人來送湯，那是什麼人？」

慕雨道：「是堂姑娘的乳母王嬤嬤。當時姑娘心情不好，沒讓我們進屋伺候，王嬤嬤來送湯時，說是堂姑娘自覺方才的話不妥，又拉不下臉，她便過來賠個不是，我們才讓她進去的。但沒一會兒，就聽到了她的尖叫聲……」

思雲若有所思。「今日我們忙著救治姑娘，沒來得及深想，如今回憶起來，疑點頗多。

堂姑娘到底與姑娘說了什麼？王嬤嬤進門時有沒有別的異狀？我們都不清楚。出了這麼大的事，二房居然充耳不聞，甚至心虛地想撇清干係。就算去問，恐怕也問不出什麼來。」

慕雨有些著急。「難道就這麼算了？我們要不要去報官？」

「不可。」寧晚晴沈聲道：「眼下兄長還沒有回來，不要打草驚蛇。」

慕雨這才定了定神，聽話地點頭。

寧晚晴沒說出口的是，方才觸摸脖頸紅痕的那瞬間，心頭掠過的駭然，和腦海中殘存的記憶，很可能來自於原主——那是她生命最後一刻的掙扎！

若原主並非自縊，而是遭人謀害，那此事就不簡單了。

思雲問：「姑娘，現在我們該怎麼辦？」

寧晚晴沈吟片刻。「兄長何時到京城？」

思雲想了想，回答。「西域離京城甚遠，至少得花上五、六日。」

寧晚晴微微頷首。「今日之事，我心中有數了。眼下還有一件重要的事……」

思雲溫言道：「姑娘有何吩咐？」

寧晚晴淡然開口。「幫我把侯府家規、族譜和人事名冊取來。」

有些事，是該好好理一理了。

第二章

翌日一早，寧晚晴還在睡，便聽見院子裡傳來一陣凌亂的腳步聲，繼而響起侍女嘰嘰喳喳的說話聲。

寧晚晴坐起來，喚道：「思雲。」

外面的說話聲立即歇了，吱呀一聲，門被推開，思雲出現在門口。

「姑娘醒了？」

「外面出了什麼事？」

思雲走進來，低聲回答。「慕雨去後廚煎藥，聽說與春杏起了爭執，被扣下了。少夫人得到消息，已經先趕過去。」

寧晚晴問：「春杏是誰？」

思雲扶著寧晚晴下了床榻。「是王嬤嬤的女兒，也是家生子。因為王嬤嬤是堂姑娘的乳娘，在二房能說得上話，所以春杏總不把旁人放在眼裡。」

寧晚晴點頭。「去看看。」

後廚門前的院子裡，擠滿了看熱鬧的下人。

門口的臺階上，破碎的瓷片七零八落散著，一片狼藉。風一吹，滿院子都是苦澀藥味。天還下著小雪，慕雨的裙上染了一大片藥汁，但她顧不得擦，憤怒地拉住春杏的胳膊。

「昨日妳家姑娘欺負我家姑娘，今日妳又來打翻我家姑娘的藥，若不向我家姑娘賠禮道歉，就不許走！」

春杏一把推開慕雨，翻了個白眼。「妳是什麼東西，我憑什麼聽妳的？再說了，妳哪隻眼睛看見我打翻藥碗？」

慕雨氣道：「不單我看見了，他們不也看見了嗎?!」一指圍觀的奴僕。

春杏輕哼一聲。「誰呀？站出來讓我瞧瞧。」說罷，掃視眾人一眼。

這一眼充滿了警告的意味，不少人沈默地低下了頭。

慕雨氣不打一處來。「方才你們明明看見了，是春杏故意撞我在先，怎能裝聾作啞？」一個燒火丫鬟正要開口，卻被旁邊的廚子生生拉住。如今府中是二房執掌中饋，春杏又是堂姑娘的貼身丫鬟，他們哪敢得罪？

春杏見無人敢說話，不禁得意起來。「瞧見了吧？是妳自己沒用，怪不得旁人。也對，主子軟弱，下人自然也是無能。」

慕雨氣得面色發白，指著春杏。「妳竟敢詆毀我家姑娘，真是反了！」

春杏嗤笑。「哎呀，我哪敢詆毀二姑娘？二姑娘可是紙糊的心，一個不高興，萬一又想不開，可怎麼辦？」

「放肆！」

眾人回頭看去，是黃若雲在侍女的攙扶下走來。

慕雨見到黃若雲，連忙福了福身。「少夫人來得正好，春杏不但故意撞翻姑娘的藥，還對姑娘出言不遜。」

黃若雲目光清冷，落在春杏身上。「春杏，可有此事？」

春杏不慌不忙道：「少夫人可不要聽慕雨的一面之詞，我一個奴婢，哪敢對主子出言不遜？這藥碗明明是慕雨自己沒端好，想逃過二姑娘的責罰，才栽到我頭上。」

「妳胡說！」慕雨急忙反駁。「分明是妳故意找碴，羞辱我事小，但妳對姑娘不敬，該用家規處置。」

春杏陰陽怪氣地笑了起來。「妳說家規就家規？笑話！少夫人，慕雨故意為難我，您可要明辨是非，不要冤枉了好人。」

黃若雲道：「是非對錯，我自有分辨；妳以下犯上，卻是眾目昭彰。不罰妳，便是壞了規矩。」轉頭喚人。「姜勤，把她帶走。」

春杏沒想到平日柔弱多病的黃若雲會這般硬氣，一時慌了，忙道：「我是二房的奴婢，打狗還得看主人呢。少夫人要動我，合該問過我們二夫人才是。」

黃若雲不理會她，而姜勤身為侯府的侍衛長，早已看不慣二房的所作所為，今日得了命令，一出手便毫不留情，直接將春杏架走了。

就在眾人以為事情就此收場，二房夫人吳氏和寧錦兒到了。

吳氏年過四十，依舊保養得極好。天寒地凍的天氣，她卻穿了一件水紅色的刺繡襖子，烏髮上金釵奪目，貴氣逼人。不知道的，還以為她才是府中主母。

春杏一見到寧錦兒，彷彿見到了救命稻草。「二夫人，姑娘，救救我！」

寧錦兒沒說話，暗暗扯了扯吳氏的袖子。

吳氏長袖善舞，見到黃若雲派人拿下春杏，面不改色地開了口。「春杏，妳這死丫頭，到底做了什麼蠢事惹少夫人生氣？」

春杏忙道：「二夫人容稟。大房的侍女慕雨冤枉奴婢，但少夫人不聽我分辨，非要處罰奴婢，二夫人可要為奴婢作主啊。」

慕雨氣結。「妳這顛倒黑白的狗東西！」

吳氏横了慕雨一眼，語氣狠辣。「我和少夫人說話，哪有妳插嘴的份？」

慕雨一頓，只得先把心頭的怒氣壓下。

黃若雲道：「嬸娘，您這奴婢不但撒謊成性，還侮辱主子，理當處罰。」

吳氏微微一笑。「若雲說得是。既然她是二房的下人，不如交給我，我帶回去好好教訓一番。」

黃若雲知道吳氏定然想大事化小，小事化了，遂道：「此事非同小可，理當按照家規，公開處置，以儆效尤。」

此言一出，吳氏面色立時變了，寧家後院一向是她說了算，什麼時候輪到黃若雲來指手畫腳？

吳氏扯了扯嘴角。「春杏不過是個奴婢，妳是堂堂侯府少夫人，何必與她計較？沒得失了身分。」

這話一出，若黃若雲再計較，便顯得小氣了。

黃若雲還沒應聲，一旁的姜勤卻看不下去了，直著性子道：「春杏如此行事，二夫人就不怕丟了侯府的臉面嗎？」

他說話不講情面，又高出吳氏一個頭，這種壓迫感讓吳氏更加不悅，冷眼看他。

「姜勤，你的職責是護衛侯府，不是摻和後院之事。若再越俎代庖，不如去後廚當個伙夫吧。」

這話刻薄至極，姜勤抿緊了薄唇，可礙於吳氏是主子，不能出言反擊，只如鐵鉗般扣緊春杏的胳膊，不放她走。

吳氏又轉向黃若雲，幽幽道：「若雲，今日之事本屬後院之爭，我既然掌家，便責無旁貸，春杏丫頭還是由我處置為好。至於慕雨，連主子說話也敢插嘴，應該隨我回去，好好學一學規矩才是。」

話音落下，吳氏身旁的小廝們就要過來拿下慕雨。

黃若雲冷聲道：「嬸娘莫要欺人太甚。」

吳氏笑了笑。「若雲誤會了，嬸娘哪是欺負妳，我這是體恤妳啊。妳嫁過來也三年了，可身子一直不見好，該少操些心，好好調理。只要身子好了，何愁子嗣？」

黃若雲身形僵住，心驟然痛了一下。

她與寧頌成婚三年，身子時常不爽，需要飲湯用藥，子嗣之事十分艱難。吳氏這話，簡直是往她傷口上戳。

黃若雲本就身子虛弱，昨夜因擔心寧晚晴的事，睡得並不安穩，一早冒著風雪過來，已是體力難支，被吳氏這麼一嗆，一口氣堵在胸口，竟劇烈地咳嗽起來。

「瞧瞧，咳得這麼厲害，還是早些回去休息。以後府中之事，妳就不必費心了。」

吳氏說罷，一揚手，小廝們便箝住了慕雨。

慕雨不斷掙扎。「放開我！」

眼看小廝要將慕雨拉走，黃若雲咳得越發劇烈。「不……咳咳咳……」

姜勤未得黃若雲的首肯，自是不願放了春杏，見小廝們圍上來，正要拔刀，卻聽見一道清越的聲音響起——

「要動我的人，嬸娘怎麼也不問問我的意思？」

眾人應聲看去，一名少女立在月洞門前。

少女膚白勝雪、眼眸烏靈，月白裙襬隨風微曳，就這麼靜靜站在那裡，漫天雪景都成了她的陪襯。

不是二姑娘寧晚晴又是誰？

黃若雲愣了一下，忍住咳嗽道：「晴晴，妳怎麼來了？」

「聽思雲說這邊出了點事，過來看看。」寧晚晴逕自走向黃若雲，見她唇無血色，便問：「嫂嫂如何了？」

黃若雲搖搖頭。「我沒事，老毛病了。」

吳氏開口。「晚晴來得正是時候，快扶妳嫂嫂回屋休息吧。」

寧晚晴瞥她一眼。「怎麼，這後廚嬸娘來得，我卻來不得？」

吳氏微微一頓，這受氣包平日悶聲不響，今天居然敢當眾頂撞她？

吳氏在府中權勢蓋天，怎能失了面子，便端起長輩的架子。「我這麼說，是為了妳嫂嫂好。妳身為大房的姑娘，怎麼這般不懂事？」

寧晚晴笑了笑。「說到不懂事，我倒要問問，今日是誰不懂事在先？」說罷，目光掠過春杏。

這冷冷的一眼，讓本就害怕的春杏不寒而慄，往後面縮了縮。

吳氏並不想把事情鬧大，思量片刻後，揚起笑容，語氣也軟了幾分。

「對了，聽聞妳昨日險些遭了意外，嬸娘還想去探望呢，而今見妳沒事，真是上天保佑。不過是姊妹之間的拌嘴，莫要太認真，小心傷了自己。現在最要緊的，便是放寬心思，籌備大婚，何必將工夫花在這些瑣碎之事上呢？」

寧晚晴掃了吳氏一眼，這人三言兩語便將昨日之事歸咎成意外，將二房撇得一乾二淨。若是她沒有穿越而來，原主豈非白白搭上一條命？

「我的大婚，外有東宮操持，內有嫂嫂為我準備，實在不必費什麼心思。倒是堂姊，如今都過了十八，親事還沒有著落呢，若誤了花期，可就麻煩了。嬸娘不該多操心操心自家女兒嗎？」

寧錦兒變了臉色。「寧晚晴，別以為妳要當太子妃了，就能耀武揚威！昨日妳說不過我，便要尋死覓活，今日又來……」

「錦兒！」吳氏立即打斷她。「自家姊妹豈有隔夜仇？昨日之事，以後不許再提了。」

寧錦兒似乎想到什麼，立即閉嘴，悻悻地躲到吳氏身後。

寧晚晴將她的神情盡收眼底，沒有多說，只道：「慕雨是我的人，我沒點頭，誰也不許帶走她。」

吳氏心知寧晚晴今日不會善罷甘休，道：「罷了，不過是些奴婢們的小事，可別傷了大房和二房的和氣。既然慕雨是妳的人，便由妳處置吧。」

小廝們應聲放開慕雨，慕雨踉蹌一下，回到寧晚晴身旁。

「多謝姑娘！」

寧晚晴打量慕雨一眼，只見慕雨半邊裙子染上髒污，看樣子是濕透了，不但冷得瑟瑟發抖，連手背都燙紅了一片，狼狽至極。

「等等。」

吳氏和寧錦兒正要帶著春杏離開，聞言疑惑地看著寧晚晴。「還有何事？」

寧晚晴道：「嬸娘與堂姊要走可以，春杏必須留下。」

春杏一聽便慌了，央求地望向吳氏。「二夫人……」

吳氏面色不悅。「晚晴，俗話說：『得饒人處且饒人』，妳何必緊咬不放？」

「無規矩不成方圓。」寧晚晴道：「嬸娘治家，難道靠的是俗話，而不是家規？」

此言一出，吳氏面色一垮，圍觀的下人們也忍不住面面相覷。平日乖順內斂的二姑娘，今天怎麼彷彿變了一個人似的？

吳氏細眼一挑，聲音也高了幾分。「妳這話是什麼意思？」

寧晚晴微微一笑。「嬸娘管家辛勞，我身為後輩，治理刁奴之事，就由我來為嬸娘分擔吧。姜勤——」

姜勤立即會意，一把拉過春杏。「走！」

春杏嚇得尖叫起來。「二夫人，姑娘，救救奴婢啊！」

吳氏沒想到寧晚晴會這般明目張膽地搶人，面色慍怒。「二姑娘這是要做什麼？我的管家權，可是侯爺親授的。」

「親授？」寧晚晴不慌不忙道：「可有文書？」
吳氏一愣。「侯爺金口玉言，哪裡需要什麼文書？」
寧晚晴道：「《大靖律典》有云，關於繼承一事，遵循的是『子承父分』、『妻承夫分』。也就是說，我父親不在的情況下，侯府家業應當是兄長作主。眼下兄長不在府中，便是兄長的妻子——我嫂嫂說了算。嬸娘若要府中的管事權，理應取得我父親的文書，蓋以私印，再請當地官府公證，方可生效。
「若無文書，那便是不合規矩。」寧晚晴一字一句道：「換句話說，嬸娘無權管理府中諸事。」
此話一出，周圍彷彿炸開了鍋。
「二夫人管家這麼久，居然名不正、言不順？」
「是啊，平日連二房的下人都鼻孔朝天，如今傻眼了吧！」
「可是二夫人的管家權，不是侯爺給的嗎？」
「誰知道？二姑娘還是侯爺的女兒呢，自然聽二姑娘的。」
下人們七嘴八舌，吳氏一張粉白的臉氣得發青，伸手指著寧晚晴。
「妳……等侯爺回來，我定然要叫他知道，他心中乖巧的小女兒，竟是這般狂悖無禮。還有妳兄長，若他知道妳成了這個樣子，定要訓斥。」
「好啊，待我父親和兄長回來，就算嬸娘不開口，晚晴也會把府中發生的一切說與他們聽。」寧晚晴語氣從容，甚至帶著一絲笑意。「看看他們會信誰的話。」

吳氏張嘴欲辯，又不知該說些什麼，只得將矛頭指向黃若雲。

「若雲，妳也不管管她？」

黃若雲虛弱一笑。「方才嬸娘不是讓我好好休養，不要再操心府中之事？」

吳氏頓時語塞。

姜勤一把箝住春杏，春杏卻抱著寧錦兒不肯撒手。「姑娘救我！」

寧錦兒也有些著急。「寧晚晴，妳到底要對春杏做什麼？」

寧晚晴淡淡道：「我瞧這刁奴有幾分演戲的天賦，先罰上一頓，再發賣到城中的戲班子去，可別埋沒了這一身本領。」

春杏一聽，立刻呼天搶地，但她欺負過的人太多，下人們見她被拖走，恨不得拍手稱快，竟無一人替她求情。

吳氏見寧晚晴一行人離去，氣得差點連帕子都擰爛了。

第三章

寧晚晴送黃若雲回了悅然軒。

黃若雲凍得手腳冰涼，直到進了屋，換了兩回手爐，面色才逐漸緩和。

「嫂嫂身子不適，為何還冒風雪出門？慕雨出了事，遣人來知會我一聲便是。」

黃若雲道：「無妨，我是妳嫂嫂，本就該照應妳。今日妳惹惱了二房，她們素來會搬弄是非，捕風捉影，我朝太子妃要求德行當先，只怕她們胡來，傷了妳的名聲。」

寧晚晴瞬間明白她的意思，常平侯府與東宮的聯姻十分重要，無數雙眼睛盯著，也有無數人嫉妒著。原主也好，黃若雲也罷，都害怕稍有不慎便落人口實，壞了這門親事。

「嫂嫂別擔心，今日之言，並非是我意氣之爭，而是二房欺人太甚，若是不反擊，她們只會變本加厲。不過，嬸娘和堂姊如此囂張，叔父卻不管管嗎？」

黃若雲搖頭。「叔父受傷之後，便退出軍中，只在家飼鳥養魚，與嬸娘鮮有話說。府中之事，更是充耳不聞。」

寧晚晴會意。「嫂嫂受委屈了。」

黃若雲無聲一笑。「不，能嫁給妳兄長，是我最大的幸事。這些年來，我一無所出，但他始終待我如一。我與他聚少離多，曾勸他納個妾室隨軍，他卻不肯。如今這般，我已十分知足，無論二房如何鬧，我都會好好守著家中，不替他添亂。」

「兄長這般相待，必然是愛重嫂嫂。」寧晚晴看著黃若雲的眼睛。「嫂嫂受了委屈不告訴他，有朝一日，他知情了，只怕會自責不已。」

黃若雲眸色微凝。「二房只是討些口舌便宜，我本也無意計較太多。」

寧晚晴繼續勸說。「二房行事跋扈，如未及時糾正，長此以往，恐怕會釀成大禍。昨日之爭端，雖然我不記得了，但嫂嫂試想，萬一沒人救醒我，府中該當如何？」

黃若雲思索。「若妳出了事，常平侯府與東宮的聯姻便會破局。」

「不錯，但還有一種可能。」寧晚晴沈聲道：「聽聞太子生母已經去世，僅有一個舅父駐守北疆，母族式微。他自然需要強有力的聯姻，來鞏固自己的地位。」頓了頓，又道：「而常平侯府，也需要東宮的支援。」

話音落下，黃若雲瞬間明白了她的意思。

常平侯寧暮統帥西凜軍，手握重權，可大本營終究扎根在西域，少不得有小人進獻讒言，企圖挑起君臣相疑。自古以來，「飛鳥盡，良弓藏」的例子比比皆是，所以寧家也需要一位重要的盟友，保自身無虞。

「試問，若我遭逢不測，我們府裡又需要這樁聯姻，結果會如何？」

黃若雲怔住。

到了那時，若常平侯府還想與東宮聯姻，便只能奏請換人——府中未出閣的姑娘，僅剩寧錦兒一人！

黃若雲想明白其中的利害關係後，登時如夢初醒。

「難怪寧錦兒一直陰陽怪氣，總是藉歌姬案來奚落妳，原來打的是這個主意。她希望妳知難而退，自己上位，真是厚顏無恥。咳咳咳……」

「嫂嫂莫激動，這一切不過是我的推測，沒有真憑實據，不可妄下論斷。」但有一點能確定的是，原主之死，定和二房脫不了干係。

她繼承了原主的身體，就會查明真相，還那可憐的姑娘一個公道。

「既然我起死回生，便是上天給我第二次機會，讓我將過去的不公與不平一一討回。」

黃若雲鄭重點頭。「嫂嫂明白了，我會幫著妳查清此事，絕不再姑息二房。」

片刻之後，院子裡傳來了春杏的哭喊聲——按照家規，寧晚晴罰了春杏三十下藤條，看來姜勤是一點都沒留情。

黃若雲又問：「對了，妳真要把春杏發賣出去嗎？」

寧晚晴淡然回答。「不急。這麼好的餌，留著釣大魚。」

寧晚晴回到了聽月閣。

房中炭爐燒得暖烘烘的，很快便驅散了路上沾染的寒氣。

思雲幫寧晚晴解開披風，慕雨將手爐遞過來。

寧晚晴打量慕雨一眼，慕雨已經換了乾淨衣裳，整個人看起來精神抖擻，眼睛發亮地看著她。

寧晚晴抱著手爐坐下，笑道：「怎麼，我罰了春杏，妳就這般高興？」

慕雨笑意更甚。「奴婢不是為自己高興，是為姑娘高興。」

寧晚晴有些意外。「這話從何說起？」

慕雨和思雲對視一眼，思雲笑道：「昨日姑娘受了傷，之前的事恐怕全忘了。這幾年，姑娘總是逆來順受，今日姑娘將二夫人懟得啞口無言，想來二房以後不敢再欺負我們了。」

「是啊。七年前，官家便為太子和姑娘賜婚，宮裡規矩頗多，人情複雜，咱們夫人走得早，侯爺擔心姑娘不懂規矩，便將您託付給二夫人，讓她嚴加管教。孰料，二夫人攬了管家權，卻對姑娘不聞不問，堂姑娘還時不時刁難您。

「唉，姑娘實在太心軟了，總擔心侯爺和大公子牽掛，便將委屈往肚子裡吞，還不許奴婢們說出去。二房就是看準您孝順，才這般肆無忌憚。」

慕雨義憤填膺地說完，思雲也道：「等姑娘嫁入東宮，咱們的腰桿就更直了。」

她們壓抑太久，如今揚眉吐氣一回，喜不自勝。

寧晚晴見到她們這般，也勾了勾唇角。

「姑娘，姜勤求見。」

一聲通報打斷寧晚晴的思緒，她斂了斂神，道：「讓他進來。」

姜勤入了廳中，規規矩矩地向寧晚晴行禮，沈聲道：「姑娘，春杏已經受罰，接下來如何處置，還請姑娘示下。」

寧晚晴道：「先關到柴房裡。」春杏還有大用處。

姜勤拱手。「是。」

寧晚晴聽見回話，抬起眼打量他。

姜勤身材高大，膚色黝黑，恭謹地垂著頭，一動不動。

「今日在後廚，你為了維護大房惹得二夫人不快，不怕她記恨你嗎？」

「小人的職責是護衛侯府，保護侯爺的家人。若有人對侯爺的家人不利，小人必不會袖手旁觀。」

寧晚晴又問：「聽聞你父親曾是西凜軍校尉？」

西凜軍是常平侯轄下軍隊，長年駐守西域一帶，寧晚晴翻過府中的人事名冊，知道姜勤的父親曾是常平侯的親信之一。

「是。」姜勤頓了頓，道：「十一年前，父親從西域趕往北疆支援北驍軍，在玉遼河一戰中殞命，是侯爺體恤，才將小人和母親接到京城。」

寧晚晴點頭。她花了一晚看完常平侯府的家規、族譜和人事名冊，發現姜勤居然中過武舉人。大靖選拔武官非常嚴格，能考上武舉人的，更是千裡挑一。

「你武藝不俗，為何甘願留在侯府受人驅使，不入朝從軍？」

姜勤道：「小人乃家中獨子，母親長年纏綿病榻，理應侍奉跟前。」

「建功立業，未必非要在戰場上。」寧晚晴聲音不大，卻十分篤定。「只要才能出眾，在哪裡都能嶄露頭角。」

姜勤神色微動，聲音更沈。「多謝姑娘。」思量片刻，提起一事。「姑娘，春杏的母親是二房姑娘的乳母王嬤嬤，若是王嬤嬤要見春杏……」

寧晚晴淡聲道：「她們母女情深，自然是要見面的。只是，從門縫裡看一眼便罷，不要讓她們接觸。」

「是。王嬤嬤雖然只是個乳母，但很得二房器重，待她回來，知道春杏在我們手中，只怕不會善罷甘休。」

「那正好，讓我看看她有幾分本事。」寧晚晴唇角微揚。「另外，還有件重要的事，要煩勞你去辦。」

姜勤應聲。「請姑娘吩咐。」

待姜勤走後，慕雨抱著水盆進來。「姑娘從前很少與『悶護衛』說話，今日怎麼聊了這麼久？」

「悶護衛？」

慕雨笑吟吟道：「是啊，平日姜護衛話少，人稱悶葫蘆，大家有時候叫他悶護衛。」

思雲覷她一眼。「別跟著他們瞎起鬨。妳可知道姜護衛為何話少？他來侯府時，不過十三、四歲，他父親在玉遼河一戰中慘死，母親聽到這個噩耗之後，便一病不起。原本開朗的少年，在這些打擊之下，就此失語，每日只知道低頭打木樁，時常打得滿手鮮血。直到母親的病情穩定下來，他才慢慢好轉，能重新說話。」

寧晚晴有些詫異。「還有這等事？」

思雲點頭。「姜護衛為人忠厚，武藝超群，早年公子問過他要不要從軍，但他為了照顧母親而拒絕，實在有些可惜。」

慕雨沒聽說過這件事，好奇地問：「妳是怎麼知道的？」

思雲道：「聽駱叔說的。」想起寧晚晴失去了記憶，便解釋道：「駱叔是府裡的管家，近日家中有事，請了半個月的假，姑娘還有印象嗎？」

寧晚晴搖頭。

慕雨小聲嘀咕。「若是駱叔在，今日早上的事就不會發生了。聽說駱叔過幾日會直接去城外，迎公子入城。」

寧晚晴聽到這話，立時抬頭。「妳的意思是，駱叔會和我兄長一起回來？」

慕雨頷首。「是啊，約莫還有幾日。」

寧晚晴摸了摸自己的脖頸，紅痕已經消退不少，但心中的不安猶在。

大婚在即，先是太子陷入歌姬案的風波，而駱叔離開不過幾日，寧錦兒便上門找碴，逼得原主自盡……這一切怎會如此巧合？
寧晚晴眸光微凝，一個主意悄然生起。
二房的廳堂中，房門緊閉。
「二夫人，求求您救救春杏吧，這孩子也是您看著長大的呀。」
王嬤嬤負責府中買辦，今日採買回府之後，才得知春杏闖下的禍事，跪著求到吳氏和寧錦兒面前。
寧錦兒見狀，有些不忍。「王嬤嬤，起來再說。」
王嬤嬤泫然欲泣。「姑娘，春杏是老奴身上掉下來的肉。老奴聽說她挨了三十下藤條，如今被關在柴房。老奴扒在門縫上瞧了一眼，她奄奄一息地躺在地上，已然沒了半條命。」
寧錦兒神情為難，看向吳氏。
吳氏面色慍怒。「王嬤嬤，春杏這孩子平日就不懂收斂，看在妳的情面上，我也懶得多說。今日她不但招惹了大房，還累得二房顏面盡失，該吃一吃苦頭，長一長記性才是。」
王嬤嬤忙道：「夫人說得對，都是老奴教女無方。可春杏已經受傷，若沒人照顧，只怕會落下病根。求夫人為春杏說句話，讓二姑娘高抬貴手，放了她吧。」
吳氏瞥了王嬤嬤一眼，沒有說話。
王嬤嬤跟隨吳氏多年，不由暗驚，試探著問：「夫人可是在顧慮公子？」

吳氏耐著性子說：「妳也知道，如今咱們老爺不管事，常平侯府全靠侯爺撐著，錦兒的婚事，還有祥兒日後的前程，還要指望大房。二姑娘醒來之後，變得刁鑽古怪，今日我與她好說歹說都是無用，若不讓她處置春杏，等過幾日寧頌回來，只怕不好收場。」

王嬤嬤急了。「萬一二姑娘當真發狠，將春杏發賣到戲班子去，那老奴也不想活了！」

吳氏道：「若真如此，我定會想法子將春杏贖回來，左右不過吃點皮肉苦，不會讓她有性命之憂，妳且放寬心。我有些乏了，若無別的事，便先退下吧。」

吳氏為人精明，沒有好處的事，是萬萬不會做的。

王嬤嬤央求無果，只能失望地出去。

寧錦兒走到吳氏身旁，為她沏了杯茶。「母親，當真不管春杏了嗎？」

吳氏揉了揉眉心。「兔子被逼急了，是會咬人的。二姑娘性情大變，若我們硬把春杏要回來，等她見到寧頌，不知會怎麼告狀呢。為了春杏這條賤命與大房撕破臉，不值得。」

寧錦兒聽罷，沒有再多說什麼。

門外的臺階上，還未走遠的王嬤嬤，彷彿石化了一般。

她立在風雪中，寒氣沒過頭頂，神情籠上一層陰鬱的霜。

半晌過後，她一咬牙，頭也不回地離開了二房的院落。

午後，王嬤嬤換了一身不起眼的衣裳，戴好兜帽，出了侯府。

她迎著風雪，往城南走去。約莫一個時辰之後，到了城門附近的長街。

城南不比城北，城北住的多是達官貴人，城南的長街上則熙熙攘攘，魚龍混雜。

王嬤嬤一面向前走、一面小心地左顧右盼，確認沒有人跟著她，才進入一家茶樓。

她熟門熟路地上了二樓，走到一處雅間門口，站定之後，抬手叩門，發出一長兩短的敲擊聲。

「進來。」沈穩的女聲響起。

王嬤嬤趕緊推門而入。

雅間中茶香繚繞，一名女子端坐於矮榻上，年紀看起來約莫三十出頭，衣裳的紋樣算不得華麗，但質地上乘。不說話時，神情頗有幾分威嚴。

女子瞥了王嬤嬤一眼，道：「不是說過事成之前，不要隨意約我見面嗎？」

王嬤嬤一聽，連忙跪下。「廖姑姑，並非老奴有意勞動您跑一趟，實在是老奴遇上了難事，求姑姑救命啊！」

廖姑姑坐著沒動，只虛虛挑了下眉。「發生什麼事了？」

王嬤嬤將春杏被大房帶走的事，原原本本說了一遍。

「老奴跟了二夫人一輩子，對大姑娘也是掏心掏肺地照顧。沒承想，如今女兒落了難，主子們竟這般薄情。若非如此，老奴也不敢求到廖姑姑跟前。」

王嬤嬤說著，抽泣起來。

廖姑姑聽了這話，不冷不熱道：「常平侯府的二姑娘，也太仗勢欺人了。昨日妳若是把事情辦得乾淨些，今日她怎麼可能有機會拿住妳女兒呢？」

王嬤嬤面色微僵，囁嚅道：「昨日藥也下了，繩子也捆了，我探過鼻息，確認沒了氣才叫人。沒想到……」

沒想到那手無縛雞之力的二姑娘，居然奇蹟般活過來了。

廖姑姑掩下眼中的陰鬱之色，問道：「如今府中情況如何？可有人查問？」

王嬤嬤低聲回答。「二姑娘素來性子懦弱，也許是怕事，所以醒來之後沒有再問。而我家大姑娘以為二姑娘是自盡的，怕這件事怪到她頭上，便一直躲在院子裡，也不曾深想過，暫時無事。」

廖姑姑盯著王嬤嬤的神情，見她不像撒謊，又問：「此事，春杏不知道吧？」

王嬤嬤搖頭。「這麼大的事，老奴哪敢讓她知道。」

廖姑姑這才露出笑意，徐徐起身，扶了王嬤嬤一把。「既然如此，妳還有機會。」

「機會？」王嬤嬤不解地看著廖姑姑。「姑姑的意思是？」

廖姑姑微微一笑。「妳不是要救春杏嗎？眼下二夫人不管，二姑娘又不喜歡春杏，所以要救春杏，便得趁著寧將軍還未回京，盡快動手。」壓低了聲音。「只要想法子除掉二姑娘，春杏自然就得救了。」

王嬤嬤一頓，猶豫道：「可是，二姑娘醒來之後，大房那邊守得像鐵桶一般，沒有合適的時機。」

「所謂時機，還不是人創造的？」廖姑姑聲音幽幽。「妳能藉著錦兒姑娘和二姑娘的爭執，偽造出二姑娘自殺的假象，就一定能想到其他辦法。二姑娘一死，府中自然大亂，誰還有心思追究春杏的小小罪過呢？」

王嬤嬤依然沒出聲，廖姑姑湊近了些，聲音充滿蠱惑。

「王嬤嬤想想看，若是二姑娘歿了，太子妃的位置自然會落到錦兒姑娘頭上。春杏可是錦兒姑娘的貼身侍女，自然會陪嫁入東宮。

「入了東宮，春杏這般年輕貌美，又日日在太子跟前轉，還怕沒有出頭之日？這可是妳唯一的機會，如果成了，春杏日後就是人上人；如果不成，她很可能連性命都保不住。」

此話一出，像一條繩索，緊緊地纏住了王嬤嬤的心思。

廖姑姑見王嬤嬤神色動搖，又道：「還猶豫什麼？妳又不是第一次下手了。」

王嬤嬤眸中閃過一絲狠辣。

是啊，被人奴役的日子，她已經過了幾十年，怎麼忍心讓女兒也一輩子伺候別人？下人對於主子而言，好比衣衫鞋履，想穿就穿，想扔就扔，憑什麼?!

王嬤嬤心一橫，道：「多謝廖姑姑提點。如果事情辦成，春杏有福氣入宮，可要請廖姑姑多多照顧。」

廖姑姑輕笑一聲，眼尾勾起。「哪裡的話，等春杏姑娘成了太子良娣，得請她多照顧我才是。」

王嬤嬤拉著廖姑姑的手千恩萬謝，行了個大禮之後才離開。

門一關上，廖姑姑的臉色便冷了下來，對一旁的侍女道：「去打盆水來。」

侍女應聲，將水盆端到廖姑姑面前。

廖姑姑將雙手放進水中，仔細搓了搓，彷彿想洗掉王嬤嬤手上的粗礪感。

侍女疑惑道：「王氏不過一介乳娘，怎敢妄想讓女兒攀龍附鳳，一躍成為太子良娣？」

廖姑姑悠悠地說：「妳可知曉，這世上什麼人最容易被利用？」

「奴婢不知。」

廖姑姑笑了。「不知天高地厚之人。」

半刻鐘後，廖姑姑離開茶樓，逕自上了馬車。

茶樓大堂中，身量高大的男子跟著起身。「小二，結帳。」

此人不是別人，正是姜勤。

他將銀子放下，快步出門，翻身上馬。拉著韁繩，悄無聲息地跟在廖姑姑的馬車後面，很快出了長街。

但他不知，自己也成了別人眼皮子底下的目標。

第四章

茶樓雅間的天字號房中，年輕的侍衛于劍收回目光，無聲闔上窗戶，轉身走進內室。

他向屏風後的人恭謹作揖，沈聲道：「殿下，人已經走了。」

寒風輕推窗簾，室內或明或暗，屏風後的男子端坐於茶桌前，手隨意地搭在膝頭，十根手指骨節分明，修長流暢，極其好看。

趙霄恆的右手拇指上戴著一只罕見的墨色玉戒，伸手轉動玉戒時，緩緩開口。「確定是廖姑姑？」

于劍答道：「是，屬下沒有看錯。」

一旁的于書問：「廖姑姑是宮中老人了，怎麼會突然到城南來？她見的婦人是誰？」

「還不知道那婦人是誰。」于劍頓了頓，繼續道：「不過方才跟蹤廖姑姑的男子，是常平侯府的侍衛長姜勤，小人曾經見他在寧將軍身旁出現過，故而有些印象。」

這時，外面響起叩門聲，于書走過去開門，讓人進來。

福生是趙霄恆的貼身太監，不過十八、九歲，生了張討人喜歡的圓臉。一進內室，還來不及拍掉肩頭的雪花，便彎腰回稟。

「殿下，邱長史的囚車已經出了城門，一路南下。」

趙霄恆抬起眼簾。「忠傑走之前，可有留下什麼話？」

福生回答。「邱長史說，殿下賞賜的玉牌，是他不慎遺失，才給了歹人可乘之機，差點連累了太子殿下。若他有命回京，再向殿下磕頭賠罪。」

趙霄恆沒說話，福生繼續道：「邱長史還說，幕後之人此舉，是為了破壞太子殿下與常平侯府的聯姻。一擊不中，必定會另想法子，還請殿下小心提防。」

趙霄恆問他。「押送的差役可打點了？」

「回殿下，此次護送的差役一共六人，小人一一打點了。沿途路過的驛站，也安排人接應，想來邱長史不會吃太多苦頭。」

趙霄恆聽罷，沈聲道：「要還忠傑和東宮清白，那歌姬是關鍵。人可尋到了？」

于劍接話。「回殿下，歌姬鶯娘自從出了衙門，便彷彿消失了一般。小人去扶音閣打探多次，老鴇也說許久沒有見到她。」

「通知間影衛，讓他們暗地搜索，務必要抓活的。」

趙霄恆思量片刻，又囑咐道：「在寧頌回來之前，你設法潛入侯府。若有人敢對常平侯家的人不利……處理得乾淨些。」

于劍沈聲應是。

「王嬤嬤果真去了？」寧晚晴放下手中的《大靖律典》，看著姜勤。

姜勤的聲音壓得很低。「回姑娘的話，王嬤嬤確實去了，而且見的還不是普通人。小人跟著那婦人的馬車，沒想到她居然入了宮。」

到了宮門口，他便進不去了，無從得知王嬤嬤見的人是誰。

寧晚晴思索一下，看來原主之死，果真不只是被二房嫉恨這麼簡單。要查清背後之人，只能順藤摸瓜了。

「慕雨。」寧晚晴秀眉微挑。「告訴大家，我兄長後日就到，命所有人好生準備著。」

慕雨瞪大了眼。「後日？可大公子不是還要四日才能回來嗎？」

寧晚晴一笑。「妳照我說的做便是。」

慕雨茫然點頭。

寧晚晴說罷，又看向思雲。「妳幫我送一封信去城外，定要親手交到駱叔手上。」

思雲素來聰慧，隱約猜到寧晚晴要做什麼，乖巧行禮。

「是，姑娘。」

「門口的燈籠都掛歪了，往左撥一撥！」

「這盆栽枯了，怎麼還放在這兒？快搬走！」

「你們幾個手腳不麻利些，仔細大公子回來看見了挨訓！」

翌日一早，慕雨便來到中庭，認真督促下人們打掃收拾。

乒乒乓乓的聲音驚動了二房，沒過多久，吳氏帶著王嬤嬤過來了。

「慕雨，這是怎麼回事？」吳氏一開口，頗有幾分當家作主的威嚴。

慕雨可不吃這一套，只草草行了禮。「見過二夫人。我家公子明日就到了，姑娘讓奴婢帶著下人們準備準備。」

吳氏有些不悅。「之前不是說還有幾日嗎？寧頌提早回來，怎麼沒人告訴我？」

一旁的王嬤嬤，臉色明顯有些不自然。

慕雨驚訝，解釋道：「是駱叔送信來，說大公子行程順利，能提前一、兩日到，所以姑娘才吩咐我們準備的。難道駱叔沒有送信給二夫人？」

上一次，寧晚晴說吳氏無權掌家，氣得她這幾日寢食難安。這會兒聽說駱叔越過她，直接將消息遞給大房，臉色頓時一垮。

「如此，那你們便好好準備吧。」

她說完，拂袖走了。

王嬤嬤看看慕雨，見慕雨一心一意盯著眾人幹活，不好多說什麼，只得快步跟上吳氏。

路上，王嬤嬤端著笑，跟在吳氏身邊。

「駱叔做事素來妥貼，為何會忘了遞消息給二房呢？會不會是慕雨她們弄錯了？」

吳氏瞥了王嬤嬤一眼。「怎麼可能弄錯？若是寧頌不回來，她們敢如此目中無人？」

王嬤嬤順勢接話。「二夫人說得是，大房如今是越來越不像話了。」

吳氏想到寧頌要回來，就覺得心煩意亂。

「罷了，寧頌在府中待不了多久，該做的表面工夫還是得做。府中諸事，妳也熟悉，便去幫幫大房吧。我們不聞不問，容易落人口實。」

王嬤嬤溫和地笑。「是，夫人。」

待吳氏走後，王嬤嬤的臉色瞬間冷下來，面無表情地轉過身，往大房的方向走去。

大房的院子裡處處張燈結綵，思雲正帶領眾人整理書房。

王嬤嬤左顧右盼，見沒人注意她，遂繞過長廊，到了偏僻處的柴房。

看門的小廝是新來的，王嬤嬤仗著府中採買的身分，很快便將人支開，試著推了推柴房的門。可門上的銅鎖有半個手掌大，搗鼓半晌，依然紋絲不動。

這動靜驚動了裡面的人，春杏一骨碌爬起來，湊到門口喊：「救命，救命啊！」

王嬤嬤聽到春杏的聲音，急忙開口。「春杏別怕，是娘來了。」隔著門縫細細打量女兒，不過才關了兩日，便覺得春杏瘦了不少，頓時心疼不已。

春杏隔著門縫，看清了王嬤嬤的臉，生出哭腔。「娘，您總算來了！您再不來，我恐怕就見不到您了，嗚嗚嗚……」

春杏哭得王嬤嬤心慌，忙道：「傻孩子，妳怎麼會見不到娘呢？這兩日，娘正在想辦法救妳呢。」

春杏哭訴。「我聽看門的說，少夫人和二姑娘不滿二房做派已久，只待大公子回來，便要當著眾人的面，將我賣到戲班子去。他們說，這叫殺雞儆猴。嗚嗚嗚嗚……娘，我不想被賣出去啊！」

王嬤嬤聽了，面色也白了兩分。「乖女兒，娘不會讓妳被賣到戲班子的，娘這就去求二夫人。」

「娘還是別去了，聽聞二姑娘已經知會過二夫人，這事是二夫人點了頭的。」

王嬤嬤愣住，咬牙問道：「二夫人當真不講一點情面？」

春杏抽泣。「二夫人是什麼人，娘還不知道嗎？都是女兒命賤，旁人投胎能當主子，只有我，一生來就是伺候人的命，如今還要被主子一腳踢開。」說著，哭得更厲害了。

這話彷彿一根根細密的針，扎在王嬤嬤心上。

王嬤嬤沈默片刻，道：「妳等著，娘也會讓妳做人上人的。」說罷，頭也不回地走了。

常平侯府忙碌一日，慕雨放下手中諸事，來到後廚。

「慕雨姑娘又來幫姑娘熬藥？姑娘的身子可好些了？」

自從寧晚晴在後廚給了吳氏下馬威後，眾人見到大房的人，都客氣了不少。

慕雨笑著寒暄。「好些了。再吃上兩服藥，應當就能痊癒。」

她放下手中的藥罐子，將藥包打開，將草藥一樣樣倒進罐裡，而後將藥罐子架在火上。見柴火燒得不夠旺，慕雨又添了一把柴，才搧兩下風，便聽見外面有人喊——

「哪裡來的野貓？快！快抓住牠！」

慕雨一聽，立即扔下蒲扇，跟後廚的人一起奔了出去。

屋頂上，瓦片微動，露出半張發黑的臉。

于劍在房頂上趴了兩個時辰，除了一臉煙囪灰以外，一無所獲。他抬手想擦擦臉，于書卻制止他。「擦了做什麼？這可是最好的武裝。」

于劍蹙眉。「哥，那你怎麼不武裝？」

于書淡然回答。「這不是有你嗎？我們倆都盯著，容易暴露行蹤。」

于劍提議。「那咱倆交換？我的脖子都痠了。」

于書正色道：「瞧瞧，你才盯了多久，脖子就痠了，可見是缺乏鍛鍊。眼下有這麼好的鍛鍊機會，你可不要辜負了殿下的一片苦心。」

于劍悶悶地哦了聲，又問：「常平侯府看起來好像沒什麼特別，咱們還要一直守到寧將軍回來嗎？」

「沒錯。」于書低聲道：「越是臨近將軍回京，越是危險。」

于劍點頭。「也是。再不動手，就沒機會了。」說罷，面色微變。「哥，你看！」

于書順著于劍指的方向看去，發現一個矮胖的中年婦人鬼鬼祟祟地潛入廚房。

王嬤嬤飛快閃進門後，小心翼翼地環顧四周，確認廚房裡空無一人，才從懷中掏出一只小小的紙包，神色忐忑，一步步走近藥罐。

于劍濃眉倒豎。「這熬藥的小丫鬟也太不可靠了，怎麼能離開呢？哥，我們要不現在出手，正好人贓俱獲。」

于書瞥他一眼。「你一臉鍋灰地趴在人家房頂上，莫不是賊喊捉賊？」

于劍語塞。「那怎麼辦？這可是咱們未來太子妃的藥。」

于書還沒開口，卻見王嬤嬤已經將紙包中的藥粉一點不落地倒入藥罐子裡，然後拿著勺子攪拌起來。

此時此刻，王嬤嬤面上的忐忑徹底化為狠辣，小心地扶著藥罐子，生怕灑出一滴藥汁，彷彿這是她寶貝女兒的前程。

王嬤嬤攪勻了湯藥，正打算將勺子放下，忽然覺得手腕一涼，不由回頭看去，只見姜勤冷肅地瞪著她，表情彷彿要吃人。

只一眼，王嬤嬤的雙腿都軟了。

「王嬤嬤，妳好大的膽子，竟然敢下毒謀害主子！」姜勤的鐵臂拉住王嬤嬤。「走，跟我去見二姑娘！」

眾人齊聚常平侯府正廳。

黃若雲面色不豫，卻沒有開口說什麼，只靜靜坐著。

吳氏坐在一旁，見王嬤嬤跪在堂下，面色難看得很。

正廳中氣氛壓抑，寧晚晴抬起眼簾，出聲打破了沈寂。

「王嬤嬤，我與妳無冤無仇，為何要下毒害我？」

王嬤嬤偏過頭，避而不答。

寧晚晴又問：「是不是受人指使？」

這四個字，她說得很慢，給了眾人足夠的遐想。

吳氏一聽，頓時有些不高興。「二姑娘這話是什麼意思？」

寧晚晴毫不示弱地反問道：「審問凶手而已，嬸娘有什麼疑問嗎？」

吳氏的眸色閃了閃。王嬤嬤下毒雖然不是她指使的，但畢竟是二房的人，待寧頌回來，如何撇得清？

於是，吳氏定了定神，瞪向王嬤嬤。「妳這個刁奴，我平日待妳不薄，妳到底是受了誰的蠱惑，要下此狠手？」

王嬤嬤抬起頭，看吳氏一眼，仍然沒有說話。

吳氏被這一眼看得有些不安，為了撇清干係，挺直了腰桿，義正詞嚴地說：「二姑娘，這刁奴不受點刑，是不會吐出真相的。」

寧晚晴聽了，似笑非笑道：「嬸娘也知道，我性子軟，見不得打打殺殺。眼下兄長還沒回來，不如嬸娘來幫我料理？」

吳氏原是想將二房撇乾淨，可沒想到寧晚晴竟然讓她來逼供，有些措手不及，但越推辭越像包庇，只得硬著頭皮應下。

「來人，將這個老嫗拖出去，抽上二十鞭子，我看她能嘴硬到什麼時候！」

王嬤嬤冷笑一聲，忽然對著吳氏啐了一口。「我敬妳是我半輩子的主子，沒想到妳果真這般狠心。既然如此，我也沒什麼好瞞著的了，二姑娘，今日下毒之事，是二夫人指使老奴做的！」

吳氏一聽，勃然變色。「賤奴，妳胡說什麼，我何時指使妳了？」

這一回，連一直沈默的黃若雲也看向了吳氏。

寧晚晴來了興趣，問道：「怎麼回事？」

王嬤嬤說：「二姑娘，錦兒姑娘早就嫉妒您的婚事，二夫人愛女心切，便盼著您出事，好讓自己的女兒取而代之。今日之事，全是二夫人指使老奴做的，老奴不得不為啊。」

寧錦兒有些慌張，急道：「王嬤嬤，話可不能亂說，我何時嫉妒寧晚晴了？」

吳氏差點連鼻子都氣歪了。「一派胡言！」

王嬤嬤不慌不忙地接話。「二姑娘明鑑，這一切都是二夫人的主意，老奴只是聽命行事而已。」

寧晚晴瞧了王嬤嬤一眼，語氣有所鬆動。「妳當真只是從犯？春杏呢？」

王嬤嬤聽出了寧晚晴的疑惑，立即出聲。「當真！春杏不過是個孩子，她什麼都不知道，還請您網開一面，饒老奴和春杏一命！」

寧晚晴狐疑地看向吳氏，又看了看王嬤嬤。

「王嬤嬤，妳若有心悔改，我也不是不通情理的人。但嬸娘管家多年，沒有功勞也有苦勞，妳可不要隨意誣衊她。」

一提起管家，王嬤嬤想起一事，忙道：「二姑娘，這些年來，二夫人藉著管家之便，中飽私囊，剋扣不少府中的銀子。老奴那裡還有帳本，一筆一筆全記著呢。」

此言一出，吳氏立時拍桌。「妳這賤奴莫不是瘋了？我待妳不薄，居然恩將仇報！」

「恩將仇報？我呸！」

王嬤嬤是光腳的不怕穿鞋的，既已東窗事發，若能從主謀變成從犯，再加上揭露二房的罪行，說不定能保住她和春杏的命。

第五章

王嬤嬤恨聲說出吳氏管家的惡行惡狀。

「出了事就要將人掃地出門，妳算哪門子的主子？二姑娘，老奴所說句句屬實，二房不但覬覦太子妃之位，還暗中挪用府中銀兩，替二公子填補賭博欠下的虧空。」

吳氏氣急敗壞。「還愣著做什麼，快把她拖下去！」

王嬤嬤見吳氏氣得發抖，竟多了一絲淋漓的快感。

姜勤要上前抓人，王嬤嬤又開了口。「二夫人怕了？少夫人的事，我還沒說呢。」

寧晚晴抬手制止姜勤，問道：「什麼事？」

黃若雲也目不轉睛地看著王嬤嬤。

王嬤嬤跪地磕頭。「少夫人可知，為何您嫁過來後，身子便一直不好？以至於三年來，都未得子嗣。」

黃若雲生出不祥的預感。「為什麼？」

王嬤嬤道：「起初，二夫人只是感染了風寒，以參湯調理即可。但二夫人命老奴在採買藥材時，在參片中混入寒涼之物，好讓少夫人氣虛畏寒。少夫人身子不好，自然需要調養，便不會與她爭搶中饋之權。」

此話猶如晴天霹靂，黃若雲頓時面色如紙。

這三年來，她一直小心翼翼地調理身子，就盼著能為寧頌生下一兒半女，延續香火。萬萬沒想到，她的與世無爭被人當成了軟弱可欺。

黃若雲如墮冰窖，顫聲問：「嬸娘，王嬤嬤說的都是真的？」

吳氏十分心虛，仍強裝鎮定。「若雲，妳如何能聽信這毒婦的一面之詞？」

王嬤嬤不甘示弱，揚聲道：「少夫人若不信，找個大夫看看庫房裡的參片就知道了。」

吳氏恨得咬牙切齒。「你們千萬不要上這個毒婦的當！我知道了，定是這毒婦的女兒被囚，她讓我去救，我未應允，所以才構陷於我。」

寧晚晴冷聲道：「嬸娘說得有道理，只有人證，不足以斷罪。姜勤——」

姜勤應聲而出。「姑娘有何吩咐？」

寧晚晴道：「帶人去二房搜查，看看有沒有王嬤嬤說的帳簿和參片。」

吳氏一聽，立時慌了。「二姑娘，我好歹是你們的長輩，妳憑什麼搜索我的住處？」

寧晚晴不疾不徐地回答。「方才王嬤嬤所說之事，樁樁件件指向嬸娘，我這不是為了嬸娘的清白嗎？」

吳氏聽了，朝一旁的小廝們使眼色。

小廝們立即散開，將正廳團團圍住。

寧晚晴冷靜地看著吳氏。「嬸娘這是要做什麼？」

吳氏道：「二姑娘，這毒婦對妳下毒，已經是板上釘釘的事。如此歹人，我怎能看著她挑唆大房與二房的關係？來人，殺了這不知死活的毒婦！」

王嬤嬤一聽，嚇得面無血色。

寧晚晴眸色一冷，站起身。「誰敢?!」

她的聲音不大，目光卻很有威懾力。一時之間，二房的小廝們都忍不住退了一步。

姜勤上前擋在寧晚晴和黃若雲面前，手按在刀柄上，蓄勢待發。

「少夫人，二姑娘，莫怕！有小人在，就是死也會護著二位周全！」

吳氏面色陰鬱。「二姑娘，妳還沒入東宮，就敢對長輩刀劍相向了？今日，我便讓妳知道，這府中到底是誰作主！」

「原來，我與父親不在時，嬸娘就是這樣管家的？」

男子清朗的聲音，如一道利刃，生生砍向吳氏的脖子。

寧晚晴抬眸看去，一隊身著銀色甲冑的士兵自外面有序湧入，雷鳴般的腳步聲，彷彿踩在眾人心上，頃刻之間便包圍正廳。

一名身量高大的青年越眾而出，他身上的甲冑寒光凜冽，星目冷肅地掃過眾人，未發一言，殺氣騰然而起。

「官人！」

寧晚晴還未開口，便見黃若雲率先奔了出去。

寧頌一把扶住黃若雲，蹙起眉。「妳的臉色怎麼這麼差？」

黃若雲搖搖頭。「無妨。」

寧頌又看向寧晚晴。「晴晴沒事吧？」

他的目光直率而溫暖，讓寧晚晴有些不習慣，只得別開眼。「多謝兄長，我沒事。」

吳氏見寧頌回來了，連忙堆起笑容，訕訕道：「將軍日夜兼程地趕路，一路辛苦了。」

寧頌抬手打斷她。「嬸娘，今日之事，晴晴已經來信告訴我，虛與委蛇的話就不必再說。妳假公濟私，從中漁利，我可以睜一隻眼、閉一隻眼；但妳傷我夫人，害我妹妹，這筆帳該如何算？」

吳氏嚇得雙腿一軟。「這、這其中一定有誤會。」

寧頌不願理會她，一擺手，士兵們上前按住吳氏，任由吳氏怎麼掙扎，都掙脫不開。

王嬤嬤見狀，連忙爬到寧頌跟前，狠狠磕了個頭。

「二夫人作惡多端，幸好將軍賞罰分明。對二姑娘下毒，並非老奴本意，老奴不過是受制於二夫人，還請將軍高抬貴手，放老奴一條生路吧！」

寧頌還未開口，寧晚晴便輕輕笑了起來。

寧頌有些疑惑地看向寧晚晴。「晴晴，妳怎麼了？」

寧晚晴勾了勾唇，道：「我笑這王嬤嬤，果然是有其母必有其女，一個比一個會演。」

王嬤嬤一愣，避開寧晚晴的目光。「二姑娘說什麼？老奴聽不懂。」

寧晚晴俯下身，盯著王嬤嬤的眼睛。「我不過問了句『是否有人指使』，王嬤嬤便懂得順著竿子爬，將對我下毒的罪狀，連同一連串惡行，統統栽到二夫人頭上。二夫人自以為聰明，殊不知，她成了妳的擋箭牌。」

王嬤嬤辯駁。「下毒之事，是二夫人指使的，為的是讓錦兒姑娘代替二姑娘嫁入東宮。二姑娘要是不信，老奴也沒有辦法。」

寧晚晴一字一句道：「倘若此事當真是二夫人指使的，那麼王嬤嬤去城南茶樓見的貴人，又是誰呢？」

王嬤嬤眼神變幻莫測。「二姑娘要殺要剮，悉隨尊便，何必再說其他的？」

前世寧晚晴看過不下數百場刑偵審訊，見王嬤嬤這般嘴硬，不疾不徐地提醒她。「王嬤嬤可是忘了，春杏還在我手上？」

王嬤嬤恍若被雷擊中，驀地抬起頭。「妳要對我的春杏做什麼？」

「春杏的後半生如何，全看王嬤嬤了。」

王嬤嬤的心彷彿一層脆弱的窗戶紙，寧晚晴這句話，擊潰了她的防線。

她無力地坐在地上，失神地開口。

「招……我都招……」

三個月之前，機緣巧合之下，王嬤嬤認識了一位宮中貴人，人稱廖姑姑。

廖姑姑談吐不俗，舉止優雅，處處提點王嬤嬤，一見到春杏，便驚為天人，說她相貌出眾，命格上佳，有機會飛上枝頭當主子。

原本王嬤嬤沒將此話放在心上，但當她見到寧錦兒因為嫉妒而處處刁難原主，而原主也不甚在意時，就有些動心了。

若是她照料大的寧錦兒能代替寧晚晴嫁給太子，那春杏不就能跟著入東宮嗎？只要能進宮，還怕沒機會當主子？

廖姑姑知道王嬤嬤心氣頗高，遂給了她一包無色無味的藥粉，讓她找機會下到原主的飲食中。

王嬤嬤本來還有些猶豫，就在這時，太子捲入歌姬案的風波裡，她無意間聽吳氏說起，常平侯可能要重新考慮聯姻之事，便按捺不住了。藉著寧錦兒與原主爭吵，將藥下在湯裡，以道歉的名義送去給原主。

原主心思單純，並未多想，將湯喝下。待她神智迷離之際，王嬤嬤心下一橫，狠心勒死了她，偽造成自縊的情狀。

聽月閣的下人們聽見寧晚晴自縊，立即手忙腳亂地救人，根本無暇顧及現場的蛛絲馬跡；而二房因為心虛，也不敢詳細過問此事。

於是，王嬤嬤就這樣避開了所有耳目。

但她萬萬沒想到的是，斷了氣的二姑娘，不但起死回生，還脫胎換骨一般，站到了眾人面前，揭露所有真相！

此時此刻，王嬤嬤冷汗涔涔地跪在地上，身子伏得極低，寧頌的肅殺之氣，逼得她喘不過氣來。

寧頌居高臨下地坐著，額頭上青筋暴起，要不是黃若雲攔著他，簡直想一劍殺了這個惡毒的婦人。

寧晚晴聽完王嬤嬤的敘述，縱使冷靜如她，也不免為無辜死去的原主感到惋惜。

但眼下並不是傷心的時候。

寧晚晴定定看著王嬤嬤，問：「那廖姑姑到底是什麼人？為何接近妳？」

王嬤嬤不敢再隱瞞。「廖姑姑說，自己是東宮的老人，想提前了解未來的太子妃，方便將來伺候，能得您青眼。她找老奴打聽了不少二姑娘的喜好，一來二去便熟稔了，後來與老奴聊起春杏的前程，若春杏能得太子歡心，她在宮中也能多一重依靠，願意幫春杏入宮……」

「荒唐！」寧晚晴打斷了王嬤嬤，沈聲道：「若那廖姑姑是東宮之人，為何不找思雲和慕雨打聽我的喜好，卻要找妳打聽，妳又知道多少？」

王嬤嬤頓住。

「妳以為我死了，二房的寧錦兒就能嫁入東宮，春杏可以跟著雞犬升天？」寧晚晴繼續道：「我告訴妳，不可能。

「因為春杏往上三代，都是奴籍。別說良娣、才人，就是給太子當無名無分的通房，只怕都不夠格。」

王嬤嬤不可置信地看著寧晚晴，顫聲道：「不可能！若真如此，廖姑姑又為何幫我？」

寧晚晴冷冷看著她。「因為廖姑姑不是在幫妳，她不過是在利用妳。她要的不是寧錦兒替嫁，而是大房與二房自相殘殺。」

寧晚晴目光掃過眾人，道：「藥雖然是廖姑姑給的，但終究是王嬤嬤下手的。如果我之前沒有被救醒，現在二房下毒謀害我的消息，只怕會傳遍京城。到了那個時候，別說東宮的聯姻，只怕稍微有些臉面的人家，都不可能和常平侯府結親。」

吳氏聽到這裡，忍不住破口大罵。「刁奴，妳為了自己的女兒，要害得侯府所有姑娘嫁不出去嗎?!」

王嬤嬤這才知道後怕，身子瑟縮成一團。「老奴沒想到事情會變成這樣……都怪老奴無知，受人矇騙，求大公子、二姑娘饒命啊……」

寧頌聽罷，一掌震碎了桌上的茶盞。「來人，把這毒婦拖下去，先打三十軍棍。若還有隱瞞，就大刑伺候！」

「是！」士兵們應聲，將王嬤嬤拖下去。

寧頌又看向吳氏。「下毒之事，雖然與嬸娘無關，但嬸娘所犯惡行，委實不可原諒。晴晴認為，該當如何？」

寧晚晴淡淡開口。「以我之見，嬸娘當上山修行，靜思己過，待十年八年之後，想來就能平心靜氣了。」

吳氏一聽，差點哭出來。「二姑娘，將軍，你們不能這麼對我！我好歹是你們的長輩，你們二叔還在，怎能擅自發落我？」

寧頌道：「二叔沒受傷前，曾是一員猛將，若知道妳的所作所為，難道不會失望？嬸娘不怕被二叔厭棄？」

寧頌的話音落下，吳氏身子一僵，終於哭出聲來。

待處理完所有事情，夜色已經深了。

紛揚的大雪片片而落，寧頌親自打著傘，擋住大半風雪，與寧晚晴肩並著肩，一起走回聽月閣。

到了聽月閣，慕雨加了炭火，思雲沏茶，寧晚晴才覺得暖和起來。

朦朧的燈光下，寧頌靜靜坐著，打量起自己的妹妹。

寧晚晴烏髮雪膚，五官精緻，半年不見，似乎又長高了些。

從前的她會跟在他身後，羞怯地喚兄長。今夜的她，已經能明辨是非，獨當一面了。

寧晚晴被寧頌看得有些不好意思，只得開口。「兄長不是還有幾日才入城，怎麼這麼快就回來了？」

寧頌睨她一眼。「若是我不回來，今日之事，妳打算如何收場？」

寧晚晴回道：「其實，姜勤也在廳外布了人手。」只是寧頌回來得及時，沒用上罷了。

寧頌語重心長道：「兄長知道妳受了委屈，但就算生氣，也不該如此衝動。萬一兩相爭執，傷著妳怎麼辦？」

一旁的管家駱叔笑著說：「兩日前大公子得了少夫人的書信，得知二姑娘出了意外，一路披星戴月，還跑死了一匹馬，提前趕回京。孰料一到城門口，恰好收到二姑娘的信，大公子擔心二姑娘和少夫人的安危，遂馬不停蹄地趕回來了。」

寧晚晴詫異，難怪寧頌回來得這樣早，心下感動，連忙吩咐思雲和慕雨備吃食上來。

寧頌卻道：「不忙，今日之事疑點頗多，晚些我再去看看審訊情況。」

寧晚晴也道：「廖姑姑的身分，還要請兄長想法子查一查。」

寧頌點頭。「既然姜勤看著廖姑姑入了宮，那必然是宮中之人，我們鞭長莫及。待我明日下朝之後，單獨找太子殿下商議此事。」

寧晚晴贊成。「也好，讓太子殿下心中有數，免得再遭人暗算。」

寧頌敏銳地捕捉到這個「再」字。「妳的意思是，歌姬一案，並非是太子幕僚所為？」

寧晚晴沈聲道：「我也不確定……但歌姬案和下毒案的時間離得太近，這兩件事表面上看起來沒什麼關聯，但目標都指向同一處——破壞東宮與常平侯府的聯姻。」

寧頌凝視她，忽然開口。「晴晴，這次兄長回來，是想要妳一句準話。」

寧晚晴看向寧頌，等待他的下文。

寧頌猶疑一下，終於開了口。「妳到底願不願意嫁入東宮？」

第六章

寧晚晴茫然地看著寧頌，忽然不知道如何回答。

自從穿越過來，事情就接踵而至，她用了原主的身體，便想著要還原主一個公道。眼下原主之死的真相剛剛浮出水面，她實在沒來得及考慮別的。

寧頌見寧晚晴不說話，道：「我差點忘了，若雲同我說過，妳醒來之後，忘了之前的事。關於太子的種種，我來幫妳回憶，但婚事還是由妳自己拿主意的好。」

寧晚晴頷首。「好。」

寧頌道：「太子的生母是珍妃，珍妃出身淮北宋家，乃百年清流，名門望族。珍妃之父——宋摯老先生，聞名天下，桃李遍地，在士人之中威望極高；珍妃上頭還有位兄長，早年執掌北驍軍，護佑北疆百姓十餘載，很受軍民愛戴；除此以外，珍妃的幼弟，早年中了探花郎，學富五車，文采風流，可謂滿門清貴。

「雖然太子排行第三，非嫡非長，但幼時便聰穎無雙，四歲能作詩，六歲能作賦，到了十歲，已經是人中翹楚，自然而然就成了官家最寵愛的兒子。

「可好景不長，在三皇子十歲這年，他的大舅父宋楚天因抗擊北僚不力，害得北驍軍折損過半，官家勃然大怒，命父親率領西凜軍支援。父親到北疆之時，那裡已經成了人間煉獄，局勢無可挽回……此戰慘烈至極，不但五萬士兵死在玉遼河上，連宋楚天也戰死沙場。」

前世寧晚晴出生在和平時代，對戰爭和死亡並沒有太多的概念，但聽到寧頌這般說來，亦覺得心頭沈重。

「後來呢？」

寧頌默默嘆了口氣。「珍妃聽聞兄長殞命，宋家兵權被奪，族人全被收監，便去尋官家求情。

「珍妃怎麼也不相信，自己的兄長會疏忽大意，貽誤戰機，懇求官家徹查此事。珍妃在御書房門口跪了一夜，官家仍沒有見她，等到天亮之際，珍妃終於支撐不住，倒了下去。

「當時，珍妃正懷著第二個孩子，已經七個月大了。連日驚懼下，導致難產，孩子生了整整兩日也沒生下來，最終……母子俱亡。」

寧晚晴聽罷，眉頭不覺皺了起來。

慕雨聽得認真，小心翼翼地問：「那太子殿下……豈不是一夜間失去了母親和弟弟？」

寧頌沈默一下，答道：「不止。」

「宋老先生一世清名，本就不堪入獄受辱，後來聽聞女兒和小外孫歿了，悲從中來，一頭撞在石柱上……」

寧晚晴一怔。

她彷彿看見一位頭髮花白的老者，在暗無天日的牢獄中，絕望地撞向冰冷的石柱，鮮血染紅粗礪的地面。所有的悲憤與不甘，被徹底埋葬在黑夜中。

寧晚晴心裡堵得發慌，半晌說不出話來。

寧頌看著她，繼續道：「從此之後，宋家便敗落了，三皇子從炙手可熱的皇子，一下子成了宮裡的棄子，誰都能踩上一腳，誰都能訓斥幾句。那三、四年間，三皇子彷彿變了一個人，變得膽小怯懦，平庸無能……」語氣裡藏不住深深的惋惜。

寧晚晴沈吟片刻，問道：「既然宋家家道中落，三皇子又成了這般光景，為何還會被封為太子？」

寧頌回答。「四年之後，北僚再次進犯，朝中派出去的武將接連失利，大靖無將可用，官家便想起了宋家的小兒子——宋楚河。」

「是中了探花郎那位？」

寧頌點頭。「不錯。當年官家看在珍妃香消玉殞的分上，拘了宋家眾人半年後，將他們放了，宋楚河便棄文從武，開始認真鑽研兵法，四年間寫了不少兵書，連官家也讀過。「於是，官家想請宋楚河率兵北上，但宋楚河卻稱病不出，官家猜測宋楚河還介意四年前玉遼河戰役之事，遂封三皇子為太子，又賜婚於妳，恩威並施下，宋楚河才答應出山。」

寧晚晴有些意外。「太子殿下的這位舅父，還是個人物。」

「確實是個人物。」寧頌道：「宋將軍北上不過月餘，就將北僚打得節節敗退，官家聖心大悅，封他為鎮國公，重掌北驍軍。至此，宋家才重新再起。」

寧晚晴思索一會兒，道：「兄長與我說這些，是想告訴我，連太子的母家都能大起大落，我若入宮，也可能被捲入是非之中？」

寧頌聲音更低。「不錯。太子幼時純善，但這些年獨自沈浸在宮闈，不知變成什麼樣子？若他庸碌怯懦是真，那在波譎雲詭的後宮之中，如何護得住妳？如果他是韜光養晦，能裝上那麼多年，騙過那麼多人，可見城府之深！妳與他在一起，怎能安心度日？」

他說罷，眉宇間攏上一層深深的惆悵。「回來之前，父親與我商議過，寧家也算鐘鳴鼎食之家，父親戎馬半生，只想護佑百姓，守住家人，實在不必更進一步，徒惹猜忌。

「所以，妳不用考慮我們。妳若想嫁，父親和我定為妳備足嫁妝，讓妳風風光光嫁入東宮。就算我們遠在西域，也會想法子護妳周全；妳若不想嫁，以我們多年的軍功和名望，多少能求官家賣個情面，取消這樁婚事。」

寧頌目光溫和地凝視寧晚晴。「如今妳長大了，嫁與不嫁，全憑妳自己作主，父親和兄長都會支持妳。」

寧晚晴一言不發地看著寧頌，她終於明白，為何原主寧願受著寧錦兒的氣，也不肯向遠在西域的父兄告狀了。

並非是父兄對她不上心，而是因為他們對她太好了，好到原主不忍心讓他們擔憂，寧可將委屈吞進肚子裡，讓他們認為她一切安好。

寧晚晴再次心疼起那個無辜枉死的小姑娘。
寧頌見她表情愴然，長眉微微攏起。「晴晴，妳怎麼了？」
寧晚晴收斂神色，低聲道：「沒什麼……只是沒想到，兄長這般為我考慮。」
寧頌笑了，伸手揉了揉寧晚晴的頭髮，語氣寵溺。「今晚晴晴才思敏捷，條理縝密，幾句話便將那刁奴逼得無所遁形，實在是長本事了。但妳本事再大，也是我妹妹，兄長自當保護妳。」
寧晚晴被寧頌揉得發懵，看著他，忽然想起了自己的前世。
前世的她待在孤兒院，沒有家人，鮮有朋友，一個人孤獨地長大。
後來，她成了一名律師，整日忙著處理委託人的案子。
在她的工作裡，講究的是專業、效率，要全方位維護委託人的合法權益，很少談及「保護」二字。
這兩個字看似簡單，卻只有面對至親時，才會用上。
上一世，她沒有至親之人。
這一世，她有了。
寧晚晴不覺揚起了嘴角，輕輕道：「我記下了。兄長，我會認真考慮的。」
長夜寂寥，星途漫漫，皇宮內院之中，燈火暗了一處又一處，唯有東宮還燈火通明。

于劍和于書回來時，趙霄恆還在案前處理公務。

自從進了門，于劍便喋喋不休，眉飛色舞。

「……殿下，事情就是這樣，太子妃先是引誘王嬤嬤說出二房的罪狀，借力使力收拾了二夫人，才將廖姑姑之事甩到王嬤嬤跟前。您是沒看見，王嬤嬤本來以為自己能矇混過關，但當太子妃揭露廖姑姑的算計時，王嬤嬤的臉都嚇綠了，好看至極！」

福生在一旁添茶，聽于劍說完，忍不住看了他一眼。

這小子出門之前，還說自己去保護寧家二姑娘，才幾個時辰不見，就左一個太子妃、右一個太子妃了？

改口也太快了吧。

趙霄恆坐在案前，手中筆墨未停，只道：「讓你去護人周全，你倒是躲在屋頂上，看了一夜的戲。」

于劍忙道：「小人不敢。小人只是沒想到……」

趙霄恆問：「沒想到什麼？」

于劍猶疑一下，回答。「之前聽說太子妃乃名門淑女，恭謹溫良，嬌柔端莊，萬萬沒想到，太子妃居然將王嬤嬤審得啞口無言，悔不當初。還有二夫人，本來不可一世，待罪行敗露，當即被太子妃和寧將軍趕出去，罰她去山上修行。太子妃雷厲風行，堪比女青天！」

女青天?!

趙霄恆眼角微抽，終於停下了筆。

他抬起頭，看的卻是于書。「于劍的話可是真的？」

于書瞥了于劍一眼，覺得自己的弟弟多嘴，只得硬著頭皮道：「寧二姑娘是非分明，能辨忠奸，他日嫁入東宮，定是東宮之福。」

趙霄恆頓了頓，開口道：「罷了，她沒事就好。今夜寧頌已經回府了？」

于書應聲。「是。想來處理完府中之事，寧將軍便會來拜見殿下。」

「好，是時候與他見面了。」趙霄恆微微頷首，又提醒道：「對了，廖姑姑負責宮中買辦，常有出宮的機會。明面上，她是內侍省的人，好好查一查，她背地裡到底為誰做事。」

「是！」

從書房出來之後，于劍和于書打算離開，卻被福生叫住了。

福生看著于劍，張了張嘴，卻又沒說出什麼來。

這副欲言又止的樣子，讓于劍有些著急。「你到底想說什麼？」

福生猶豫一會兒，才慢吞吞地開口。「未來的太子妃……當真像個女青天？就是話本子裡寫的那種？」

方才于劍還沒說過癮，一聽福生這話，又來了興致。「那當然！話本子哪有常平侯府的事刺激？

「二房對大房又是打壓、又是刁難，居然還挪用府庫的銀子，真是膽子肥啊！還有那刁奴，居然妄想自己的女兒能嫁給咱們殿下當良娣，簡直是癡人說夢，連話本子都不敢這麼寫。幸好這一切全被太子妃識破了，她義正詞嚴地戳穿刁奴的陰謀，還順藤摸瓜查到了廖姑姑，當真是女中豪傑！」

于劍在後宮見到的女人，要麼是高高在上、七竅玲瓏；要麼是口蜜腹劍、表裡不一。像寧晚晴這般冷靜又清醒的女子，他還是頭一回見到，崇拜之情自然溢於言表。

但這番話落在福生耳朵裡，就變了樣。

福生努力回想話本子上描寫的青天大老爺，哪一個不是方塊臉、細長眼，一副凶神惡煞的模樣？

那些青天大老爺，看一眼就能把犯人盯出個窟窿，一開口就能把歹人嚇個半死。

福生想到這裡，彷彿已經瞧見寒光閃閃的狗頭鍘，和板磚大小的驚堂木，一時間，竟有些擔心趙霄恆的婚事。

「你們說，殿下會喜歡準太子妃嗎？」

于劍一愣。「這……無論喜不喜歡，都得娶吧？」

福生面露悵然。「是啊……太子殿下身不由己。」

于書也覺得福生有些怪怪的，問道：「平日你不是總念叨，殿下已過弱冠之年，身旁卻沒有一個知冷熱的人嗎？如今殿下要大婚，你怎麼又憂心忡忡了？」

福生嘆氣。「我當然希望殿下早日大婚，開枝散葉，也好告慰珍妃娘娘在天之靈。可是……」準太子妃知不知冷熱，他不清楚，但斷案神武一定是真的，不知九泉之下的珍妃娘娘還能不能笑得出來？

福生想到一半，直搖頭。

「哎呀，你操心那麼多做什麼？本事不大，管得那麼寬。」于劍濃眉一揚。「常平侯府掌握西凜軍；殿下的舅父，也就是國公爺，統領北驍軍。常平侯府和東宮聯姻，咱們大靖的西北可不就安穩了？這是強強聯手，般配！」

于書見福生愁眉不展，跟著安慰。「是啊，東宮缺盟友，殿下缺賢內助，各取所需，如此正好。」

福生心道，他們又不用娶女青天，自然是沒意見了。可轉念一想，衝著常平侯手中的十萬西凜軍，別說是女青天，就算是女夜叉，太子娶來也不虧！

這一夜，了卻心事的寧晚晴終於睡了一個好覺。

翌日一早，她穿戴整齊出了房門，便見到院子裡堆滿木箱，箱子都打開著，有些擺著精緻的首飾、有些放了昂貴的玉器，還有些裝滿華麗的絲綢，看上去琳琅滿目。

下人們來來回回清點東西，忙得不可開交。

寧晚晴問道：「這些是？」

慕雨笑咪咪地迎上來。「姑娘醒了？這些是大公子帶回來給您的好東西呢，奴婢們正在清點入庫。」

寧晚晴詫異。「這麼多，全是給我的？」

「傻丫頭，不給妳給誰？」溫和的男聲響起。

寧晚晴循聲看去，眼尾微彎。「兄長，嫂嫂。」

黃若雲溫柔道：「昨晚妳兄長便吩咐人卸貨，今日一早就將東西抬過來了。妳看看，可還喜歡？」

寧晚晴一愣。「喜歡，但是這些……太多了。」

從來沒有人對她這般好過。

寧頌笑道：「這算不了什麼。這些箱子裡的東西，是這一年來我在西域搜羅到的，府裡攢得更多。反正都是妳的嫁妝，自然多多益善。」

寧晚晴忍俊不禁。「嫁妝？兄長這是想催我快些嫁了？」

寧頌一本正經地說：「還是那句話，妳自己作主，但不管妳嫁誰，什麼時候嫁，我都支持。多備些嫁妝，總歸不會錯，我的晴晴自然要嫁得風風光光的。」

黃若雲莞爾。「是啊。快看看還有什麼缺的，嫂嫂回頭幫妳補上。」

寧晚晴打量黃若雲一眼，只見她待在寧頌身旁，整個人的氣色都好了不少。

「你們別老是操心我的事了。兄長，你可知道，你不在的時候，嫂嫂多掛心你？」

寧頌一聽，垂眸看向愛妻，唇角微勾。「哦？妳怎麼沒告訴我？」

黃若雲本就面皮薄，被寧晚晴這麼一說，臉霎時紅了。

「晴晴，別胡說。」

寧晚晴笑道：「我可沒有胡說。這次兄長回來，可要多陪陪嫂嫂，快些替我添個小姪兒，才是最要緊的。」

子嗣一直是黃若雲的心病，昨夜找到她身子虛弱的原因，雖然令人傷心，但至少能對症下藥了，反而是一件好事。

黃若雲紅著臉道：「小姑娘家家，沒個正經。」嘴角卻抑制不住地上揚了。

寧頌愛憐地撫了撫黃若雲的髮。「之前我忙於軍務，確實疏忽了妳。以後遇到什麼事，千萬要告訴我。」

黃若雲溫柔地點點頭。「我知道了，官人。」

相處了這些日子，寧晚晴知道黃若雲對自家兄長一往情深，自然樂見他們夫妻恩愛。

寧頌笑了笑，又看向寧晚晴。「妳們先清點嫁妝，我要出去見一個人。」

寧晚晴隨口問道：「兄長去見誰？」

寧頌意味深長地看了她一眼。「太子殿下。」

第七章

冬日暖陽灑在街頭，照得尚未化開的白雪多了幾分暖意。

平時寧頌習慣騎馬，但今天出門特地改乘馬車。

他撩起車簾一角望去，長街上熙熙攘攘，人聲鼎沸；街道兩旁招牌林立，招攬客人的小二也十分賣力，吆喝聲此起彼伏。

西域的集市，雖然沒有京城的繁華，但也十分熱鬧。

不過，京城之中，放眼望去都是漢人，而西域的集市上，不但有漢人，還有羌人和胡人，打扮各異，語言也不盡相同。只要不開戰，生意也是做得如火如荼，別有一番盛景。

「將軍，到了。」

馬車緩緩停在一座院落前，寧頌下了車。

門口的石獅厚重，看起來與尋常府邸的沒什麼兩樣。

寧頌抬頭看門上的牌匾，黑色的檀木上，簡簡單單地寫著「宋宅」兩個大字。

這兩個字樸實無華，若是旁人路過，只怕不會多看一眼。但寧頌卻清楚，這兩個字意味著什麼。

宋家乃淮北名門，鼎盛時期，產業不但遍布淮北，連京城都隨處可見。

十一年前，宋家長子宋楚天出事時，宋家產業盡數充公。四年之後，宋家幼子宋楚河重新入朝，才將屬於宋家的東西拿回一部分。

這園子，恐怕是失而復得的產業之一。

寧頌收斂思緒，撩起衣袍，拾階而上。

姜勤跟著他上去，伸手拉動銅環，發出沈重的叩門聲。

片刻之後，大門吱呀開了，一個圓臉白淨的少年出現在門口，正是福生。

「見過寧公子。」福生沒有喚寧頌為將軍，而是以家僕之禮敬之。「主子已經在書房等候多時了。」

寧頌頷首，抬步邁入宋宅。

宋宅外院看起來十分簡樸，但一入園子，頓覺視野開闊，悠遠豁達。簷角飛翹，白雪瑩瑩，黑瓦嶙峋。走在九曲迴廊上，目光所及之處，皆是優美景致。

寧頌隨福生穿過長廊，入了內院。

內院裡的白梅開了，寒風一起，幽香陣陣。

走了不久，便到了書房。

福生微微俯身，抬手推門。「主子，寧公子到了。」

寧頌踏進書房，金絲炭的暖意撲面而來，抬起眼簾，目光落到趙霄恆身上，只見他穿著單薄長衫，卻擁著雪白厚重的狐裘，半個身子陷在躺椅中。那張無可挑剔的臉，透著蒼白之色，看起來有些疲憊。

寧頌低頭行禮。「末將寧頌，叩見太子殿下。」

趙霄恆站起身，親自去扶寧頌。「這裡不是皇宮大內，也不是朝堂軍營，不過是老友見面，子信兄不必拘禮。」

子信是寧頌的字，除了常平侯寧暮以外，鮮有人這般喚他。但趙霄恆的舅父宋楚河便是一個，於是趙霄恆也隨著舅父，喚寧頌為子信。

寧頌打量趙霄恆一眼。「聽聞你身體不適，如今可好些了？」

自從歌姬案之後，東宮的聲譽受到不小的影響。雖然靖軒帝最終沒有過分責備趙霄恆，但趙霄恆稱自己御下不力，悔恨不已，自罰禁足一月。

孰料，趙霄恆接著一病不起，已經許久沒有上過朝了。外面流言漫天，眾說紛紜，甚至連易儲的消息都傳了出來，是以寧頌見了趙霄恆，也忍不住要問一句。

趙霄恆笑得淡然。「無妨，都是老毛病了，休養一陣子便好。」頓了頓，又道：「子信兄放心，應當不會影響大婚。」

一提到大婚，寧頌神情微微一頓。

這一點微妙的變化，並沒有逃過趙霄恆的眼睛。

「子信兄怎麼了，莫不是府中遇到了什麼事？快坐下與孤細說。」

寧頌點頭，坐到趙霄恆旁邊，掩去府中大房與二房之爭，將王嬤嬤勾結廖姑姑的事，原原本本說了一遍。

「末將本不該拿此事煩勞殿下，但宮中人將手伸到常平侯府，應該是為了破壞聯姻。末將實在不敢掉以輕心，故而想請太子殿下出手，查一查廖姑姑的來歷。」

趙霄恆沈吟片刻，道：「子信兄不必見外，常平侯府的事，便是東宮的事。不瞞你說，孤已經查過廖姑姑了，是麗妃的人。」

「麗妃？」寧頌有些意外。「是二皇子的生母？」

「不錯。」趙霄恆點頭。「這件事當是麗妃和二皇兄的手筆。他娶了吏部尚書的女兒，往吏部塞了不少自己的人進去，好不容易在朝堂爭得一席之地，自然不能坐視我們聯手。」

寧頌面色微沈，朝堂明槍易躲，後宮暗箭難防，寧晚晴還沒有嫁入東宮，便差點遭到毒手，等真的嫁過去，豈不是要日日提心吊膽？

趙霄恆看出寧頌面色不好。「子信兄？」

寧頌定了定神。「既然廖姑姑是麗妃娘娘的人，殿下準備怎麼辦？」目不轉睛地盯著趙霄恆。

他問這話，一是為了替自己的妹妹討個公道，二是為了試探趙霄恆的虛實。曾經令人望塵莫及的少年，當真懦弱無能，泯然於眾人了嗎？

趙霄恆沒回答，反問他。「子信兄覺得呢？」

寧頌正色道：「末將的妹妹無端被害，萬幸之下方保住一條命，無論如何都該討回公道才是。」

趙霄恆狀似不經意地問：「這是二姑娘的意思？」

「舍妹倒是沒提，只讓末將提醒殿下，在宮中也要小心廖姑姑。但末將身為兄長，理應護佑妹妹，還她一個公道。」

趙霄恆聽罷，長眉幾不可見地挑了挑，過了一會兒才開口。「子信兄說得有道理。麗妃娘娘和二皇兄害人不淺，孤相信善有善報，惡有惡報，他們必遭天譴，自食惡果。」

「自食惡果？」寧頌不可置信。「殿下的意思是，不打算追究此事了?!」

寧頌行軍打仗多年，一著急起來，聲音不覺提高了幾分。

趙霄恆正要說話，忽然嗆了口氣，劇烈地咳嗽起來。

寧頌微微一愣，有些不知所措。

福生連忙上前，為趙霄恆添了一杯茶。

「寧公子，近日天氣冷，寒氣攻入肺腑，我家主子身子十分虛弱，平日是不見客的。但得知您回到京城，一大早便從宮裡趕過來，到了現在，連早膳都用不下去。您有什麼話慢慢說，千萬別著急。」

寧頌聽罷，也覺得自己方才的態度有些不妥，道：「殿下莫怪，末將是心疼妹妹無辜，才多問了兩句。」

趙霄恆飲下半盞茶水，終於緩過來，笑得勉強。

「無妨、無妨，子信兄擔心二姑娘，也是人之常情。不過，廖姑姑與麗妃的關係沒有實證，若是告到父皇那裡，父皇未必會聽信我們的話，很可能得不償失，不如從長計議。」

寧頌默默聽著，額頭上滲出一層細密的汗，不知是因為屋裡炭火燒得太旺了，還是因為趙霄恆這話聽得人惱火。

所謂的從長計議，不就是推託之詞？

趙霄恆見寧頌不說話，又道：「二姑娘此番受苦了，實在是孤連累了她。福生，將孤的月間香取來，贈予二姑娘。」

寧頌悶聲道：「殿下客氣，禮物就不必了。」

「這月間香是香中極品，子信兄不是二姑娘，又怎知她不喜歡呢？」趙霄恆笑意溫潤。

「子信兄還是不要推辭了吧。」

片刻之後，福生取來月間香。

寧頌雖然鬱悶，也只能收下。「如此，便多謝殿下了。」

趙霄恆唇角微勾。「這次子信兄回京，多待一些時日吧，如今朝中人才輩出，想必你還不認識。三日後，齊王世子的萬姝閣開業，已經送了帖子來，子信兄隨孤一起去？」

寧頌有些疑惑。「萬姝閣？」

趙霄恆笑了笑。「名字是俗氣了些，卻是個好地方，美酒美人應有盡有，可別錯過了。」說罷，遞了個眼色給福生。
福生立即掏出一份帖子，雙手呈給寧頌。
寧頌不愛應酬，但趙霄恆根本沒有給他拒絕的機會，再不情願，也得接下來。
「是。」

寧頌回府時，寧晚晴與黃若雲正在下棋。
之前寧晚晴對圍棋沒有太大興趣，但穿越到了古代，日子實在有些無聊，便學起下棋。沒想到才半日，就玩得上了癮。
黃若雲棋藝不俗，但寧晚晴經常不按牌理出牌，讓黃若雲哭笑不得。
兩人正玩得開心，但黃若雲一眼便瞧見寧頌面上的愁雲，不免問道：「官人這是怎麼了，沒有見到太子殿下嗎？」
寧頌嘆口氣。「見到了。」若是沒見到，也不會這般無奈。
寧晚晴側目看他。「是不是殿下同兄長說了什麼？」
寧頌看她一眼。「晴晴，嫁入東宮之事，妳想好了嗎？」
寧晚晴道：「兄長，一日之間，你已經問了兩次。」
寧頌神色憂慮，猶豫一下，還是開了口。「並非我要催妳，實在是……」
他想說太子殿下窩囊透頂、朽木難雕，又怕傷了妹妹的心。畢竟這樁婚事七年前就賜下了，難保妹妹不對太子芳心暗許。

於是，寧頌忍了又忍，只道：「太子殿下已經查出廖姑姑是二皇子一脈的人，但苦於沒有證據，暫時沒別的辦法。兄長本想替妳討回公道，但事關後宮，兄長不好插手，只能走一步算一步了。」

寧晚晴道：「沒關係，只要這事真是他們做的，定留有蛛絲馬跡。君子報仇，十年不晚，兄長不必自責。」

寧晚晴知道寧頌疼愛原主，但此事牽扯皇宮內院，過於危險，她也不希望他因小失大。

黃若雲安慰道：「是啊，如今咱們一家人平安，就是最重要的。官人還沒用午膳吧？我這就去準備。」說罷，便先出去了。

等黃若雲走遠後，寧頌在寧晚晴對面坐下，從懷中掏出一物。

「這是太子殿下贈予妳的月間香，據說是香中極品，焚之可凝神靜氣，有助安眠。」

寧晚晴接過來，月間香裝在一只手掌大的木匣裡。匣子上花紋繁複，雕刻得十分精美。

她翻開匣子，發現了一封帖子。「這是什麼？」

寧頌一看，回答道：「齊王世子在京城開了一間酒樓，殿下要我同去祝賀世子開業。」

寧晚晴瞄了帖子一眼，蹙起眉。「萬姝閣……」

好土。

寧頌忙道：「不過是一間普通的酒樓。」

寧晚晴看了看手中的月間香和帖子，靈光乍現，抬眸問道：「這月間香確定是太子殿下給我的嗎？」

「當然，我本不想收，但殿下說妳很可能會喜歡。」

寧晚晴秀眉微挑，悠悠道：「月間香雖是好東西，但萬姝閣更有意思，不如兄長帶我一起去？」

寧頌差點驚掉了下巴。

「這怎麼行？」寧頌想也不想就拒絕了。「哪有未出閣的姑娘家去那種地方？」

寧晚晴淡然開口。「方才兄長不是說，是一間普通酒樓嗎？」

「這……」寧頌無奈道：「是酒樓，但那是男人們應酬的地方，妳去不合適。」

寧晚晴道：「這個簡單，我扮成小廝與你一起去，不就行了？」

「不可、不可。」寧頌還是拒絕。「妳為何非要去萬姝閣？」

寧晚晴眨了眨眼。「兄長不是要我考慮要不要嫁太子嗎？我沒見過他，怎知要不要嫁？到時候兄長顧著自己應酬便好，我安靜地跟在你後面，見他一面便可。」

寧頌沒想到一向嫻靜的妹妹，居然這般膽大妄為。

「可是……」

「兄長，你不是說，無論我做什麼，你都會支持我嗎？我不過是想偷偷看太子殿下一眼，不想盲婚啞嫁罷了。你若不答應，我就去求嫂嫂了。」
「晴晴，我才離開一會兒，妳就想起我了？」黃若雲備好吃食，剛踏入月洞門，就聽見寧晚晴的聲音，笑吟吟地走過來。「你們在聊什麼？」
寧晚晴張口便道：「嫂嫂，兄長不帶我去萬……」
「沒什麼。」寧頌連忙打斷寧晚晴的話，滿臉堆笑地開口。「晴晴想讓我帶她出去玩，我還在考慮。」
黃若雲有些好笑。「之前你不是還說，晴晴太過內向，應該多出去走走嗎？如今你難得回來，陪她到處逛逛也好。」
寧晚晴順勢道：「兄長，你看嫂嫂都發話了。」眉眼輕彎地看著寧頌，笑意裡有小小的狡黠。
寧頌眼角抽了抽，只得道：「罷了……那就聽妳嫂嫂的吧。」
寧晚晴一笑。「兄長這是答應了？」
寧頌正色道：「下不為例。」
寧晚晴頓時心花怒放。「多謝嫂嫂！」
寧頌愣了下。「為何不是多謝我？」
黃若雲睨他一眼。「你不服氣？」
寧頌失笑。「服氣、服氣，五體投地。」

三日後。

「姑娘，您當真要穿成這樣去萬姝閣？」思雲一面幫寧晚晴綰髮、一面問道。

慕雨也道：「是啊，姑娘，那個萬姝閣一聽就不是什麼好地方。」

這萬姝樓若是再叫得直白點，不就是美人樓嘛！誰還不懂其中的彎彎繞繞？

房中的月間香燃起，寧晚晴輕輕吸了口氣，清雅的味道著實令人心情愉悅。

「不過是去散散心，妳們不必擔憂。」

寧晚晴要跟著寧頌去，自然有她的考量。

她垂下眼瞼，看了桌上的《大靖律典》一眼。

這本厚厚的典籍，她已經通讀一遍。在這個男尊女卑的時代，但凡有關婚姻的論述，律法也好，輿論也罷，都是優待男子，苛責女子。女子的地位相較於後世，實在太過低下，而最難熬的時間，莫過於嫁人之後，產子之前。

那個階段，姑娘離開了娘家，不再受娘家庇佑。到了夫家後，須侍奉公婆，伺候夫君，照顧後輩，不但要任勞任怨，還不能行差踏錯。若是被丈夫休妻，便成了棄婦，很可能被視為家族的恥辱，最終無家可歸。

如今她的身分，比起尋常古代女子要好上許多，但她習慣未雨綢繆，自然要為自己和家人尋一條更好的出路。

思雲和慕雨見勸不住寧晚晴，只得按照她的吩咐，將她打扮成常平侯府的小廝。

寧晚晴簪好墨色的長髮，戴上一頂帽子，再套上小廝的衣裳，遠遠看去，除了膚色白得發亮之外，看起來也像個小廝了。

思雲幫寧晚晴拉起衣領，蓋住細膩的脖頸。「姑娘，到了外面可千萬要當心，別和大公子走散了。」

寧晚晴微微一笑。「放心，丟不了。」

這時，姜勤來了。「二姑娘，馬車在門口等了，大公子差小人來問，還要多久？」

「已經好了，我們走吧。」

第八章

大靖沒有宵禁，此時過了傍晚，即便天寒地凍，長街之上依舊人來人往。

寧晚晴坐在馬車中，手指抬起車簾，朝外面看去。

道路兩旁的鋪面飛快掠過，亮堂的燈籠從街頭掛到巷尾。北風輕拂，燈籠好似一條長長的火龍，微微擺動起來。

這是她穿越到這個陌生時空後，第一次出門。

寧頌見寧晚晴表情雀躍，忍不住揚了揚唇角。早知道她這麼喜歡熱鬧，就該多帶她出來玩玩。

寧晚晴回過頭，問道：「兄長看著我做什麼？」

寧頌笑著搖頭。「沒什麼，只是想起了小時候。那時母親還在，帶我們出門逛集市，妳只有現在一半高……一轉眼，妳也長大了，若母親知道妳出落得這般好，一定很欣慰。」

寧晚晴聽罷，抿唇笑了起來。「母親在天上，也一定過得很好。」

前世的寧晚晴沒有享受過母愛，這一世雖然仍沒這個福氣，但還有疼愛她的父親和兄長。她會竭盡所能，好好守護這個來之不易的家。

一刻鐘後，馬車駛入京城最繁華的主街，便不動了。

寧晚晴抬起車簾，立時一驚。

「晴晴，怎麼了？」

寧晚晴指著外面。「這……堵車了。」

在這裡說「堵車」，著實有些怪異，但寧晚晴也沒有說錯。

一整條街被香車寶馬擠得密密麻麻，健壯的馬兒不耐煩地跺著腳，綺麗的華蓋遍地都是，饒是寧晚晴對古代的物價不熟悉，也看出來了——這簡直是大型的炫富現場。

姜勤扭過頭來，低聲道：「大公子，馬車過不去了。」

寧頌見長街擠得水泄不通，便對寧晚晴道：「這裡離萬姝閣不遠，不如我們用走的？」

寧晚晴點點頭。「好。」

寧頌和寧晚晴一前一後下了車。

「等會兒妳就跟在我後面，千萬別離開我的視線，知道嗎？」寧頌還是有些不放心，一路上都在囑咐寧晚晴。

寧晚晴不厭其煩地點頭。「是，小人謹遵公子的吩咐。」

寧頌見她裝得這般認真，便不好再多說什麼了。

兄妹倆很快穿過擁擠的長街，到了一處富麗堂皇的鋪面門口。

寧晚晴抬眸看去，這鋪子有三層樓高，屋頂由暗色琉璃鋪就，在月光的照耀下，熠熠生輝。外牆上繪製著精美的壁畫，是清一色的美人圖，那些美人或妖嬈動人、或清純柔美，千嬌百媚，看得人眼花撩亂。

最引人注目的，要數那一塊巨大的金色牌匾，上面龍飛鳳舞地寫著三個大字——萬姝閣。周圍還掛著一圈斗大的燈籠，將這三個字照得閃閃發亮，只怕隔壁街道都能看清楚。

寧晚晴站在牌匾下，眼皮忍不住一跳，當真是土他娘給土開門——土到家了。

「咳咳……」寧頌見寧晚晴盯著牌匾看，咳嗽了兩聲。

寧晚晴立即低下頭，跟上他。

門口已經擠滿了人，寧晚晴亦步亦趨地走在寧頌身後。兩人還未到門口，松石綠的錦袍袍角便映入眼簾。

「這不是寧將軍嗎？」身著錦袍的男子開了口，聲音很年輕。

寧頌回過頭，見到對方，微微一愣，隨即斂起神色，俯身一揖。「見過二皇子殿下。」

二皇子？那不是廖姑姑背後之人？

換句話說，正是眼前之人間接害死了原主。

想到這裡，寧晚晴忍住心中不忿，無聲抬頭，打量起二皇子。

二皇子趙霄昀承襲了麗妃的相貌，有一雙風流的桃花眼，眼尾微微上揚，笑起來的時候總帶了三分輕佻。

趙霄昀並沒有注意到寧晚晴的目光，而是看向寧頌，似笑非笑道：「聽聞今年西域屢有外敵進犯，怎麼寧將軍還有空回京？」

寧頌不慌不忙道：「托二殿下的福，西凜軍已經擊退外敵，想來西域的百姓，也能過一個安穩的年了。」

趙霄昀笑道：「這哪裡是托我的福，明明是父皇恩澤天下，百姓才能安居樂業。」說罷，同寧頌一起往門口走去。

「此次寧將軍回京，是為了令妹與太子的婚事吧？可惜太子病弱，有一陣子沒露面了，不知你們能不能見到。」

寧頌淡聲道：「太子殿下洪福齊天，想必很快就會痊癒。」

趙霄昀勾起唇角，狀似不經意地說：「若是太子沒空，寧將軍不如到我府上坐坐，我必好好招待，不叫將軍空手而歸。如何？」

寧晚晴聽出趙霄昀的拉攏之意，瞧了寧頌一眼，他未置可否，但神情顯然有些尷尬。

這時，一道清朗溫和的聲音響起——

「皇兄府上的好酒好菜，何時也讓孤嚐一嚐？」

趙霄昀面上的笑容，肉眼可見地僵住了。

寧晚晴循聲看去，只見那人著了一身月白色直裰，肩頭裹著雪色狐裘，自昏暗的長街一步步走入眾人眼前。

明亮燈光勾勒出英挺輪廓，清俊面容上掛著淡淡笑意，與生俱來的清貴氣度，昭示了他與眾不同的身分。

寧晚晴微微一怔，隨即聽見眾人的聲音——

「參見太子殿下。」

寧晚晴急忙低下了頭，躲在寧頌身後，同眾人一道行禮。

趙霄恆淡淡道：「今日來此，都是為了替嚴書道賀，就不必多禮了。」

眾人低聲應是，聲音還未落下，寧晚晴便見到一個圓球似的人從門口擠了出來。

那人生得肥頭大耳，穿了一身琥珀色錦袍，活像一錠金元寶。更誇張的是，他腰帶上還嵌了一顆雞蛋大的夜明珠，看起來沉甸甸的，硬是將自己變成了「金鑲玉」。

「金鑲玉」見到趙霄恆，笑容滿面地開口。「太子殿下來了，怎麼不早些知會我？我好到門口迎接呀！」

趙霄恆淡然一笑。「嚴書客氣了。」

寧晚晴忍不住拉了拉寧頌的衣袖。「這是誰呀？」

寧頌壓低聲音道：「是齊王世子趙獻，字嚴書。」

寧晚晴哦了一聲。這位世子的風格，從頭到尾和書真是八竿子打不著，不知為何取了個這樣的表字。

趙獻與趙霄恆寒暄好一會兒，才發現站在旁邊的趙霄昀，招呼道：「哎呀，二殿下也來了？這可巧了，我正好迎兩位一起進去。」

趙霄昀笑得有些不自然。「嚴書好生偏心，我站了好一會兒，都沒見你出來。太子殿下一來，你就出現了。」

趙獻笑得恣意。「二殿下此言差矣，方才我正忙著，所以沒瞧見你。再說了，太子殿下病了，還能賞臉來我的萬姝閣，當然要親自來迎。」

這話真是沒有給趙霄昀留半分面子。趙霄昀心中不悅，順勢將矛頭指向趙霄恆。

「是啊，太子殿下不是還在病中嗎？父皇見你多日不上朝，打算遣太醫去看看呢。怎麼，如今竟能撐著身子到萬姝閣來了？」

旁人一聽，登時面面相覷。

二皇子明顯是在嘲諷太子殿下，不上朝卻來喝花酒！

大家忍不住看向趙霄恆，想看他如何應對，更有好事者抿唇偷笑，面上掛著幾分幸災樂禍的表情。

趙霄恆虛弱一笑，鄭重地轉向趙獻，一字一句道：「孤雖在病中，但萬姝閣是你的心血，但凡孤能起身下榻，都會來此為你道賀。」說罷，咳嗽了好幾聲，一張臉更顯蒼白。

趙獻感動不已，連眼睛都亮了，激動地道：「哎呀，知我者，莫若太子殿下。殿下快隨我進去，千萬別吹著風了。來人啊，將我珍藏的春風露拿出來，酒逢知己千杯少，我要與太子殿下痛飲一番！」

趙霄恆卻拉住了他，輕聲道：「嚴書，這位是常平侯府的寧將軍，剛從西域回京，今夜是陪我一起來的。」

「寧將軍？」趙獻看向寧頌。「那不就是準太子妃的兄長、太子殿下未來的內兄嗎？」

寧頌沒想到趙獻說得如此直白，愣了下，開口道：「世子過獎了，末將實在不敢當。」

趙獻哈哈一笑。「太子殿下的內兄，就是我的內兄。寧將軍難得回京，今夜定要與我們不醉不歸！」

他說完，興高采烈地陪著趙霄恆和寧頌進了萬姝閣。

被晾在一旁的趙霄昀，臉色黑如鍋底，欲轉身離開，但身旁幕僚勸道：「殿下切不可因一時之氣失了風度。若是落人話柄，就不好了。」

趙霄昀只得忍下這口氣，踱著步子跟上去。

寧晚晴將這一切盡收眼底，暗暗覺得好笑，又不敢笑得太過明顯，遂拉低了帽子，也混在人群裡進了萬姝閣。

一進門，寧晚晴就被眼前的景象驚呆了。

若說萬姝閣外面富麗堂皇，那裡面的奢華簡直堪比皇宮。

雕梁畫棟、金碧輝煌，還掛著金絲攢的大燈籠，恍若一顆太陽，照亮了整座大廳。梁柱上雕刻著精美的花鳥魚蟲圖案，看起來栩栩如生。

最引人注目的，是大廳中央的一方泉池，池中養了不少金燦燦的錦鯉，錦鯉靈活地游來游去，為大廳添了一絲鮮活之氣。

泉池上搭了一方舞臺，鋪著雪白絨毯，幾個異族美人正坐在絨毯上演奏琵琶。雖然正值冬日，她們卻穿得十分清涼，短衫堪堪能遮住一半的腹部，纖細腰肢暴露在外，十分誘人。美人們一面彈奏、一面向客人們暗送秋波。即便她們戴著面紗，依然難掩姿色，這般若隱若現，更是賺足了眾人的目光。

旁邊有人為這場面所驚，道了一聲。「妙哉！」

趙獻得意地笑了起來。「諸位請落坐。殿下請上座，寧將軍與我同坐如何？」

寧頌只得點頭，回頭看了寧晚晴一眼。

寧晚晴微微挑眉，彷彿在問：這陣仗，是普通酒樓？

寧頌有些尷尬地笑了笑，只得裝作沒看到她的神情，轉身坐到趙獻身旁。

眾人剛坐下，侍女們便魚貫而入，送上美酒佳餚。

寧晚晴往後面站了站，儘量不讓人注意到她，但不知怎的，總覺得主位附近有一道目光跟著她。

她抬眸，只見趙霄恆正一心一意地與趙獻聊天，這才鬆了口氣。

「二殿下，我這春風露如何？」

從方才進來開始，趙霄昀就沒有說過話，聽到趙獻開口，才徐徐應道：「不錯，與扶音閣的金玉釀不相上下。」頓了頓，看向趙霄恆。「殿下覺得呢？」

「扶音閣」三個字一出，熱烈的氣氛便冷了下來。

在場的人都知道，前陣子扶音閣的歌姬鶯娘狀告太子之事鬧得滿城風雨，直到幕僚出來認罪，才將此事壓下去。

此後，太子殿下就稱病不上朝了。

二殿下這話，當真是哪壺不開提哪壺！

趙霄恆神色如常，端起酒杯，放到唇邊輕抿了一口。「孤倒是覺得，嚴書的春風露，更勝一籌。」

趙獻一聽，立時眉開眼笑。「那是自然！我趙嚴書旁的不敢說，但在美酒和美人一事上，我若認第二，全京城恐怕沒人敢認第一。這春風露可是使用了三十多種材料釀製而成，其中還有初春的竹葉、西域的瑪瑙葡萄、南疆的稻米，連釀酒的小娘子，都是精挑細選的美人兒，還是太子殿下識貨啊！」說罷，瞥了趙霄昀一眼，目光中藏了兩分嫌棄。

趙霄昀臉色一變，這話不是暗指他不識貨嗎？

他冷笑一聲。「嚴書日日吃喝玩樂，恣情縱慾，當真是令人羨慕。這春風露著實是好酒，不知皇叔若在京城，會不會以你的春風露為傲？」

一提到齊王，趙獻的笑容就僵住了。旁人說他無用沒關係，但趙霄昀將他爹抬出來，他多少還是有些介意的。

就在這時，趙霄恆淡淡開口。「人各有志，嚴書這般率性灑脫，自由自在，倒是多少人都求不來的，不是嗎？」

趙霄恆說罷，目光輕掃眾人，溫和中帶著一絲隱晦的壓迫感。

眾人忙不迭點頭。

「是啊、是啊，世子平易近人，我等能與之相交，乃是一大幸事。」

「春風露是好酒，萬姝閣是好地方，世子經商有道。」

「我敬世子一杯！」

眾人你一言、我一語地說著，趙獻臉上也重新掛上笑容。

「我趙嚴書沒別的，就是講義氣，誰對我好，我便對誰好。人與人到底不同，與其每日東想西想，惦記些不屬於自己的東西，不如安分守己，及時行樂。來，我敬大家一杯！」

趙獻說罷，仰頭一飲而盡。

趙霄昀被他說得面色青白，擰緊了拳頭。

一旁的幕僚連忙為他倒酒，低聲提醒。「主子……」

趙霄昀氣得端起酒杯，一口乾了，再重重放回桌上。

趙獻不以為意，趙霄恆卻笑了笑，繼續與寧頌飲酒。

經過方才的唇槍舌戰，寧頌算是看明白了，趙獻雖然是個草包世子，卻是太子的忠實擁護者。

二皇子這般找碴，想來是看到趙霄恆受到靖軒帝冷遇，按捺不住自己的心思了。

當著太子的面，都敢這麼囂張，怪不得敢把爪牙伸到常平侯府來！

寧頌想起寧晚晴被下毒的事，原本有些生氣，眼下見趙霄昀氣得說不出話，反倒舒爽了幾分。

「寧將軍，這酒菜可還吃得慣？」趙獻說到做到，果真將寧頌奉為上賓。

寧頌道：「甚好。多謝世子款待，我敬世子。」放下酒杯，拿起一旁的酒碗，倒了滿滿一碗，朝趙獻略抬手，便豪氣地喝下去。

趙獻是個性情中人，見到寧頌這般爽快，高興不已。久經沙場的人就是不一樣，看著比京城中那些文謅謅的士大夫順眼多了。

於是，趙獻也扔了酒杯，換成酒碗。

「今夜多謝寧將軍賞臉，日後寧將軍來萬姝閣，吃喝玩樂全記在我帳上！」

這可是他趙獻最高的禮遇了。

趙獻說著，伸出肉乎乎的手掌拍了拍。

一旁的管事立即會意，忙道：「起舞！」

第九章

一眾舞姬嫋嫋而來，廳中的燈火暗了幾許，增添不少曖昧氣氛。水袖一甩，便吸引了眾人的注意。

趙霄恆無聲側目，望向寧頌身後那個不起眼的小廝。

只見他容色雪白，眉眼微彎，正投入地觀賞著臺上的舞蹈。

一曲舞畢，趙霄恆才收回目光，重新端起酒杯。

「好，好啊！」

眾人嘆為觀止，更為舞姬們的美貌所陶醉。

舞姬們下臺之後，並未離去，而是蓮步輕移，嬌嬌媚媚地來到客人們身旁。

趙獻點了兩個容貌出眾的。「妳們兩個，去伺候太子殿下。」

美人們正要簇擁過去，趙霄恆卻咳嗽了幾聲。「今日精神不濟，多謝嚴書美意了。」

趙獻一愣，壓低聲音道：「這些都是乾淨的。殿下若覺得這裡人太多，不如帶回去？」

這話恰好被寧晚晴聽到，忍不住抬眸，看了趙霄恆一眼。

趙霄恆仍然搖頭。

一旁的福生出來，對趙獻道：「世子，咱們殿下身子還沒好，不喜吵鬧，先算了吧。」

他說著，遞了個眼色給趙獻，努嘴指向一旁的寧頌。

趙獻登時醍醐灌頂，一拍大腿，道：「瞧我這腦子！」連忙回頭，對寧頌解釋。「寧將軍可別誤會，我與殿下雖然交好，時常在一起飲酒，但他從來不會招美人伺候。你瞧瞧，我就是硬塞給他，他都不要。

「即便是尋常男子，有幾人能坐懷不亂？更別說太子殿下，只要他想，那是日日有人投懷送抱，自薦枕席。可他潔身自好，只差立貞節牌坊了，絕對是一等一的夫婿人選。二姑娘日後嫁給太子殿下，那可是前世的緣分，一生的福氣！」

寧晚晴的嘴角抽了抽。

寧頌道：「太子殿下的為人，我自是相信的。」

趙獻聽了，這才放下心。「那就好，寧將軍果然通情達理。來呀，快幫寧將軍倒酒！」

兩位美人見風使舵，連忙擠到寧頌身旁，一個替他倒酒，一個為他挾菜。

寧頌想推辭，趙獻卻道：「寧將軍別客氣，殿下不給我面子，你可不能再拒絕我了。」

寧頌見狀，只得默默回頭，看了寧晚晴一眼，彷彿在說：別告訴妳嫂嫂。

寧晚晴想笑又不敢笑，憋得實在難受。

這時，趙霄昀的聲音幽幽傳來。「常平侯府風水當真養人，連小廝都生得這般白淨。」

此言一出，寧頌眸光微頓，隨即開口。「二殿下過獎了。」對寧晚晴道：「我的玉墜子落在馬車上了，妳去幫我取來。」

寧晚晴知道寧頌怕她暴露身分，想將她支開，會意點頭，壓低嗓音應下。「是。」

寧頌見寧晚晴出了門，趙霄昀也沒再說什麼，一顆心終於放回肚子裡。

趙獻繼續拉著寧頌喝酒，寧頌滿口答應。

趙霄恆陪他們飲了幾杯，便說有些頭疼。

趙獻忙道：「殿下沒事吧？要不要傳個大夫來瞧瞧？」

趙霄恆搖頭。「無妨，孤出去吹吹風就好，很快就回來。你們盡興。」緩緩起身，離開了大廳。

趙霄恆踱步到院子裡。

夜裡寒風蕭瑟，落雪紛紛，一片純白。

他沿著長廊，一步步向前走，走到拐角處，頓住了步子。

「殿下，怎麼了？」福生低聲問道。

趙霄恆道：「你回去盯著，別讓嚴書把寧將軍灌醉了。」

福生有些意外，卻沒敢多問，應聲退下。

趙霄恆這才緩緩抬頭，目光延伸至長廊盡頭處。

四周很靜很靜，深邃的天幕下，雪花悠悠飄落，彷彿是一場唯美的花瓣雨。

有雪片被風拂入長廊，落入少女白皙的手心裡，化成了冬夜裡的一點涼意。

趙霄恆靜靜看著長廊上纖細的身影。

寧晚晴似乎感覺到什麼，轉過頭，恰好迎上趙霄恆的目光。

四目相對間，寧晚晴覺得對面這雙眼睛恍若神秘的月下寒潭，看起來波瀾不驚，卻深不見底。

趙霄恆也一言不發，只沈默打量她。

她著了一身尋常的下人衣裳，長髮全部藏在帽子裡，只露出巴掌大的小臉，五官被月色勾勒得更加俏麗。長風掠過，額前的幾許碎髮跟著微微飄動。

那雙眸子，亮得灼人。

須臾之後，趙霄恆緩緩開口。「冬夜賞雪，二姑娘好雅興。」

月色朦朧，院子的門緊緊關著，隔絕了大廳裡的喧鬧。

長廊上，唯有趙霄恆和寧晚晴兩人，遙遙相對。

「殿下怎麼現在才來，臣女已經等候多時了。」寧晚晴聲音清越，穿透了夜裡的寒氣。

趙霄恆目不轉睛地看著寧晚晴。「二姑娘如何得知孤會過來？」

寧晚晴不慌不忙道：「不是殿下主動約我的，難不成殿下忘了？」

趙霄恆長眉微挑。「二姑娘何出此言？」

寧晚晴美目輕眨，淡然開口。「殿下送了臣女一盒月間香。本來臣女也沒有察覺到月間香的特別之處，但後來發現，殿下送香的同時，還遞了帖子給我兄長。

「我兄長不善應酬，平日與齊王世子又無來往，臣女便覺此事有些奇怪。略一思索，猜測『月間』是『約見』的意思，而見面的時間地點，就在殿下贈予的帖子上。」

趙霄恆聽完，眉眼舒展，輕輕笑了起來，饒有興趣地看著寧晚晴。

「看來傳言不虛，二姑娘果然冰雪聰明。」

他送月間香給她，確實是存了約見之意。

他本來沒抱多少希望，但見寧頌時不時瞟向身後的「小廝」時，便知道此計成功了。

「令兄可知此事？」

寧晚晴回答。「自然不知。若殿下想讓臣女的兄長知道，就不必兜這麼大的圈子引我出來了，故而臣女並未告知兄長。不知殿下約臣女出來，到底所為何事？」

趙霄恆喜歡和聰明人打交道，遂大方承認。「孤請二姑娘出來，其實是想當面道歉。宮人勾結常平侯府二房下毒一事，源起於黨爭，妳無端受了牽連，實屬不該。日後孤會安排人保護常平侯府，以免二姑娘再遭毒手。」

他沒說出口的是，他還想看一看，這位在深閨中運籌帷幄的二姑娘，到底是何方神聖？

寧晚晴笑了笑。「多謝殿下。既然如此，我也送殿下一份見面禮可好？」從袖袋中掏出一張摺好的紙條。

「聽聞殿下前段日子被歌姬案所擾，還失了得力助手。臣女推測歌姬案與下毒一事有所關聯，故而在審問王嬤嬤時，嚴刑拷問了此事。」

趙霄恆一頓，問道：「然後呢？」

「王嬤嬤說，她聽廖姑姑與侍女提過扶音閣，想來歌姬誣告之事，廖姑姑亦參與其中。」寧晚晴舉了舉手上的紙條。「這是廖姑姑在宮外的宅子，她每隔一段時日會回去一次。若是能抓住她，查問一番，也許就能還東宮一個公道。」

「公道？」趙霄恆眼眸微瞇，彷彿聽到了什麼不可思議的事。

自從歌姬敲登聞鼓開始，便流言四起，鬧得沸沸揚揚。

民間，不明真相的百姓們，人人義憤填膺，斥責太子德行無狀；朝堂上，各個陣營蠢蠢欲動，彈劾他的奏摺數不勝數。連他的親生父親——靖軒帝，得知此事的第一個反應，便是雷霆大怒，指責他敗壞皇室聲譽，丟盡了顏面。

沒有人關心真相，更沒有人會談及「公道」二字。

趙霄恆沈默片刻，問道：「人人都說忠傑是孤的替罪羊，妳為何認為是歌姬誣告孤？」

寧晚晴沈聲回答。「臣女雖然沒有見過那歌姬，卻聽身旁人提過。鶯娘在扶音閣時，便日日登臺，力博頭牌，想方設法攀附權貴，還伺候過不少官員。若太子殿下當真與她發生了什麼，豈不正好遂了她的心願？她只需安分守己，殿下自然會保她一生榮華富貴，何必大肆宣揚此事？她會這麼做，八成是有人在背後推波助瀾，給她更大的利益。」

趙霄恆目不轉睛地看著寧晚晴，唇角勾起一個好看的弧度。

「二姑娘若身為男子，孤定推舉妳入大理寺，必能明察秋毫，剛正不阿。」

寧晚晴莞爾。「殿下過獎了。」將手中的紙條呈給趙霄恆。

趙霄恆接過紙條，打開一看，上面清楚地寫著一處莊園的名字。不過，字卻寫得橫七豎八，不堪入目。

寧晚晴有些不好意思。「用左手寫的，怕被人認出字跡。」

事實上，是她穿越過來後，還沒有習慣寫毛筆字。

「二姑娘費心了。這次算孤欠妳一個人情，若有什麼需要幫忙的地方，儘管開口。」

寧晚晴等的就是這句話。「殿下此言當真？」

趙霄恆頷首。「一言既出，駟馬難追。」

寧晚晴深吸一口氣。「臣女斗膽，有個不情之請。」

趙霄恆笑了。

果然，天下熙熙，皆為利來。她能早些開口也好，他可不想一直欠著人情。

「二姑娘請講。」

寧晚晴福了福身，道：「臣女的父親和兄長，多年以來戍守邊疆，對朝廷忠心耿耿。如今，常平侯府有幸與東宮聯姻，自然也願意支持殿下，一路榮登九五。

「不過，最近發生的事情太多，臣女險些丟了性命，只覺京城乃是非漩渦，不想成為眾矢之的。盼殿下成為天下至尊之時，能放臣女出宮，前往西域同家人團聚。」

她說著，面上升起一絲惆悵。「臣女自幼便與家人分離，前段日子遊走在生死邊緣，更是思念至親。如今劫後餘生，臣女只想好好侍奉父親，報答他的養育之恩，簡單平安地度過一生，還請殿下成全。」

話落，寧晚晴低著頭，不敢看趙霄恆的眼睛。

她不確定趙霄恆會是什麼反應，但這幾日思來想去，覺得這樣才是最好的出路。

時間彷彿停滯了，長廊外落雪紛紛，壓得樹枝輕響，然後悶聲落地，彷彿砸在人心頭。

寧晚晴感受到強烈的壓迫感，覺得心跳都快了起來。

片刻之後，趙霄恆的聲音才響起。

「妳只求離宮，沒有別的條件？」

寧晚晴微微一愣，鎮定回答。「是，臣女別無所求。」

趙霄恆看著眼前的姑娘，神情複雜。「這是妳自己的意思？」

寧晚晴輕點下頷。「不錯，父親和兄長並不知情，還請殿下幫我保密。」

趙霄恆目不轉睛地看著寧晚晴，深邃的眼神彷彿要透過她的瞳孔，看進她的心底。

寧晚晴有些忐忑，也只得硬著頭皮，等待他的回答。

「好。」

趙霄恆的聲音被風送到耳邊，寧晚晴詫異抬眸，恰好對上他幽深的目光。

「殿下這是答應了？」寧晚晴不敢相信，事情竟這般順利。

後面。

趙霄恆正要開口，面色忽然一變，伸手拉住寧晚晴的胳膊，帶著她躲到長廊盡頭的柱子後面。

「殿下，殿下，你在哪兒？」趙獻的聲音傳來。

寧晚晴看向趙霄恆，趙霄恆無聲搖頭。

「福生，你是怎麼伺候的，怎麼能讓殿下一個人出來透氣呢？」趙霄昀的聲音跟著響起。「萬一有什麼意外，我們怎麼向父皇交代？嚴書，還是快些派人找到太子殿下為好。」

這話說得好聽，但語氣中帶著幾分幸災樂禍。

趙獻被他說得氣悶，卻無法反駁，只得道：「太子殿下出來不到一刻鐘，想來走不了多遠。這樣吧，請二殿下帶人找一找大廳和二樓，我帶人在內院搜索，如何？」

趙霄昀笑了笑。「甚好。」轉身去尋。

趙霄恆喝了不少酒，若真出了意外，那豈不是天大的好事？

趙獻看著趙霄恆的背影，暗暗翻了個白眼，對福生道：「走，我們去前面看看。」

福生低聲應是，跟著趙獻一同沿長廊往裡面走。

長廊盡頭是個死角，避無可避。

寧晚晴聽著越來越近的腳步聲，心中暗道不好，若是讓人發現她在這裡，只怕是跳進黃河都洗不清了。

就在寧晚晴擔憂時，忽覺肩頭一暖，毛茸茸的東西蹭上她的面頰，遮住了下半張臉。

她驚訝地看向趙霄恆，趙霄恆氣定神閒地繫帶子，笑容中有一絲狡黠，而後不大不小的聲音響起。

「妳若是著涼了，孤會心疼的。」

這聲音溫柔得沁人心脾，寧晚晴瞪大了眼。

趙獻聽見動靜，立即跑過來。「殿下，原來你在這兒，叫我好找！」

趙霄恆轉過身，狀似有些驚慌。「嚴書，你怎麼來了？」

趙獻幾步上前。「我本來好端端地喝酒，二殿下嚷嚷著說你獨自出來不安全，拉著我去尋你……這位是？」目光望向趙霄恆身後的人。

寧晚晴低著頭，將臉埋在暖和的雪色狐裘裡，又往趙霄恆身後縮了縮。

趙獻瞧見她頭上的帽子，立即想起她是隨寧頌來的小廝，錯愕地看看她，又看看趙霄恆，見趙霄恆一臉尷尬，頓時明白了什麼，連忙將趙霄恆拉到一旁。

「殿下，你喜歡這種……這種口味的，怎麼不告訴我？無論什麼樣的小倌，我趙嚴書弄得到！都說兔子不吃窩邊草，你怎麼能動寧將軍的人？要是被他知道了，可如何是好啊！」

趙獻急得差點捶胸頓足，彷彿強占寧頌親信的不是趙霄恆，而是他自己。

寧晚晴嘴角微微抽了下，沒敢吱聲。

趙霄恆面露悔意。「孤喝多了，一時失了分寸。此事你知我知，千萬別告訴其他人。」

趙獻一拍胸脯。「那是自然。要是被二殿下知道，那還得了？」

他說罷，回過頭來，對「畏畏縮縮」的寧晚晴道：「我與殿下先出去，你晚些再走，切莫讓人瞧見你與殿下在一起，明白了嗎？」

寧晚晴配合地囁嚅。「是。」

趙獻親自扶著「半醉」的趙霄恆，回了大廳。

寧晚晴見他們越走越遠，終於鬆了口氣。

趙霄恆走到院落門口，回頭瞥了一眼，只見寧晚晴靜靜站在長廊中，裹著純白的狐裘，一動不動，彷彿一個乖巧的小雪人，不由微牽唇角。

看來，以後的日子不會那般無趣了。

第十章

寧晚晴等了好一會兒，才獨自溜出院門，上了自家的馬車。

這狐裘貴氣逼人，穿在身上暖融融的，但如何向兄長解釋呢？

寧晚晴思索一會兒，萬姝閣裡的席面就散了。

寧頌快步回到馬車上，瞧見寧晚晴肩頭的狐裘，立時一驚。「這是哪裡來的？」

寧晚晴低下頭，似是不敢看他的眼睛，小聲道：「太子殿下給的。」

「太子殿下?!」寧頌不可思議地看著她。「他認出妳了？」

寧晚晴仍舊低著頭，一臉嬌羞地開口。「沒有。我站在院子裡等兄長，卻冷得發抖，恰好太子殿下路過，他瞧我可憐，便將這狐裘賞給了我。」

寧頌一聽，有些不安，忙道：「他可有說什麼？」

寧晚晴輕輕搖頭。「太子殿下沒說什麼，只讓我別站在院子裡吹風了。」

寧晚晴說著，打量寧頌的神色，見他吃驚不已，便順勢接話。

「兄長，沒想到太子殿下待下人如此良善，當真一點架子也沒有。若是能嫁予太子殿下，也許……」

她說著，頭扭到一旁，似是羞得說不下去了。

寧頌怔住，見寧晚晴這般模樣，知道她對趙霄恆生了好感。但想起這兩次與趙霄恆的會面，心中仍然打鼓。

在宋宅見面時，他提到二皇子與麗妃對寧晚晴下毒一事，趙霄恆便畏縮不前；今日當著眾人的面，二皇子多次挑釁趙霄恆，他都淡然處之，最終還是趙獻擋在他的前面，才讓場面沒那麼難看。

若說趙霄恆當真軟弱無能，可他又能讓趙獻對他死心塌地；若說他厲害，又為何會放任二皇子對他和他身邊的人下手？

寧頌擔心寧晚晴被趙霄恆那張好看的臉騙了，憂心忡忡道：「晴晴，一件狐裘而已，難不成這點小恩小惠，就讓妳想嫁他了？如今朝堂人心浮動，多少人盯著東宮和太子之位，若真入了宮，便是危機四伏，夾縫求生。」

寧晚晴回過頭來，反問他。「可是，若我不嫁太子，還能嫁誰呢？」

這句話將寧頌問住了。

寧晚晴與太子的婚事，原是靖軒帝的旨意。她不僅是寧頌的妹妹，還是常平侯的嫡女，侯府的二姑娘。

寧頌訂婚訂得早，當時侯府還沒有如今的光鮮，自然沒有那麼多人盯著他的婚事。但如今不一樣，常平侯手握十萬大軍，鎮守一方，於靖軒帝而言更是舉足輕重，無論與哪一陣營聯姻，都可能改變朝堂上的局勢。

馬車內安靜下來，寧頌重新思量起寧晚晴的話。

其實她說得沒錯，若是不嫁太子，還能嫁誰呢？

若奏請取消婚約，無論是什麼原因，只怕都會得罪太子。眼下東宮雖然風雨飄搖，但畢竟還未易儲，若日後太子登基，難保不會介意此事，對寧晚晴、對常平侯府，都不是好事。

而且，他的妹妹千好萬好，就算不嫁給太子，放眼京城，也沒幾個未婚兒郎能入得了他的眼。

寧頌想到這裡，抬頭看向寧晚晴。「晴晴，妳當真想好了？」

寧晚晴含笑點頭。「想好了。從前未見過太子殿下，總是心生敬畏，今晚見了他，只覺平易近人，應當是很好相與的。」

寧頌沈默了一會兒，道：「如果妳真的決定了，我便去信告訴父親，請他回來參加大婚儀式。」

寧晚晴抿唇。「全憑兄長作主。」

車軸滾滾前行，一路軋過街頭的白雪，輾出兩道蜿蜒的紋路。轉過兩個街角，很快便回到了常平侯府。

思雲和慕雨擔心了整晚，見寧晚晴平安無事，才把心放回肚子裡。

慕雨將溫暖的手爐塞給寧晚晴。「姑娘，您這麼晚還不回來，奴婢們都著急死了。今夜少夫人還來過一次，說想找您下棋，奴婢只能說姑娘早早睡了，才沒露出破綻。」

寧晚晴笑了笑。「做得好。」

思雲走過來，幫寧晚晴取下身上的狐裘。「奴婢記得姑娘今日出門的時候，似乎沒有穿狐裘，這是大公子的？」

寧晚晴伸出手，輕輕摸了摸狐裘。

這狐裘暖而不重，外面摸起來軟綿綿的，內裡卻觸手生溫，著實是好東西。

「不是兄長的。妳先好好收著，日後我要物歸原主。」

思雲應聲，將狐裘拿下去。

寧晚晴收回目光，坐在妝檯前，抬手摘掉了布帽。

青絲如瀑，傾瀉而下。

未施粉黛的五官，被烏黑的長髮一襯，更顯清麗脫俗。

寧晚晴垂眸，重新拿起桌上的《大靖律典》，翻到了「婚制」，上面清楚地寫著——

男子年十五，女子年十四以上，宜聽嫁娶。婚後以三不去及七出為則，若改嫁他人，則部曲、奴僕、田產等不得轉移。

意思是，男女成婚之後，若有糾紛，則按照「三不去」和「七出之條」的規則，解除婚約關係。

所謂「三不去」，指的是無娘家可回的、曾為公婆守孝三年的，及陪伴夫君從貧賤熬到富貴的，顯然與她沒什麼關係。

「七出之條」則規定，婦人若無子、紅杏出牆、不侍奉舅姑、爭口舌長短、盜竊、妒忌，又或者身染惡疾，只要犯了其中一條，便會被夫家掃地出門。

寧頌曾問她想嫁誰？其實，她是誰也不想嫁。

大靖的律法如此不公，為何還要往火坑裡跳？

但她自知身分特殊，她的婚事關係到常平侯府日後與誰站在一起，十萬西凜軍在各個陣營眼中，都是炙手可熱的香餑餑。

她不想嫁，卻有人會來打她的主意。

就像二皇子趙霄昀，背地裡對她下手，但見到面時，仍存了拉攏寧頌的心思。

與其被各方拉扯，引起靖軒帝的忌憚，不如順勢而為，嫁給太子。

寧晚晴想得清楚，她嫁給太子，不過是為了順利結合兩方勢力，輔助太子順利登基，保住自己的父親和兄長，讓常平侯府不要在黨爭中，成為任何一方的犧牲品。

至於太子妃，乃至於未來的皇后之位，她是半分興趣也無。

當皇后有什麼好呢？前世宮鬥劇看得不少，就沒見到哪個皇后能善始善終。

若是得寵，則成了後宮的靶子，人前明槍易躲，人後暗箭難防，得如履薄冰地過日子；若是不得寵，定然有人想將她踩在腳下，取而代之。她何必搭上一輩子，與後宮那群女人爭強鬥狠？

對她來說，最好的出路便是先嫁太子，再找機會離宮。從此天地寬闊，自由自在。

寧晚晴是個清楚自己要什麼的人，更喜歡將主動權掌握在自己手中，於是藉著這次見面，主動出擊。

不過，她沒有想到，趙霄恆這麼輕易便答應了她。

寧晚晴坐在鏡子前，想起趙霄恆那雙深不可測的眼。

憑著律師的直覺，她知道此人一定不簡單。

這是一件好事，因為她需要的是一個強大的盟友，而不是一個弱不禁風的夫君。

與此同時，東宮書房裡的燈被點燃了。

福生立在門口，交代宮女多添些金絲炭，這才轉身進入書房，小心翼翼地關上門。

「殿下，這些日子您本來就在吃藥，今夜怎麼又將狐裘給了常平侯府的小廝？就算您再看重常平侯府，也不該如此不愛惜自己的身子啊。」

趙霄恆坐在案前，連頭都未抬。「那不是小廝。」

福生有些意外。「那是？」

趙霄恆抬起頭，燈光照進他的眼裡，映出一點亮。「那是常平侯府的二姑娘。」

福生一愣。「女青天？不，是準太子妃？」

趙霄恆勾了勾唇，算是默認。

福生有些不可思議，喃喃道：「二姑娘怎麼會出現在萬姝閣？」難不成也是去吃席的？不對，吃席怎麼會扮成小廝呢？

福生看多了捉賊斷案的話本子，今夜近在咫尺，居然沒有看清女青天的模樣，只能在心底扼腕嘆息。

平日趙霄恆的話不多，今日心情卻是不錯，便多說了兩句。「沒什麼好奇怪的，是孤邀她來的。」

福生聽了，更是詫異。

他幾乎日日與殿下形影不離，殿下邀約準太子妃，他怎麼會不知道？立時懷疑起自己的記性來。

「那殿下覺得，準太子妃如何？」

趙霄恆沈吟片刻，轉了轉手上的墨玉戒，似笑非笑。

「如今這世道，居然還有人關心『公道』，想遠離權勢，當真是有趣。」

翌日，二皇子趙霄昀下朝之後，去了鳴翠宮。

鳴翠宮中香氣裊裊，溫暖宜人。麗妃著了一身石榴色宮裝，側躺在貴妃榻上，一雙桃花目微微上挑，極為嫵媚。

即便年近四十，她的眼角卻沒有一絲皺紋，保養得極好。

宮女蹲在一旁，為她捶著腿。

麗妃抬起眼簾，看向趙霄昀。「昀兒自從進門後，便一言不發，可是有什麼心事？」

趙霄昀面色微沈。「昨日兒臣去齊王世子開的萬姝閣，趙霄恆也去了。」

麗妃聽罷，擺了擺手，身旁伺候的宮女便識趣地退下。

「他不是在養病，連朝都不上的，怎麼還出得了宮？」

趙霄昀冷哼一聲。「還不是為了籠絡趙獻。趙獻是個酒囊飯袋，但他父親齊王可是掌握好幾萬東縈軍。趙霄恆背靠鎮國公的北驍軍，如今又要和常平侯府聯姻，大靖的兵馬，豈不是十之八九都被他收入囊中了？」

他說著，一張臉越發陰沈難看。

麗妃思量片刻，道：「齊王妃早逝，趙獻雖擔了世子的頭銜，卻不受齊王喜愛。當年官家命齊王送質子上京，並未指明要哪個孩子，若齊王真的重視趙獻，就不會任由繼王妃留下自己的孩子，將趙獻送上京城了。

「所以，趙獻不過是個齊王府遞出來的靶子，不足為懼。」麗妃頓了頓，又道：「至於東宮和常平侯府的聯姻，只要一日未成婚，便有轉圜的餘地。」

趙霄昀蹙眉。「這婚約豈是那麼好作罷的？之前母妃安排廖姑姑去找常平侯府二姑娘的麻煩，不也沒有成功嗎？聽聞他們抓了人，不知有沒有查出什麼來。」

麗妃十分冷靜。「就算查出廖姑姑又如何？她是內侍省的人，又不是本宮的人，大不了將此事推給內侍省，讓他們查便是。官家愛惜面子，若知道內侍省出了這樣的事，定會想著法子往下壓，不了了之不就是最好的結果嗎？」

趙霄昀聽罷，面色稍霽。「母妃說得是。不過，不到一個月，趙霄恆就要大婚了，如果他們真的順利結盟，只怕兒臣的勝算又少了幾分。」

麗妃道：「七年前，迫於北僚進犯，官家不得已重新起用宋楚河以及宋家在淮北的勢力，才將趙霄恆立為太子，同時替他和常平侯嫡女賜婚。當時，常平侯還沒有如今這等威望，早知如此，你父皇不見得會賜下這樁婚約。」

君王的臥榻之側，豈容他人酣睡？

趙霄昀聽出麗妃的言外之意。「母妃的意思是，若有一方出了意外，父皇便可能藉機解除婚約？」

麗妃勾起唇角。「本宮陪伴你父皇多年，自然知道他的脾性。若趙霄恆羽翼漸豐，脫離掌控，他怎麼可能坐視不理？」

趙霄昀點頭，但想起如今的情況，又覺得有些棘手。

「母妃，現在趙霄恆窩在東宮閉門不出，只怕是動不了他。而常平侯府經過下毒一事後，裡裡外外圍得鐵桶一般，想再動手，也是難上加難。」

麗妃思忖片刻，有了主意。

「皇后的千秋節不是快到了嗎？這一次官家說要幫皇后操辦，定會邀請文武百官攜家眷入宮同賀。」麗妃柳眉微揚，幽聲道：「到時候人多眼雜，誰知道會發生什麼事呢？」

趙霄昀喜形於色。「這個法子好！眼下就是想辦法讓寧頌帶妹妹入宮了。」

麗妃一笑。「這有何難？」壓低聲音，在趙霄昀耳邊囑咐幾句。

趙霄昀聽了，立時大樂。「還是母妃想得周到。」

母子倆又商量一會兒，趙霄昀才起身告退。

趙霄昀心情大好，快步向門外走去，卻撞上了等在門口的側妃田柳兒。

田柳兒驚呼一聲，手中的湯盅落地，哐噹一聲摔個粉碎，湯汁濺到趙霄昀的衣袍上，自己的裙衫也濕了一大片。

趙霄昀的好心情蕩然無存，臉色一垮。

「進來也不知道通稟一聲？入宮這麼久，還不懂規矩嗎？」

田柳兒有些驚惶，忙低頭行禮。「方才妾身通稟了，見無人應聲，故而候在此處，沒想到殿下會突然出來……」

趙霄昀沒好氣道：「說妳兩句，還敢頂嘴？」

田柳兒的頭垂得更低。「妾身不敢。」

「不敢？」趙霄昀抬手捏住田柳兒的下巴，強行抬起她的面頰。

田柳兒的眼裡滿是忐忑和恐懼。

趙霄昀見到她這副害怕的樣子，更是失去了耐心。

「從前看妳在草地上放紙鳶，笑得那般高興，為何嫁給了我，就日日愁眉苦臉，張口閉口便是『妾身不敢』？」

田柳兒低聲解釋。「妾身沒有……」

麗妃聽見爭執聲，出聲提醒。「昀兒，宮中隔牆有耳，莫要落人口實。」

趙霄昀哼了一聲。「罷了，要不是看在母妃的分上，今日定要好好罰妳。別以為妳父親是禮部侍郎，我就會有所顧忌，若不是看妳有幾分姿色，側妃的位置也輪不到妳。既然入了鳴翠宮，就要安分守己，再不盡心侍奉，有妳受的。」

田柳兒眼眶含淚，強忍著沒有哭出來，低聲應是。

趙霄昀說罷，驀地鬆手，田柳兒跌坐在地上，手上傳來一絲刺痛，低頭一看，手心被地上的碎瓷片劃出傷口，鮮血汩汩外流。

趙霄昀毫無憐惜，只道了一句。「無趣至極。」便拂袖而去。

田柳兒盯著他遠去的背影，愴然的目光裡，多了一絲恨意。

回到寢殿之後，侍女小若連忙取來紗布和傷藥，為田柳兒包紮。

田柳兒張開手心，裡面有兩道一寸長的血痕。

小若是田柳兒的陪嫁侍女，自幼跟她一起長大，看到傷口這麼深，自然十分心疼，立即打開了金瘡藥。

「姑娘，可能會有些疼，您忍著些。」小若將金瘡藥慢慢撒在田柳兒的傷口上。

田柳兒彷彿提線木偶一般，呆呆地坐著，沒有任何反應。

小若嘆了口氣。「姑娘自從嫁進二皇子府，就沒有過上一天安生日子。早知如此，當初就該求老爺拒婚的。」

田柳兒聽了，自嘲地開口。「與他比起來，我們田家人微言輕，就算父親開口拒婚，又有什麼用呢？況且……」

她回想起某些事情，一張臉全無血色，生生止住了話頭。

小若看出了她的心思，道：「咱們老爺好歹是禮部侍郎，若他將那件事奏明官家，說不定官家能為姑娘主持公道。」

「這天底下哪有什麼公道。」田柳兒眼神灰敗。「如今木已成舟，以後莫要說些不切實際的話了。」

小若抿了抿唇，不甘心，卻只得應是。

田柳兒任由小若包紮傷口，目光卻緩緩移動，落到牆上的紙鳶上。

這是一隻活靈活現的春日燕，燕子眼睛靈動，翅膀橫向舒展，似乎隨時要衝破阻礙，振翅高飛。

田柳兒怔然看了好一會兒，才道：「將紙鳶收起來，別讓旁人瞧見了。」

小若有些意外，忍不住問：「姑娘，那可是您最喜歡的紙鳶，不是日日都要看著嗎？」

田柳兒收起目光，垂眸道：「以後不看了。」

那片自由的天空，已經與她再無關聯。

第十一章

趙霄恆從萬姝閣回來後，幾日沒有出門，今日才出東宮，去了嫻妃的雅然齋。

「恆兒，你的身體可好些了？」嫻妃性子溫和，說起話來亦細聲細氣，令人如沐春風。

趙霄恆道：「有勞娘娘掛心，兒臣的身子已無大礙。」

宋家遭難，珍妃香消玉殞後，趙霄恆度過了最艱難的四年。

他年少成名，惹了不少人嫉妒，那些人在宋家失勢之後，便開始拜高踩低，恨不得將趙霄恆壓進泥裡，讓他再無出頭之日。

嫻妃與珍妃親如姊妹，一直暗地裡照應他。

趙霄恆感念嫻妃的恩情，在她面前以兒臣自稱。宋家東山再起，他被封為太子之後，也不曾改口。

嫻妃打量著趙霄恆，見他的氣色確實好了些，這才放下心來，攏了攏膝頭的絨毯。

「最近天氣更冷了，昨日午憩，不知怎的，又夢到了珍妃姊姊……猶記得當年初入皇宮，也是在這樣的冬日，那時候本宮舉目無親，又太過思念親人，一不小心便病倒了，還是姊姊衣不解帶地照顧本宮，本宮才慢慢好起來。」

嫻妃望向門外的雪景，神情滿是懷念。「如今你也要成婚了，若是姊姊還在多好，她定然會歡喜無比。」
趙霄恆沒有說話，只輕輕嗯了一聲，問道：「今日怎麼沒見到蓁蓁？」
嫻妃笑了笑。「那個丫頭，不知道又瘋到哪兒去。如今都及笄了，還沒心沒肺的，整日想著玩。」
趙蓁是嫻妃的女兒，也是靖軒帝最寵愛的七公主。
趙霄恆牽了牽唇角。「蓁蓁天真爛漫，無拘無束。若是可以，兒臣倒是希望她一輩子如此，率性而活。」
嫻妃搖搖頭。「都怪本宮太縱容她了，到了如今還不諳世事，不知是好還是壞。今早向皇后請安，皇后問起蓁蓁的婚事，本宮以蓁蓁還小為由，先搪塞過去。但天家兒女的婚事，總是身不由己的。」
她說罷，看向趙霄恆，溫言問道：「對了，本宮聽聞常平侯府的二姑娘，溫柔如水，楚楚動人，你可見過了？」
溫柔如水是沒發現，但若說動人……
趙霄恆想起幾天前的晚上，少女明眸善睞、慧黠伶俐的樣子。
她低著頭，小聲訴說自己的擔憂，懇求他日後能放她離開京城，與家人團聚。
他答應之後，她面上的小心翼翼統統消失不見，目光又清又亮，滿臉的雀躍藏都藏不住。

趙霄恆不覺勾了勾唇，但眼下不便把此事告訴嫻妃，只得道：「未曾見過。」

嫻妃掩唇笑了笑。「那千秋節上，你可以好好看一看了。」

趙霄恆有些詫異。「千秋節？」

嫻妃點頭。「是啊，今日皇后召各宮妃嬪一起商量千秋節一事，麗妃提議讓皇后下帖子給常平侯府，請二姑娘提前入宮，與我們熟絡熟絡。」

趙霄恆眸色微變。「皇后答應了？」

「皇后本來覺得不合時宜，畢竟二姑娘和你的婚事將近，按理說是不能見面的。但麗妃極力勸諫，加上後宮眾人都對未來的太子妃心存好奇，紛紛表示贊同，皇后就答應了。」

嫻妃說罷，發覺趙霄恆神色有異，遂問：「此事有什麼不妥嗎？」

趙霄恆沈默了一下，道：「只怕麗妃來者不善，她曾經對常平侯府下過手，差點害了二姑娘。」

嫻妃一驚。「還有這樣的事？官家可知道？」

趙霄恆搖頭。「沒有證據，就算鬧到父皇面前，也沒有結果。」抬頭看向嫻妃。「多謝娘娘告知此事，兒臣心中有數了。」

嫻妃若有所思地點點頭。「那就好。有本宮在，若是麗妃有什麼動作，本宮也不會坐視不理的。」

趙霄恆回到東宮，召來于劍。

「你去常平侯府一趟，帶個消息給二姑娘。」

于劍一愣。「那豈不是要露面？聽聞自從寧將軍回來之後，常平侯府被圍得裡三層、外三層的，太子妃又不認識小人，會不會把小人當成賊抓起來？」

趙霄恆瞥他一眼。「你不是一直想向寧將軍請教，卻苦於沒有機會嗎？若真的引起他們的注意，恰好能與他切磋一番，也算是全了你的心願。」

于劍欲哭無淚。「是，殿下。」

于劍退出房外，發現于書雙手抱胸，靜靜地看著他。

「哥，我要去常平侯府了。」

于書點點頭。「聽見了。怎麼了？」

于劍有些猶豫。「這次不是去暗中保護太子妃，而是要遞消息給太子妃。聽說常平侯府還布了弓箭手，萬一我不幸中箭，那豈不是死得冤枉？」

于書安慰道：「正因任務艱難，才由你去。你想想看，此事若是交給旁人，殿下能放心嗎？況且，殿下還未大婚，若是明面上與二姑娘有來往，也甚是不妥。」

于劍想了想，覺得有理，又道：「哥，不如你跟我一起去？這樣還能有個照應。」

于書抬起手，一掌拍在他肩上。「殿下將這麼重要的事情交給你，就是要栽培你的意思，若我去了，怎麼能凸顯你的能幹呢？」

「可是……」

于書直截了當地打斷于劍的話。「好了，快去快回，我在宮中等你回來。」

于劍無奈，只得老老實實地點頭。

入夜時分，于劍換上一身夜行衣，悄然來到常平侯府附近。

常平侯府外面到處都是巡邏的士兵，果然守衛森嚴。

于劍無法，只得待在暗處，等侍衛換值時，再想法子進去。

北風呼嘯，吹得他渾身發冷，不由鬱悶地搓了搓手。

想想他也是太子殿下身旁數一數二的高手，怎麼老是被派來做這些見不得人的事？上一次保護太子妃也就罷了，這一次居然要半夜來送信，和侍衛們玩貓捉老鼠？

罷了，誰叫他嘴笨，不敢違抗太子殿下，又說不過自己的親哥哥呢？

于劍認命地盯著常平侯府的門口，過了一刻鐘，侍衛們終於開始換班，他看準了空隙，縱身一躍，翻進牆裡。

他堪堪站穩，便聽見侍衛們的腳步聲，連忙躲進黑暗的角落中。待到侍衛們走了，他才輕手輕腳地出來，偷偷溜入聽月閣。

一路還算順利，于劍暗暗慶幸，正考慮如何求見太子妃，便依稀聽聞房中的說話聲。聲音越來越近，遂順勢隱身到花壇後面。
與此同時，慕雨端著一盆水出來，走到臺階前，想也不想，隨手潑向了花壇。
寒冬臘月裡，一盆冷水猝不及防地從頭澆下，于劍不由嘶了一聲。
慕雨微微一驚，瞧見花壇後的黑影，瞬間反應過來，大呼一聲。「有賊呀！」
于劍一聽，立時現身，急得一把捂住慕雨的嘴。
「姑娘別喊，我是太子殿下的人，今日過來，是有事求見太子妃！」

寧晚晴來到聽月閣正廳時，于劍渾身濕透，瑟瑟發抖地站著等候。
寧晚晴打量他一眼，認出他是萬姝閣開業那天晚上守在趙霄恆身旁的侍衛，便對慕雨道：「去拿個火盆來。」
慕雨應聲而去，片刻之後，將火盆放到于劍足下。
于劍剛想道謝，慕雨卻橫他一眼，彷彿他是個夜闖香閨的登徒子。
于劍被她逼得後退一步，不敢再耽誤，連忙開口。「小人于劍，乃太子殿下親衛。今日冒昧前來，是太子殿下有事與太子妃相商。」
寧晚晴道：「你稱我二姑娘即可。太子殿下有何要事？」
于劍點頭。「是。太子殿下聽聞皇后娘娘送了千秋節的帖子來侯府，想提醒二姑娘，這是麗妃娘娘的主意。」

于劍言盡於此，寧晚晴便明白趙霄恆的意思了。

她低頭思索，難怪薛皇后的帖子中，不但邀請兄長和嫂嫂，還特意點到了她，原來是麗妃搞的鬼。

于劍沈聲道：「殿下問二姑娘，去不去千秋節？」

寧晚晴笑了笑。「去，當然要去。」

此言一出，思雲和慕雨跟著擔憂起來，思雲道：「姑娘，麗妃娘娘心狠手辣，若是您進了宮，豈不是羊入虎口？」

慕雨也皺起眉頭。「是啊，不如咱們稱病，別去了？」

寧晚晴搖搖頭。「俗話說：『不怕賊偷，就怕賊惦記』，既然麗妃想先下手為強，不如大膽迎戰，左不過兵來將擋，水來土掩。」

寧晚晴說罷，看向于劍。「你回去告訴殿下，就說我一定按時赴宴。」

于劍本以為寧晚晴會畏縮不前，沒想到她如此果決，加之上次見她審案凌厲，對寧晚晴的佩服之情又濃了幾分。

「是！小人必定一字不落地轉告殿下！」

寧晚晴微微頷首，囑咐道：「下次若要見我，便換一身裝束，說你是慕雨的表兄，大大方方地進來。萬一我不在府中，你又被其他人抓住了，送官查辦，按照律法，私闖民宅可判三年刑期。」頓了頓，又道：「思雲，幫他找條毯子，這麼冷的天，別著涼了。」

「什麼？」于劍呆住了。「還有這回事？」上次他也私闖民宅了，若是被官府知道，是不是要判六年？

寧晚晴見他一臉茫然，有些納悶。太子身旁的人，法律意識居然這麼淡薄？隨手拿起旁邊的《大靖律典》遞給他。

「這本律典送你了。」

于劍目瞪口呆。「您把律典送給小人？」

寧晚晴認真點頭。「不錯，記得帶回去好好研讀。」

科普律法，人人有責，她不能允許己方陣營裡有法盲的存在。

一個時辰後，于劍回到東宮覆命。

趙霄恆放下手中的兵書，問道：「她當真要去？」

于劍忙不迭點頭。「二姑娘是這麼說的。」

趙霄恆沈吟片刻，吩咐候在一旁的于書。「這幾日派人盯緊鳴翠宮和二皇子府的動靜。如有異狀，立即稟報。」

于書沈聲應下。「是。若殿下沒有別的交代，小人便先和于劍一起退下了。」

趙霄恆點了點頭。

于書和于劍彎腰告退，卻聽見啪的一聲，有東西掉到地上。

于劍微愣，連忙低頭將東西拾起來。

趙霄恆看了一眼，有些疑惑。「這《大靖律典》是哪裡來的？」

于劍是個武癡，於文字一竅不通。只要讓他看書，就叫苦不迭，從他懷裡掉出一寸厚的《大靖律典》，簡直不可思議。

于劍回答。「這是二姑娘贈予小人的，說是讀律法對人有益處。」

趙霄恆面沈如水。「她贈予你？那她還說了什麼？」

于劍回想，如實道：「二姑娘還賜小人一條毯子，說天氣冷，叫小人別受了寒……」

「咳咳咳！」于書狠狠地咳嗽了幾聲。

于劍不明所以地看向他。

于書一臉恨鐵不成鋼，白眼簡直要翻上了天。

趙霄恆緩緩笑起來，語氣溫和地對于劍道：「二姑娘說得對，讀律法著實對人有益。你回去將這本書抄上一遍，便能通曉一二了。」

一盞茶的工夫後，于劍鬱悶地抱著像磚頭一樣厚重的《大靖律典》走出來，忍不住開口問了。

「哥，我當真要把這一本抄完嗎？」

于書乜他一眼。「這可是太子殿下的吩咐，你說呢？」

于劍自言自語。「怎麼回事？殿下為何突然就不高興了呢？」

于書嘴角抽了抽，搖著頭走了。

寧晚晴決定進宮赴千秋節的宴會後，便開始琢磨要送給薛皇后的壽禮。論帶兵打仗，寧頌出類拔萃；但若論起人情世故，只怕還不如尋常人。最近黃若雲也正調養身子，所以寧晚晴便接下這樁差事。

她思索好一會兒，列出一張清單，卻不太滿意，決定出門逛逛。

幸好今日雪停了，馬車駛得順利。到了長街，寧晚晴讓車夫把馬車停在街頭，帶著姜勤和慕雨，一路沿著長街逛去。

「姑娘，今日可真熱鬧啊！」慕雨見街頭人來人往，有些興奮。

寧晚晴笑著應聲，抬頭一看，問道：「那是什麼地方？」

慕雨順著寧晚晴指的方向望去，不遠處有一間氣派的鋪子，門口有不少人，看起來十分熱鬧。

「那是玉茗坊，專賣頭面首飾的，在京城很有名。」

寧晚晴點點頭。「去看看。」

三人到了玉茗坊，小二一看寧晚晴氣質不俗，立即殷勤地將她引到櫃檯前面。

「姑娘喜歡什麼？都可以瞧瞧。」

寧晚晴放眼望去，櫃檯裡擺著琳琅滿目的釵環首飾，有的華麗、有的淡雅，連慕雨都看直了眼。

這時，旁邊傳來掌櫃的聲音。「我說姑娘，妳看了老半天，到底買不買啊？」

寧晚晴側目看去，只見掌櫃一臉不耐煩，眉頭攏得能夾死一隻蒼蠅，正不悅地盯著對面的小姑娘。

小姑娘看著不過十四、五歲，比她小些，梳了尋常的雙平髻，穿著丫鬟的粗布衣裳。衣裳太大，套在她身上，極不合身，但一張小臉卻生得十分嬌俏，圓溜溜的大眼睛，來來回回地瞧著貨架上的首飾。

小姑娘聽了掌櫃的話，揚了揚下巴。「怎麼，怕我沒銀子？」

掌櫃打量她一眼，陰陽怪氣道：「姑娘有沒有銀子，我不知道。但妳都挑了半個時辰，若是不買就趁早離開，別耽誤我做生意。」

小姑娘秀眉一挑，抬手從兜裡掏出一大錠銀子，咚的放在桌上。

「這個夠不夠？」

掌櫃一看，登時堆起滿臉笑容。「哎喲，鄙人眼拙，沒看出姑娘是大主顧，難怪這些貨色入不了您的眼。」

他拿了鑰匙，打開身後的抽屜，將裡面的木匣子抱出來。

「這裡裝的可都是好東西，才配得上姑娘的身分。」

木匣子一揭開，小姑娘立刻哇了一聲，忍不住道：「真是的，你怎麼不早些拿出來？」

掌櫃賠著笑。「姑娘儘管挑。」

小姑娘點頭，開始挑選木匣子裡的首飾。

她拿起一支羊脂白玉的簪子，這簪子被雕刻成荷花的模樣，花瓣一片連著一片，看起來十分生動，簡約中透著華美，讓她愛不釋手。

「這個要多少錢？」

掌櫃看了看她的衣著，又瞧了瞧她放在桌上的銀子，心想這丫頭怎麼可能有這麼多銀子，說不定是從哪裡偷的。

既然如此，不如訛上一筆！

於是，掌櫃笑咪咪地道：「這可是名匠之作，須得五兩銀子。」

小姑娘還沒吱聲，慕雨便忍不住道：「天啊，五兩銀子！這不是搶錢嗎？這根簪子賣半兩銀子都頂天了。」

寧晚晴聽了，目光轉向要買簪子的小姑娘。

小姑娘將荷花簪子放到一旁，又拿起另一根杜鵑寶石簪。

「這個呢？」

掌櫃心一橫。「這個要十兩銀子。妳瞧瞧上面的杜鵑，多好看啊，那些寶石可是從西域來的，金貴得很。」

寧晚晴瞥見寶石的成色，與寧頌為她尋來的相比，實在是天壤之別。

小姑娘似是不太在意，只淡淡哦了一聲。「那你幫我把這兩件包起來吧。」

掌櫃愣了下，不敢置信地問：「姑娘的意思是，都要了？」

小姑娘理所應當地點頭。「是啊。怎麼了？」

掌櫃頓時眉開眼笑。「好好，姑娘稍等，我這就去包。妳看看還有什麼喜歡的，一起買回去，還能換著戴呢。」

小姑娘擺手。「別的我不喜歡，就要這兩件吧。」便付了銀子。

掌櫃忙不迭地收下。

慕雨有些不忿。「姑娘，這家定然是黑店，咱們還是走吧。」

寧晚晴沒接話，抬起腳，向掌櫃和小姑娘走去。

第十二章

掌櫃包好髮簪，抬頭看見寧晚晴，登時眼睛一亮。

「這位姑娘，想買點什麼？」

寧晚晴微微一笑，抬手指他手上的東西。「我也想要這兩樣。」

小姑娘聽了，好奇地看寧晚晴。「這位姊姊，妳也喜歡這兩支簪子？」

寧晚晴報以一笑。「掌櫃，還有嗎？」

掌櫃差點笑咧了嘴，今日是什麼好日子？遇上的盡是花錢不眨眼的冤大頭！連忙點頭哈腰地招呼。

「有有，我這就幫姑娘拿。」

掌櫃又取了兩支同樣的簪子出來，寧晚晴看了一眼，道：「我是幫家中主母買的，主母管得嚴，定會看花銷的帳目。掌櫃能不能幫我出張收銀子的字據，免得主母覺得我貪了銀子來斥責我。」

掌櫃拍著胸脯應下。「這個簡單，我這就幫姑娘寫字據。」

看著掌櫃寫完，寧晚晴滿意頷首，道：「慕雨，銀子。」

慕雨不明就裡，仍聽話地將十五兩銀子給了掌櫃。

掌櫃笑得合不攏嘴，將字據交給寧晚晴。「多謝姑娘光顧。」

寧晚晴接過字據，沈聲道：「掌櫃，你哄抬物價，欺詐顧客，牟取暴利，難道不怕我們去告你嗎？」

此言一出，掌櫃勃然變色。

買簪子的小姑娘明白過來，秀眉一豎，生氣道：「掌櫃，你這不是騙人嗎？我不買了，把銀子還給我！」

掌櫃拉下臉，聲音也凶了幾分。「買賣一事，可是妳情我願，哪有什麼騙不騙的道理？」抬手一指旁邊的牌子。「看見沒有，上面寫了，一經出售，概不退換。」

小姑娘氣結。「你這是店大欺客！」

掌櫃冷冷笑了一聲。「那又如何？如今銀貨兩訖，妳們若是不買別的，就快些離開。」

寧晚晴鎮定道：「銀貨兩訖才好。」

小姑娘詫異回頭，不解地看向寧晚晴。

寧晚晴從容不迫地開口。「按照大靖商律，商家欺詐他人財物，輕則關張整改，重則沒收全部財產。」

她揚了揚手中的字據。「這是物證，我和這位姑娘便是人證。」

掌櫃聽了，登時有些心虛。「妳、妳別危言聳聽。」

寧晚晴一笑。「是不是危言聳聽，等會兒對簿公堂，不就知道了？」

她遞了個眼色給姜勤，姜勤抬手一拉掌櫃，揚聲道：「走，隨我去見官！」掌櫃哪裡見過這陣仗，平日就算占一點客人的便宜，最多被數落斥責幾句，從來沒有人敢正兒八經地告他。

況且，姜勤這麼一拉，周圍的客人們全看過來，議論聲不絕於耳。有些剛進門的顧客，見場面難看，逕自離開了。

大冬天的，掌櫃背後卻出了一層汗，連忙道：「都是我一時糊塗，算錯了帳。我這就把銀子還給兩位姑娘，請兩位姑娘高抬貴手，放我一馬。」

他手忙腳亂地掏出方才收的銀子，恭恭敬敬地呈給寧晚晴和小姑娘。

小姑娘收了銀子，還是不高興。「你這騙子，萬一日後繼續騙人怎麼辦？」

掌櫃指天發誓。「若再騙人，便叫我關張破財，一輩子窮困潦倒。」

教訓完坑人的掌櫃，寧晚晴沒心思逛街了，準備打道回府。

孰料，小姑娘居然追了出來。

「姊姊，姊姊！」

寧晚晴回過頭，見她跑得氣喘吁吁，臉頰上紅撲撲的，看著十分可愛，忍不住笑了笑。

「怎麼了？」

小姑娘笑嘻嘻。「方才沒來得及謝謝姊姊。要不是有妳在，我今日就被那混帳坑了。」

「不過舉手之勞，不必放在心上。」

「那怎麼行？」小姑娘道：「我母親說，受人滴水之恩，當湧泉相報。今日我出來得匆忙，沒什麼可報答妳的，若妳不嫌棄，我送妳一支簪子。」

她說罷，手心一攤開，方才買的荷花簪靜靜地躺在她手中。

寧晚晴有些詫異。「妳不是把東西退掉了嗎？」

小姑娘調皮一笑。「退了銀子後，掌櫃老老實實重新報價，我便買了。這是我第一次自己買簪子，不知道裡面有這麼多門道。」將簪子往寧晚晴手中一塞。「我們一人一支。」

寧晚晴被她的表情逗笑了，看看她的衣裳，著實不是什麼好料子，十分單薄。

「妳送我簪子，我回贈妳一身衣裳吧？萍水相逢，也算有緣。」

小姑娘眼睛一亮，小雞啄米似的點頭。「太好了，多謝姊姊！」主動抱住寧晚晴的胳膊。「我們去哪兒買衣服？」

寧晚晴微微一愣，這姑娘還真是個自來熟。

寧晚晴帶著小姑娘到了附近的綢緞莊，半刻鐘後，小姑娘換了身簇新的粉色衣裙出來。

她本就生得標緻，換上體面的衣裳，眉宇之間更有貴氣，連慕雨都道：「呀，真像大戶人家的嫡姑娘呢。」

小姑娘連忙擺手。「不不，我只是個丫鬟，不過是主子心情好，多賞我一些銀子，允我出來轉轉罷了。」

買好衣裳，小姑娘向寧晚晴道謝，可話才說到一半，目光就飄到了長街的糖畫上。

寧晚晴發覺她一臉期盼，便問：「想吃這個？」

小姑娘點點頭。「從前我只聽人說過，還沒有吃過呢。」

這眼巴巴的模樣，讓人有些動容，寧晚晴拉著她朝糖畫攤子走去。

「老伯，要一支糖畫。」

老伯笑著應聲。「姑娘想要什麼樣的？」

寧晚晴看向小姑娘，小姑娘想了想，道：「我要一隻蝴蝶，翅膀很大、很漂亮的。有了翅膀，想去哪裡就去哪裡。」

老伯樂呵呵地道好，拿起糖勺，開始畫蝴蝶。

小姑娘睜大了眼，認認真真地看著，當老伯畫完一半翅膀時，便忍不住讚嘆起來。等蝴蝶全部畫好，遞到她手中之後，差點一蹦三尺高了。

寧晚晴當真沒見過這麼活潑的姑娘，笑著付了銀子。「嚐嚐好不好吃？」

小姑娘迫不及待地咬下一小口，一雙葡萄似的大眼睛高興得瞇了起來。

「真好吃！姊姊，妳要嗎？」將糖畫遞到寧晚晴面前。

寧晚晴笑了笑。「不必了，妳多吃點。」

小姑娘乖乖地收回手，繼續吃起糖畫。

「姊姊，妳今日出門，是為了買簪子嗎？」

寧晚晴道：「不是。有長輩即將過生辰，我出來買賀禮。」

小姑娘吞下糖，又問：「那買到了嗎？」

寧晚晴搖頭。「還沒有想好買什麼。」

小姑娘十分理解似的說：「長輩的賀禮最難準備啦！他們喜歡什麼，不喜歡什麼，又不會直說，總讓人猜來猜去，真是費腦子呀。」

寧晚晴發現，這小姑娘不但是個自來熟，還是個小話癆。自從與她一起出了綢緞莊，小嘴就一直喋喋不休，沒有停過。

但寧晚晴並不覺得她煩，因為前世學的是法律，習慣了冷靜、理性地思考問題，見到這般感性率真的人，反倒覺得十分有趣。

小姑娘吃完糖畫，似乎意猶未盡，見到旁邊有賣糖炒栗子的攤位，又挪不開腳了。

「姊姊，糖炒栗子……好吃嗎？」

寧晚晴忍俊不禁。「買來吃不就知道了？」買了包糖炒栗子，遞給小姑娘。

小姑娘又驚又喜，連忙拿出一顆栗子，用手掰開，滿臉激動道：「好香啊！」

慕雨忍不住小聲對姜勤道：「這姑娘好可憐，看著應當及笄了吧？連套像樣的衣裳都沒有。長這麼大，才第一次買簪子，連糖畫、炒栗子都沒有吃過。」

姜勤沒吱聲，沈默地點點頭。

寧晚晴看著小姑娘吃栗子，道：「吃完了，便早些回家吧。」
小姑娘聽了，頓時有些不捨。「姊姊，妳要走了嗎？」
寧晚晴淡笑。「天色已晚，再不回去，家人要惦記了。」
小姑娘頗為失落，但只黯然了一瞬，又抬起亮亮的眼睛，看向寧晚晴。
「今日遇見姊姊，我太高興啦，可我還不知道怎麼稱呼妳？若有機會再出門，我還想找姊姊玩呢。」
寧晚晴溫言道：「妳可稱我為寧姊姊。妳的名字是什麼？」
小姑娘眉眼輕彎。「蓁蓁。」

趙蓁與寧晚晴分別之後，抱著糖炒栗子，高高興興地往回走。
走了沒多久，趙蓁覺得似乎有人跟著她，連忙轉身，想往人多的地方鑽，但那人卻一個箭步衝到她面前，擋住了她的去路。
趙蓁面色一僵，隨即揚起下巴。「大膽于書，居然敢對我無禮！」
于書站定，拱手行禮，壓低了聲音道：「公主殿下，嫻妃娘娘發現您不見了，急得寢食難安，派了不少人出來尋您，還是快同小人回去吧。」
趙蓁鼓著小臉。「我才出來不到半日，還沒玩夠呢。要回去，你自己回去。」話落，便要開溜。

于書連忙拉住她，趙蓁瞪大了眼。「你再碰我，我就告訴大家你輕薄我！我要喊了！」

「妳打算喊誰？」

清朗悠長的聲音傳來，趙蓁微微一愣。

她回過頭，發現一輛馬車停在旁邊，車簾被一隻骨節分明的手抬起，那隻手的指上還戴著一枚珍稀的墨玉戒。

趙蓁一看便知是誰，氣焰立時消下去，凶巴巴地橫了于書一眼。「你怎麼不早說？」

于書無奈地笑了笑。

趙蓁像鵪鶉似的上了馬車，看見著月白色華袍的人，乖乖地叫了一聲。「皇兄。」

趙霄恆睨著她，小姑娘的笑意裡，帶著三分不想挨罵的討好，手裡還牢牢抱著一包糖炒栗子。栗子的焦香味瞬間蓋過了馬車裡的熏香，連氣氛都嚴肅不起來了。

趙霄恆問她。「怎麼溜出來的？」

趙蓁老老實實道：「我拿了一套浣衣局的衣裳，扮成休沐探親的宮女。」

趙霄恆的聲音不辨喜怒。「本事不小。」

趙蓁知道，她的三皇兄看起來溫和，但真的生起氣來，還是挺嚇人的。

於是，她硬著頭皮道：「皇兄誤會我了。我聽說皇兄今日在宋宅養病，想著出宮探望你，誰知道走錯了路……」

趙霄恆淡淡道：「宋宅在城東，妳如今在城北，這路錯得有些離譜。」

趙蓁嘿嘿笑了聲。「多出來幾次，就不會走錯了。」

趙霄恆撫額，有時候真拿這個妹妹沒辦法。

「下次真想出門，同妳母妃說一聲，讓孤來安排，切莫一個人出宮。萬一遇到危險，只怕哭都來不及。」

趙蓁一聽，高興不已。「皇兄說的是真的？你願意帶我出來玩？」

「一個月最多一次。」

「一次也好呀。」趙蓁十分滿足，笑吟吟道：「皇兄又不是不知道，待在宮裡，整日都是讀書練字，或者做女紅，當真是悶死我了。還是皇兄對我好！」

趙霄恆狀似不經意地問：「對了，方才和妳在一起的是誰？」

趙蓁一面剝著栗子、一面道：「是今日認識的寧姊姊。今日我去買簪子，那黑心掌櫃居然欺負我不懂市價，坑我的銀子。是寧姊姊挺身而出，這才逼得掌櫃將銀子還給我。寧姊姊懂律法，可真厲害。」

趙霄恆又問：「她出門做什麼？」

趙蓁隨口回答。「寧姊姊說有長輩辦生辰宴，但不知道該送什麼賀禮，所以出來找一找。可找了一日，也沒有找到合適的，正在發愁呢。」

趙霄恆輕輕嗯了聲，趙蓁繼續道：「寧姊姊見我沒有好衣裳，還送了我衣裙。這糖炒栗子也是她買的，可好吃了，你嚐嚐。」

她說罷，剝開一顆栗子，遞給趙霄恆。

趙霄恆低頭一看，眼前的栗子微微裂開，看起來黃燦燦的，十分誘人。默默接過，送入口中，牙齒輕輕一咬，軟糯的栗子仁便滲出濃郁的香甜味。

趙蓁問道：「甜嗎？」

趙霄恆唇角微牽。「甜。」

馬車外，于書與福生坐在一起趕車。

福生道：「咱們跟了一路，方才差點又讓公主殿下跑了。」

于書嘆了口氣，低聲道：「那有什麼辦法？殿下見七公主和二姑娘在一起，不讓我抓人，只得一直跟著。」

福生一頓。「什麼，方才那位便是二姑娘，未來的太子妃？」

于書點頭。「是啊，你不認識嗎？」

福生再次扼腕。「方才我離得遠，根本看不清模樣。你怎麼不早說？」

于書無語。

鬱悶下，福生將馬車趕得飛快，入夜之前便進入宮門。

趙霄恆將趙蓁送回雅然齋後，逕自回了東宮。

因他近日不上朝，也不參與御書房議事，一切的消息都來自於間影衛。間影衛是宋家暗地裡豢養的，在宋家式微時，曾消失一段時日。後來，他的舅父宋楚河重新入朝，便將間影衛交給他。

趙霄恆花了幾年工夫，讓間影衛遍布大靖各地，織成一張巨大的情報網，幾乎每日都有源源不斷的新消息傳來。

趙霄恆端坐於案前，開始拆閱間影衛送來的信。

一旁的福生提醒道：「殿下，今日有江太傅的消息。」

趙霄恆聽罷，抬眸看他一眼。「老師怎麼說？」

福生回答。「江太傅近日便會從罔山啟程回京。」

趙霄恆長眉微蹙。江太傅年事已高，每每到了冬季，在京城就有些吃不消，臘月之前便去了南邊的罔山過冬。

如今冬季還沒過完，怎麼就回來了？

「是為了參加皇后的千秋節？」

福生搖搖頭。「小人算了日子，恐怕趕不上。」

趙霄恆明白了，江太傅應該是為了他回來的。

他沈吟片刻，道：「待老師入京，孤親自去城門相迎。」

福生低聲應是。

趙霄恆低下頭，繼續看信。一個多時辰後，才站起身，走到窗前。

天色徹底暗下來，又下起了紛揚的大雪，細細密密，輕若鵝毛，悄然鋪上地面。

福生躬身道：「殿下，下午您只用了些栗子，還沒進晚膳，現在要不要傳膳？」

提起栗子，趙霄恆忽然想到今日白天看到的場景。

熱鬧擁擠的長街上，兩個姑娘手挽著手向前走。

寧晚晴塞幾個銅錢給小販，買了一袋熱呼呼的糖炒栗子，遞給一旁的趙蓁。

趙蓁得了糖炒栗子，笑得像孩子一般。

寧晚晴跟著笑起來，這笑容與那天晚上的小心試探不同，真誠又自在，猶如明亮美好的水中月，看得見，觸不到。

趙霄恆沒有回答福生的問題，反而開口問道：「于劍呢？」

有件事，該差他去辦了。

此時此刻，于劍還待在偏院的書房裡，愁眉苦臉地抄書。

他心愛的長劍就在旁邊，已經一日沒摸了。

都怪這該死的《大靖律典》，為何要寫得這麼厚？寫得厚就算了，還晦澀難懂。

難怪世上有人會犯罪，律法這麼難學，能有幾人學會？

不知法，那自然會犯法了！

于劍長長嘆了口氣，只覺得自己命苦。未來的主子要他學律法，現在的主子就順勢讓他抄書，看來這常平侯府當真去不得。

「于劍。」福生的聲音響起。

于劍抬頭一看，忙道：「你是來幫我抄書的嗎？」

福生道：「你想得美，是殿下有事讓你去辦。」

于劍一聽，登時來了精神。「我願為殿下肝腦塗地，上刀山、下油鍋都行，只要別再讓我抄書了！」

福生哦了一聲。「殿下讓你再去一趟常平侯府。」

于劍一時無語了。

第十三章

常平侯府，聽月閣。

思雲和慕雨正在幫寧晚晴準備入宮的東西，有小廝來報。

「慕雨姑娘，妳的表兄來了。」

慕雨一愣，放下手中的活計。「表兄？我哪來的表兄？」

思雲瞬間反應過來，提醒道：「是不是被妳潑水的那位？」

慕雨也回了神，道：「快讓他進來。」

半炷香工夫後，于劍被帶到聽月閣正廳。

寧晚晴已經來了，一邊飲茶、一邊坐著等他，待看清于劍時，差點被水嗆著。

于劍換了一身灰不溜丟的粗布衣裳，嘴唇上方還黏了八字鬍，背上揹著一個包袱。原本直挺挺的身子，微微佝僂著，看起來彷彿年過半百。

寧晚晴還沒開口，慕雨就忍不住道：「于侍衛，姑娘讓你假扮成我表兄，不是我爹！」

于劍低下頭，上下打量自己一眼，茫然道：「我這身打扮不是挺好的嗎？」

寧晚晴忍俊不禁，擺了擺手。「罷了，殿下讓你過來，可是有什麼事？」

于劍連忙卸下身上的包袱，放到寧晚晴身旁的桌上。

「二姑娘，殿下說您未見過皇后，準備賀禮恐怕無從下手，讓小人送來一份禮物。如果二姑娘不嫌棄，屆時直接將此物獻與皇后便是。」

寧晚晴有些意外。「殿下怎知我還沒有找到合適的賀禮？」

于劍笑道：「也許是猜的。」

寧晚晴點頭。「如此甚好，多謝殿下了。」

于劍見寧晚晴沒有別的吩咐，便道：「若二姑娘沒有別的事，小人先告退了。」

「好，有勞你了。」寧晚晴說罷，對慕雨道：「送于劍出去。」

待于劍走後，寧晚晴站起身，走到桌前，打開了包袱。

包袱裡裝著一只十分精美的木匣，木匣上刻了一幅百鳥朝鳳圖，看起來栩栩如生，高貴至極。

寧晚晴伸出手指，扣開鎖頭，揭開木匣的蓋子，發現裡面放著一尊觀音像。

觀音手持淨瓶，一身雪白的觀音帔微微飄揚，大有立於雲端，俯瞰世間之感。

思雲若有所思。「姑娘，這觀音像，似乎和尋常見到的不太一樣。」

被思雲這麼一說，寧晚晴也認真打量起這尊觀音的面相。尋常的觀音，都是面頰飽滿、慈眉善目，這尊觀音卻十分清瘦，總覺得哪裡不太對勁。

寧晚晴盯著觀音像一會兒，心裡有了猜測，唇角不覺勾了勾。

「姑娘，您笑什麼？」思雲問道。

寧晚晴將觀音像放回木匣。「沒什麼，到時候咱們就送這個。」

思雲似懂非懂地點頭。

到了千秋節這一日，京城的雪恰好停了。

俗話說：「下雪不及化雪寒」。寧晚晴本來還想多睡一會兒回籠覺，但思雲和慕雨卻早早將她拉了起來。

寧晚晴迷迷糊糊地漱洗後，思雲拿出黃若雲準備的衣裙幫她換上，而後與慕雨將她推到銅鏡面前。慕雨為她綰髮，思雲替她上妝。

蛾眉輕掃，胭脂染面，櫻唇點絳，一支芙蓉步搖斜插髮髻之中，流蘇落下，看起來明豔動人，顧盼生姿。

慕雨忍不住驚嘆。「姑娘真好看。」

思雲也高興地看著寧晚晴，滿臉自豪。「今日姑娘入了宮，定能豔壓群芳。」

寧晚晴正攬鏡自顧，聽到這話，放下鏡子，抬起手來，取下那支特別的芙蓉步搖。

慕雨有些詫異。「姑娘怎麼把步搖拆了？」

寧晚晴淡淡道：「木秀於林，風必摧之。況且，今日的主角是皇后娘娘。」

思雲和慕雨面面相覷，頓時明白過來。

寧晚晴瞧瞧妝奩，隨手挑出那支玉色荷花簪。「就用這個吧。」

收拾妥當後，寧晚晴出了聽月閣，走向中庭。
下人們甚少見到她盛裝打扮，皆愣了片刻，才俯身行禮。
然而，才走到迴廊，寧晚晴便迎面遇上兩個人。
寧錦兒與她爹寧遂剛從外面回來，一見到寧晚晴，面上溢出嫉妒之色，輕哼一聲。
「不是說未婚男女不能見面嗎？妹妹一向最守規矩，今日怎麼要入宮覲見了？」
寧晚晴對她的話置若罔聞，只對著寧遂福了福身。
「二叔。」
寧遂淡淡點頭。「今日是千秋節？」
「是。」寧晚晴回答。「皇后娘娘有旨，讓我與兄長、嫂嫂一同入宮。」
寧遂沈默片刻，道：「好，去吧。」
寧晚晴微微頷首，看也沒看寧錦兒一眼，便離開了。
寧錦兒一拳打到棉花上，頓時面色慍怒。「父親，寧晚晴簡直視我如無物，您怎麼不教訓她？」
寧遂看了女兒一眼，見她眉宇蹙起，一臉的不高興。
「管好妳自己便罷。」
寧錦兒一聽，更加生氣。「父親，您平日萬事不管也就算了，如今母親被送出府，咱們二房的地位日漸低下，再這樣下去，我和弟弟只怕連站的地方都沒了。」

「還有，寧晚晴對朝廷無功無績，憑什麼入宮覲見，與貴人們同賀皇后千秋？當年您戰功赫赫，若不是腿受了傷，早早歸隱，今日這帖子也當有我們一份。」

寧錦兒心中不服，若是父親沒有受傷，常平侯府與東宮的聯姻，未必不會落到她頭上。

「住口！」一向平靜的寧遂，忽然嚴厲地出聲喝斥。

寧錦兒嚇一跳，覺得更加委屈，抽抽噎噎道：「母親離開了，父親不疼我，那我走就是了。」哭著跑了。

寧遂看著女兒的背影，抬步想追上去，但受傷的左腿卻沈得邁不開步子。

他踉蹌一下，握緊枴杖，沈沈地嘆息了一聲。

另一邊，馬車提早一刻鐘從常平侯府出發，一路駛向皇宮。

到了宮門外，黃若雲率先下車，寧晚晴隨後，微微抬頭，只見朱紅色的宮牆綿延至無盡的遠方。

雄渾大氣的宮門前，侍衛們正在逐一檢查，放行要入宮的大臣與官眷。

所有人跟著隊伍徐徐向前挪移，唯有一人站著不動。

此人身著青色官服，看著品階不高，卻站得筆直，定定地立在熱鬧的人群中，顯得格格不入，恍若一根俊秀的青竹。

寧晚晴正要收回目光，卻見這根「青竹」忽然轉身，朝她的方向看過來。目光交會的一剎那，年輕官員登時眼睛一亮，大步流星地走來。

寧晚晴雖穿越到原主的身體裡，卻沒有繼承她的記憶，立時有些不知所措。

正當她思量該如何打招呼的時候，年輕官員在距離她三步左右的位置停住，對著寧晚晴身旁的黃若雲作揖。

「長姊。」

寧晚晴一怔，好奇地看向黃若雲，只見黃若雲笑得溫柔，出聲招呼。

「正清，你也來了？」

年輕官員道：「我本不該來，但老師叫我同他一起入宮。我想起姊夫回京了，前段日子太忙，未來得及拜會，便想等你們過來，招呼一聲。」

黃若雲拉過寧晚晴，介紹道：「晴晴，這是我娘家的嫡親弟弟，單名一個鈞字，字正清。正清，這位是常平侯府二姑娘，是我的小姑。」

黃鈞聽罷，微微頷首。「二姑娘好。」

寧晚晴報以一笑。「見過黃大人。」

寧頌也走了過來，黃鈞連忙轉身，恭恭敬敬地向他行禮。「姊夫。」

寧頌打量黃鈞一眼，露出欣慰的笑。「聽說半年前你入了大理寺，如今可還習慣？」

「一切都好，還要多謝姊夫當初為我指點迷津，不然我也沒有機會進大理寺。」

黃鈞文質彬彬，不苟言笑，說起話來也一板一眼。但他這副樣子，卻很得寧頌欣賞。

寧頌道：「大理寺乃三法司之一，不但公務繁重，還有不少案子要上達天聽，切記要謹慎行事，不可大意。」

黃鈞忙應下。「姊夫提醒得是，正清必定謹記於心。」

黃若雲笑著說：「你莫要只盯著手上的差事。如今已過弱冠，如果有心儀的姑娘，也要告訴母親和我才好。」

黃鈞神情頓了頓，似是有些不好意思。

寧頌替他解圍，笑道：「這種事急不來，還是隨緣吧。時辰不早，我們該進去了。」

進宮之後，隨著內侍往前走，眾人很快便到了集英殿。

集英殿又分為大殿和偏殿，因男女分開列席，大多官員聚在集英殿大殿，家眷們則安排在偏殿，與後宮的人坐在一起。

黃若雲不是第一次入宮，但見到集英殿裡的氣派，仍不由暗暗讚嘆。

寧晚晴卻一臉淡然，前世連故宮都去過了，這集英殿實在不算什麼。

兩人跟著太監邁入偏殿，裡面已有不少女眷，衣香鬢影，花團錦簇。

今日寧晚晴著了一身鵝黃色對襟小襖，乳白色裙裾自纖腰處收緊，下襬唯美曳地。

原本是極其素雅的打扮，偏偏這些入宮的女眷們個個打扮得花枝招展，這下反倒襯得她與眾不同。

寧晚晴暗道失策，默默拉著黃若雲坐下。

不遠處的屏風後面，坐著幾名年輕的華服女子。正中一位穿著粉色宮裝，面容姣好，肌膚吹彈可破，一看便知養尊處優。

少女下巴微抬，隔著屏風，指了指寧晚晴的方向，問道：「那是誰呀？」

她一開口，周圍的幾名貴女往屏風後面瞧去，有人回答。「五公主，那位應當是常平侯府的二姑娘，聽說前段日子病了，沒想到今日入宮了。」

「二姑娘？那不就是我未來的皇嫂嗎？」

方才提問的粉衣少女，是薛皇后所生的五公主趙矜，她只聽說東宮要和常平侯府聯姻，卻沒見過這位傳說中的二姑娘。

此言一出，五公主趙矜身旁的薛顏芝，便坐不住了。

她探頭向屏風外看去，只見寧晚晴優雅端坐，面上三分淡然、七分漫不經心，頗有種美而不自知的感覺。

薛顏芝輕哼一聲。「原來生得這般狐媚。」

趙矜瞧她一眼，笑道：「怎麼，表姊不高興了？」

薛顏芝與趙矜年齡相仿，但妝容更加成熟豔麗，著了一襲嫣紅色宮裝，看起來恍若一朵盛開的花。

此刻，薛顏芝嬌美的面容卻眉頭緊皺，不冷不熱地諷刺了一句。

「我不過是替太子殿下擔憂。太子妃可要溫恭淑慎，德才兼備，寧二姑娘出身武將之家，不知道能不能擔此大任？」

薛顏芝自詡美貌，但見到寧晚晴之後，心底生出一絲不甘。

她是薛皇后的娘家姪女，原本要議親是輕而易舉，但她偏偏對趙霄恆芳心暗許。前段日子聽聞趙霄恆捲入歌姬案中，這門婚事可能要告吹，遂心存希望。

直到皇后下旨，邀常平侯府一家入宮，特意指名讓寧晚晴入宮覲見，薛顏芝才覺得一朝夢碎，憤恨不已。

趙矜笑了笑。「表姊說得是。不如，我們提前認識認識這位『皇嫂』？」轉過頭，吩咐身旁的宮女幾句。

宮女點頭應下，繞過屏風，向寧晚晴走去。

彼時，寧晚晴正氣定神閒地飲茶。

宮女來到她面前，微微福身。「寧二姑娘好，五公主聽聞您入宮，想邀您過去說話。」

「五公主？」寧晚晴望向屏風後面，依稀瞥見幾道人影。

黃若雲在她耳邊輕聲道：「粉色衣裙那位是皇后的嫡女五公主，也是大皇子的親妹妹，聽聞嬌蠻任性得很，妳千萬要小心應付。對了，她身旁的薛家大姑娘心悅太子，一直不肯嫁人，只怕也不會給妳好臉色。」

寧晚晴見黃若雲一臉擔心，笑了笑。「我明白了。嫂嫂稍坐，我去去就來。」站起身，好整以暇地理了理衣襟，跟著宮女向屏風後走去。

繞過屏風，寧晚晴發覺所有人都看著她，有些人幸災樂禍，有些人則是滿臉好奇。坐在中央的兩人，則一個比一個高傲。

寧晚晴不甚在意，按照禮節，微微屈膝行禮。「臣女向五公主請安。」

話音落下，卻無人開口，讓她免禮。

寧晚晴心知這是趙矜想給她一個下馬威，不急不躁，就這麼屈著身子，看看她們到底想耍什麼花樣。

薛顏芝幽幽開口。「既然二姑娘來了，怎麼不過來請安？還得派人去請妳，真是好大的架子。」

寧晚晴不慌不忙道：「臣女初來乍到，不懂規矩，確實是失禮了。」向薛顏芝拜了一拜。「請五公主見諒。」

眾貴女一愣，隨即笑了起來。

薛顏芝哂笑道：「二姑娘當真糊塗，我是薛家顏芝，我身旁這位才是五公主。」

寧晚晴眨眨眼，意外地呀了聲，連忙側身，向趙矜行禮。

「方才臣女進來，見薛大姑娘坐在眾人中央，華貴不凡，妙語如珠，便以為是五公主。都怪臣女眼拙，還請五公主恕罪。

「不過，薛大姑娘當真是天姿國色，光是坐在這兒，便能引人注意，叫人望塵莫及。」

趙矜聽了，朝薛顏芝看去，只見她頭上金釵顫顫，蛾眉飛挑，眼尾勾紅，連唇脂都比旁人濃上幾分。加之一身金絲串珠的嫣紅宮裝，更是襯得她光彩照人。

相比之下，她豈不是成了薛顏芝的陪襯？

趙矜頓時臉色一垮！

第十四章

黃若雲待在偏殿，坐立難安。

她想去屏風後看看狀況，又怕唐突，暗自著急。

就在她左右為難之時，寧晚晴回來了。

黃若雲急忙將寧晚晴拉到身前，壓低聲音問道：「如何，她們沒有為難妳吧？」

寧晚晴唇角微揚。「沒有，她們都很好相處。」

前世什麼難纏的客戶她沒遇過？這只是一群幼稚任性的小姑娘，若是在前世，只怕會被她修理一頓。

黃若雲這才放下心來。「既然如此，妳怎麼不和她們多聊一會兒？」

寧晚晴開口道：「五公主失手打翻湯碗，弄髒了薛大姑娘的衣裳，薛大姑娘急著去換衣裳，眾人便散了。」

黃若雲點點頭。「沒事就好。」

寧晚晴笑了笑，重新端起茶盞。宮裡的茶比之常平侯府，著實要好喝些。

「妳是……寧姊姊?!」

清靈的少女聲從背後響起，寧晚晴循聲望去，只見趙蓁站在偏廳中央，滿臉驚喜地看著她，一雙圓眼又大又亮，好看極了。

「蓁蓁？」寧晚晴詫異起身，打量趙蓁的裝扮，知她身分不一般。「妳怎麼在這兒？」

趙蓁笑嘻嘻道：「這兒是我家呀。」

黃若雲連忙扯了扯寧晚晴的衣袖，拉著她行禮。「見過七公主。」

寧晚晴這才明白過來，正要俯身行禮，趙蓁卻擺擺手。「快免禮，行禮反倒生分了。」

趙蓁親熱地拉著寧晚晴的手。「今日在這兒見到寧姊姊，真是太好了。不知道姊姊是哪位大人的家眷？」

寧晚晴溫言笑道：「我兄長是西凜軍將軍寧頌，今日我是隨兄長和嫂嫂一起來的。」

趙蓁思索一下，忽然瞪大眼。「這麼說來，寧姊姊是常平侯府的二姑娘？」

寧晚晴還未來得及點頭，趙蓁便哇了一聲。「那妳豈不是要當我的皇嫂了！」

趙蓁這一驚一乍的聲音，吸引不少人注意，官眷們紛紛側目，還有幾個有眼色的，立即圍了過來。

寧晚晴忙道：「公主折煞臣女了。」

「寧姊姊別不好意思，如今離妳與太子哥哥的大婚不到一個月，咱們遲早是一家人。」趙蓁索性抱住寧晚晴的胳膊，親親熱熱道：「以後妳入了宮，就能日日陪蓁蓁玩啦！」

她的話音未落，周圍一眾貴女們就圍了上來。

「原來這位便是寧二姑娘，果真是氣質不凡，風姿綽約。」

「是啊，生得如此貌美，卻不張揚，真是德才兼備，怪不得能被選為太子妃，還能得七公主青睞。」

「寧二姑娘，日後還請多多照應姊妹們！」

眾人將寧晚晴圍在正中央，個個滿臉堆笑，極盡討好。

寧晚晴只得保持微笑，禮貌回應。

偏殿外，薛顏芝剛剛換了身素色衣裙，正是滿心不悅，孰料一邁入殿中，又見到這般眾星捧月的場景，立時氣得臉色青白，轉身便走。

「喲，薛大姑娘這是怎麼了？」

薛顏芝聞聲，回頭看去，只見麗妃在宮人的攙扶下緩緩走來，明麗嫵媚的臉上掛著笑意。

薛顏芝低頭行禮。「臣女參見麗妃娘娘。」

麗妃虛扶她一把。「薛大姑娘不必客氣。」瞧了偏廳中央一眼。「這是誰來了，怎麼這麼熱鬧？」

薛顏芝面色慍怒。「還不是常平侯府的寧二姑娘，仗著自己是準太子妃，便言行無狀，惹事生非。」

麗妃有些吃驚。「此話當真？」

薛顏芝本就氣憤寧晚晴引起她與五公主的不快，一肚子氣沒地方發泄，被麗妃這麼一問，便打開了話匣子。

「寧二姑娘不知禮數，不向公主問安，又刻意挑撥臣女與五公主的關係。如今五公主上了她的當，不搭理臣女了。」

麗妃聽罷，幾不可見地勾了勾唇，隨即擠出同情的表情，溫聲道：「薛大姑娘受委屈了。寧二姑娘也真是的，如今尚未成婚，便如此過分，若日後成了太子妃，那還了得？」

薛顏芝聽罷，臉色更難看了。

麗妃將她的神情盡收眼底，又道：「太子光風霽月，溫和仁厚，若寧二姑娘心機深沈，詭計多端，怎堪與太子相配？太子妃德行事關國祚，若皇后娘娘知道她言行出格，應該不會坐視不理。」

薛顏芝抬起眼簾，疑惑地看向麗妃。「娘娘的意思是？」

麗妃笑了笑，話鋒一轉。「瞧瞧本宮，見妳可人，就多說了些，權當沒聽見便是。本宮不過是心疼妳，明明出類拔萃，卻沒有她的運氣，當真是可惜。」

麗妃說完，意味深長地一笑，轉身離開。

薛顏芝回過頭，見聚集在寧晚晴身旁的人越來越多，忍不住擰緊手中的帕子，心裡有了主意。

官員獻給皇后的禮物，全送到集英殿後殿的庫房裡，宮人們正在登記和點收，忙得不可開交。

薛顏芝抬起步子，邁入庫房，為首的太監滿臉堆笑地迎上前。

「小人見過薛大姑娘。姑娘此時過來，可是皇后娘娘有什麼吩咐？」

薛顏芝點了下頭。「姑母擔心你們忙中出錯，便讓我來看一看。對了，常平侯府的賀禮在哪裡？」

太監聽了，從一堆禮物中翻出一只木匣子，雙手捧到薛顏芝面前。

「薛大姑娘，這便是了。」

薛顏芝看也未看，冷聲開口。「扔了。」

太監微微一愣。「這……」

薛顏芝橫他一眼。「怎麼，我使喚不動你？」

太監忙道不敢，誰不知道薛家在朝堂上舉足輕重，薛顏芝又是薛皇后的親姪女，他一介小小太監，自然不敢得罪。

「小人這就去辦。」

「等等。」薛顏芝叫住他，面無表情道：「我問你，今日可曾見過常平侯府的賀禮？」

太監忙低下頭。「不曾。」

薛顏芝這才勾了勾嘴角，轉身離開庫房。

天色漸暗，宮燈一盞接一盞地亮起，整個偏殿被照得亮如白晝，千秋節終於拉開序幕。

官眷們坐定之後，后妃們才姍姍來遲，步態輕盈，婀娜多姿。在寧晚晴看來，這就是一場大型的走秀現場，恨不得全場的目光都聚集在自己身上。

趙蓁坐在寧晚晴身旁，耐心為她介紹。「寧姊姊，那是雲嬪，她入宮的年頭也不少了，但一直無子。妳若是見到她，切莫與她提起孩子的事。」

寧晚晴往她指的方向看去，見到一位瘦弱的妃嬪，雖然生得標緻，但在美女如雲的後宮，實在算不得出挑。

寧晚晴認真點頭，趙蓁又道：「對了，雲嬪與麗妃交好。」

寧晚晴聽罷，立即追問道：「麗妃是哪一位？」

趙蓁笑了笑。「麗妃素來穿得豔麗，最引人注意的便是她。喏，這不是來了嗎？」

隨著禮官的通報，一位麗人穿著湖藍色的宮裝，款款而來。

她的膚色白得亮眼，一隻柔弱無骨的手優雅地搭在宮女手上，走到殿中，眸子微微一抬，掃了眾人一眼。

眾人連忙屈膝行禮，齊聲道：「參見麗妃娘娘。」

麗妃唇角微勾，表情看似十分滿意，輕輕吐出兩個字。「免禮。」

寧晚晴這才隨眾人坐下。麗妃已近四十，但風韻猶存，果然當得起一個「麗」字。

「寧姊姊，妳快看。」趙蓁拉了拉寧晚晴的衣袖。

寧晚晴看向她所指的方向，又來了一位美人，細眉細眼，小家碧玉的氣質展露無遺。

趙蓁壓低聲音道：「這是我父皇的新寵，張美人。聽說上個月，她一個人服侍了父皇五次呢。」

寧晚晴覺得好笑，趙蓁不但是個小話癆，居然還這麼八卦。

她聽了趙蓁的話，又忍不住多看張美人一眼，只見張美人坐在麗妃斜對面，目光不時瞟向門口，似乎在等什麼人。

直到禮官一聲長吟，深青色的翟衣出現在眾人目光中，張美人才略顯安心。

寧晚晴側目看去，來人身形瘦弱，卻穿著繁複的翟衣，衣裙上繡著翹尾翟雉，頭戴珠冠，上插十二支珠花，流光溢彩，貴不可言。

趙蓁見狀，連忙拉著寧晚晴，同眾人一齊拜下，悄聲道：「這就是皇后娘娘。」

薛皇后經過麗妃身旁，面無表情地瞟了麗妃一眼，才徐徐走到鳳座前坐定。

寧晚晴跪在殿中，感覺到一陣壓迫感，然後頭頂傳來矜貴的女聲。

「起來吧。」

寧晚晴默默隨眾人起身，重新回到座位上。

趙蓁哎呀一聲。「寧姊姊，我母妃來了，我得過去了，晚些再來找妳玩。」

寧晚晴這才發現，隨皇后一起入殿的，還有一位氣質嫻靜的妃嬪，眉眼溫和，見到趙蓁便柔柔一笑，想必是嫻妃無疑了。

千秋節慶典在萬眾矚目之下，終於開始。

禮官唱詞嚴謹莊重，既稱頌了薛皇后的功績，又褒獎一眾妃嬪的德行，隨後，樂伎和舞姬輪番上陣，觥籌交錯間，氣氛逐步開始熱絡。

演出過後，便到了獻禮的儀式。

按照規則，所有的獻禮會先入庫房登記，再由內侍省的宮人送到殿前，供獻禮人呈給皇后，並送上對皇后的祝詞。

最先獻禮的，自然是薛皇后的女兒——五公主趙矜。

趙矜派人從西域找來一顆拳頭大的夜明珠，又差能工巧匠，在夜明珠的表面雕刻出一幅牡丹圖。待宮燈撤下，牡丹圖便精美地展現在眾人眼前，引起了一片驚嘆。

薛皇后微微一笑，語氣欣慰。「矜兒有心了。」

趙矜笑容滿面地退下。

趙矜獻禮後，薛顏芝便起身，蓮步輕移，走到殿中。

她優雅行禮，聲音乖巧討好。「姑母，顏芝從幾個月前便開始搜尋千秋節賀禮，知道姑母禮佛，特意為姑母準備了一座寶塔紅珊瑚，希望姑母喜歡。」

薛顏芝說罷，遞了個眼色給內侍省的人。

兩個小太監會意，連忙將半人高的寶塔紅珊瑚送上來。

這尊珊瑚從底部蜿蜒向上，下面略大，呈螺旋狀，越往頂端便越小，當真像一座寶塔。

眾人面露驚訝，紛紛讚嘆，讓薛顏芝更加得意。

「這寶塔紅珊瑚乃是東海之寶，由二十多位漁民合力打撈而來。由於這珊瑚很像供奉舍利的寶塔，於是漁民們便將它送到佛堂。顏芝得知後，立即派人快馬加鞭去買，才趕在姑母生辰之前，運到了京城。」

薛皇后嘴角揚起一抹笑意。「有勞妳了。這寶塔紅珊瑚如此特別，只怕讓原主割愛，也花了不少工夫吧？」

薛顏芝笑道：「只要姑母喜歡，顏芝做再多也甘之如飴。」

薛皇后含笑點頭。

薛顏芝春風滿面地回到座位上。

接下來，在場的妃嬪和官眷們，按照品階排序，一個接一個獻上自己的禮物。但是，有薛顏芝的禮物珠玉在前，其他人備的禮物，便顯得沒什麼看頭了。

後宮妃嬪和公主們很快獻完禮物，輪到官眷時，薛顏芝開了口。

「姑母，今日常平侯府的二姑娘也來了。她不日將成為太子妃，想必準備的禮物定別出心裁，不如我們先瞧瞧？」

趙矜跟著附和。「兒臣也想看看，未來的皇嫂為母后準備什麼禮物？」

薛皇后目光微抬，落到寧晚晴身上，笑得溫和。「寧二姑娘覺得如何？」

寧晚晴起身回答。「全憑娘娘作主。」

薛皇后點頭。「那好，先看看寧二姑娘的賀禮。」

薛顏芝對管理庫房的太監道：「還不快把二姑娘的賀禮。」

小太監看薛顏芝一眼，滿臉為難，囁嚅道：「這……小人並未收到常平侯府的賀禮。」

此言一出，黃若雲緊張地站起來。「怎麼可能？我們明明將賀禮送到了庫房。」

小太監的頭伏得更低。「小人當真沒有收到。」

薛顏芝蹙眉。「堂堂常平侯府，怎麼可能不備千秋節賀禮？你確定沒有記錯？」

小太監忙道：「回薛大姑娘，小人確定。」

薛顏芝幸災樂禍地看向寧晚晴。「聽聞寧二姑娘前段日子病了，不知是不是因此壞了記性，今日入宮賀壽，居然連賀禮都忘了備？」

寧晚晴還未說話，現場卻像炸開了鍋，議論紛紛。

「常平侯府沒有備賀禮？不可能吧！」

「這可是大不敬啊，皇后娘娘會不會怪罪？」

「難說，常平侯手握大靖三成兵權，舉足輕重，就算皇后娘娘不高興，也不見得會表現出來。」

「妳懂什麼？寧二姑娘日後是要嫁到東宮的，到時候還不是待在皇后娘娘的眼皮子底下？要怎麼調教，是皇后娘娘說了算。」

眾人妳一言、我一語，整個大殿嘈雜不已，場面有些失控。

趙蓁想開口為寧晚晴解圍，但嫻妃連忙摁住她，示意她不可輕舉妄動。

黃若雲急得臉色發白，寧晚晴卻一臉鎮定地觀察眾人的反應。

薛顏芝越發洋洋自得，趙矜則面露不悅。「寧二姑娘此舉，是不把我母后放在眼裡？」

唯有薛皇后面上不辨喜怒，不冷不熱道：「日後都是一家人，妳們來了就好，有沒有賀禮無關緊要。」

寧晚晴勾唇一笑。「臣女雖然不才，但也知道千秋節乃頭等大事，怎敢不放在心上？侍奉皇后娘娘，乃是臣女的本分，故而臣女特意備了兩份賀禮。一份早早送到庫房，另一份則在臣女手中，就是這個。」

她忽然彎下身子，變戲法似的掏出了一只木匣子。

眾人目瞪口呆，薛顏芝也傻了眼，張了張嘴，不知該說些什麼。

第十五章

趙矜不可置信地問：「妳備的這賀禮是什麼？」

寧晚晴托著木匣走到殿中，雙手一抬。「前段日子，臣女幸得觀音大士入夢指點，便去京城外的一座山上，挖出了一尊觀音像。

「自從將這神像請到府中後，臣女的身子好轉許多，連多年的頑疾都不治而癒。臣女覺得這觀音像非同一般，故而想獻給皇后娘娘。」

眾人嘖嘖稱奇，薛皇后卻將信將疑地看著寧晚晴。

寧晚晴繼續道：「直到今日，臣女見到皇后娘娘，才明白這觀音像為何如此靈驗。」

薛皇后凝視她。「為何？」

寧晚晴唇角微牽。「娘娘請看。」

她打開木匣，一尊玉白的觀音像展露在眾人眼前。

趙蓁坐得近，看清之後，不由哇了一聲。

這尊觀音居然生了對好看的柳葉眉，一雙菱形眼微微張開，端莊雍容，淡然高貴，彷彿在俯瞰眾生。

趙蓁驚呼出聲。「這觀音像與皇后娘娘簡直一模一樣！」

妃嬪和官眷們聞言，頓時坐不住了，紛紛伸長脖子去看。

寧晚晴開口道：「所謂相由心生，皇后娘娘就如同觀音大士，福澤眾生，慈悲為懷，保佑了大靖千千萬萬的子民，實在功德無量。臣女願將此神像獻給皇后娘娘，祝願皇后娘娘千秋萬代，福壽綿長。」

她說完，一臉虔誠地拜了下去。

氣氛烘托至此，眾人如夢初醒，立即齊聲附和。「祝願皇后娘娘千秋萬代，福壽綿長！」

薛皇后居高臨下地看著齊聲祝頌的妃嬪和官眷們，唇角終於逸出笑意。

「寧二姑娘與本宮有緣，日後可要常常入宮，陪本宮說話。快快免禮，回去坐吧。」

寧晚晴欠了欠身，回到自己的座位。

周圍的官眷們無不對她投來豔羨的目光，而薛顏芝氣得連鼻子都歪了。

黃若雲的一顆心終於放回肚子裡，忍不住問寧晚晴。「幸好有驚無險。妳何時準備了兩份禮物，我怎麼不知道？」

寧晚晴淡淡道：「有備無患嘛。」

黃若雲若有所思地點了點頭，又問：「可我親眼看著壽禮送進庫房，怎麼會不見了？難不成是誰動了手腳？」

寧晚晴一笑。「可能是被狗叼走了吧。」

這聲音不大不小，恰好被薛顏芝聽見，氣憤地回過頭，不巧撞到上菜的宮女，砰的一聲，菜汁頓時灑了她一身。

薛顏芝尖叫起來，破口大罵。「妳是幹什麼吃的？沒長眼睛嗎?!」

宮女嚇得立即伏地，不停磕頭。「都是奴婢的錯，還請薛大姑娘恕罪。」

眾人聽見動靜，紛紛側目，連薛皇后都抬起眼簾看過來。

薛顏芝又羞又氣，一張臉漲得通紅，只得對皇后福了福身，又換衣裳去了。

寧晚晴氣定神閒地吃菜，眼前這道燻肉當真不錯，日後入了宮，或許能常常吃到。

前世，她就是個不折不扣的吃貨，吃美食也是她最喜歡的紓壓方式之一。

就在寧晚晴認真享受美食的時候，有一雙眼睛默默地注視她。

此人不是別人，正是麗妃。

麗妃與皇后一向不睦，今日靖軒帝不在，她懶得與皇后虛與委蛇，將大部分心思放在寧晚晴身上，心中逐漸升起一絲擔憂。

今日壽禮遺失之事，明顯是薛顏芝所為，所以皇后才睜一隻眼、閉一隻眼，不多查問。此事往大了說，是常平侯府對皇后不敬；往小了說，不過是小姑娘粗心大意。但寧晚晴卻能未卜先知，早早做了兩手準備，倒是有些出人意料。

此女只怕不像傳聞中那般溫順好拿捏，萬一查出了王嬤嬤受她唆使一事……

麗妃想到這裡，面色又陰沈了幾分。

獻禮過後，殿內表面一片祥和，實則眾人各懷心思。

薛皇后拉著嫻妃說話，雲嬪則乘機討好麗妃，官眷們也使出渾身解數，努力結交身旁的妃嬪。

唯有寧晚晴，正專心致志地對付眼前這條魚。

這時，一個宮女走過來，彎下身子，藉著幫寧晚晴倒茶的工夫，壓低了聲音說話。

「二姑娘，太子殿下想約您單獨見上一面。」

寧晚晴微微一愣，抬起眸，這宮女看著約莫十七、八歲，生了一張方臉，十分面生。

「姑娘是？」

宮女沈聲回答。「奴婢蘭翠，是東宮的人。」

寧晚晴頷首。「何時見？」

蘭翠道：「現在。」

「現在？」寧晚晴有些納悶。「今日男女分席而列，只怕不合適吧？」

「殿下有急事相告。」蘭翠用僅有兩人能聽到的聲音說：「是關於您被下毒的事。」

寧晚晴眸光微頓，轉頭對黃若雲道：「嫂嫂，我去去就回。」

黃若雲點了點頭。

寧晚晴站起身，悄悄跟著蘭翠出去了。

蘭翠逕自帶著寧晚晴出了集英殿偏殿，走上一條長長的宮道。

寧晚晴回頭看著逐漸遠去的集英殿。「殿下還沒從正殿出來嗎？」

蘭翠道：「殿下說，他與二姑娘同時出來，容易惹人生疑，故而先行一步，到前面等二姑娘。我們走快些吧，若是被人發現就不好了。」

寧晚晴點頭，隨著蘭翠繼續往前走。

蘭翠步履匆匆，領著寧晚晴走完宮道，又繞到一條小路上，四周很安靜。

寧晚晴抬眸看去，只見前面的宮殿起起伏伏，一座接著一座，看起來神秘又高深，似乎是往內宮的方向。

「殿下在哪裡等我？」

蘭翠不慌不忙地回答。「殿下就在前面的花園中等著二姑娘。」

寧晚晴打量蘭翠的神色，發覺蘭翠一直低著頭，似是不敢正眼看她，心中頓時生出不祥的預感。

她狀似不經意道：「蘭翠姑娘在東宮多久了？」

蘭翠回答。「五、六年了，奴婢一直負責伺候太子殿下的起居。」

寧晚晴輕輕應了聲，又問：「殿下在病中時，我曾親手做過一盒點心差人送去，不知殿下嚐了沒有？喜不喜歡？」

蘭翠笑了笑。「只要是二姑娘做的，殿下自然都喜歡。點心一送來，殿下便嚐了，讚不絕口呢。」

寧晚晴微笑。「嗯，那就好。」面上不表，心中卻在打鼓。

她哪曾送過什麼點心給趙霄恆，此言不過是為了試探蘭翠罷了。

來者不善，她得想個法子脫身才行！

寧晚晴心思飛轉，故意放慢腳步，打量起周圍的環境來。

此處樹木沿著宮牆而立，掩蓋大半人影，實在過於偏僻。且今日人多，不少內宮的侍衛們被挪到集英殿，故而這邊幾乎見不到什麼崗哨。要是真出了事，就算大聲呼救，也不一定能成功。

看來，只得一邊走、一邊找機會了。

蘭翠催促道：「二姑娘快些，您瞧，過了前面那座拱橋，便能見到殿下了。」

寧晚晴點頭，隨著蘭翠上了拱橋。

這拱橋修得精緻，橫跨不過兩丈，護欄不到半人高，站在橋上，藉著幽暗的燈光，能看見下面的河水。河水的冰融了，正在汩汩流動，夜風一吹，將河面的寒氣捲上來，吹得人背後發涼。

寧晚晴心生一計，故意落後一步，忽然哎呀一聲。

蘭翠腳步一頓，疑惑回頭，卻見寧晚晴坐在地上，滿臉痛苦，不由蹙眉。

「二姑娘怎麼了？」

寧晚晴擠出一臉可憐樣。「這裡太黑，我沒看清路，怕是扭了腳。」

蘭翠的面色有些不悅，道：「二姑娘還能走嗎？殿下就在前面了。」

寧晚晴搖搖頭。「我恐怕走不動了，不如妳先去告訴殿下一聲，免得他等急了，再問問太子殿下，是否願意移步過來？」

蘭翠有些猶豫地看寧晚晴一眼。前面的花園，其實是一處廢棄的園林，也是守衛的死角。按照麗妃娘娘的吩咐，入了花園，便能神不知、鬼不覺地動手。

但眼下寧晚晴不肯走了，怎麼辦？

寧晚晴看出她的心思，繼續道：「我的腿疼得厲害，一個人也走不遠，就在這裡等姑娘回來。」

她說罷，慢慢起身，扶著石柱，靠坐在護欄上。

冬夜裡寒風呼嘯，寧晚晴的身形更顯單薄，整個人看起來搖搖欲墜。

蘭翠盯著她，心中拿定了主意。

只要能完成麗妃交代的任務就好。至於是什麼死法，並不是最重要的。

蘭翠臉上泛起笑意。「那請寧二姑娘稍候片刻，奴婢這就去找太子殿下。」

寧晚晴點點頭。「有勞了。」

蘭翠俯身行禮，低頭時，眸中閃過一絲狠辣，而後突然抬手，狠狠地向寧晚晴推去！

然而，寧晚晴早有準備，就在蘭翠即將觸到她時，立即閃身，讓蘭翠撲了個空。

蘭翠用力過猛，一下子撞到護欄上，失去平衡，一頭栽進河裡。

咚！蘭翠彷彿掉進冰窖，冷得喘不過氣來，兩隻手奮力撲騰，大聲呼救。

「救命！救救我，寧二姑娘！」

寧晚晴站在拱橋邊，面無表情地看著蘭翠。「是誰派妳來的？」

蘭翠怕得要命，好不容易抱住水中的石頭，才讓自己不被沖走，瑟瑟發抖道：「是、是太子殿下讓奴婢來的。」

寧晚晴一笑。「那便等著太子殿下來救妳吧。」

蘭翠神情驚恐。「不……」

一開口，冰冷的河水灌入口鼻，嗆得她喘不過氣來。

寧晚晴冷聲道：「我好心提醒妳一句，河水寒冷刺骨，半個時辰之內，就算妳不被淹死，只怕也會被凍死。」說罷，便要轉身離開。

蘭翠立時慌了，這附近的人早已被麗妃支開，若是無人相救，她只有死路一條。

「二姑娘別走！」蘭翠帶著哭腔，艱難開口。「是……是麗妃娘娘下的手！」

寧晚晴回過頭。「麗妃？」

蘭翠忙道：「是，麗妃娘娘和二皇子與東宮不睦，不願看到東宮與常平侯府聯姻，且她擔心您嫁入東宮之後，會奪走她協理六宮的權力，想對您除之而後快。咳咳咳……求您救救奴婢吧！」

寧晚晴明白過來。

麗妃恐怕也擔心下毒的事被常平侯府和東宮當成把柄捏在手中，這才急著補上一刀。一則可以破壞聯姻，二則能繼續協理六宮，而第三……今夜是薛皇后的壽誕，後宮上下的護衛都是薛皇后命人安排的，若出了什麼事，薛皇后也脫不了干係。

好個一石三鳥之計！

寧晚晴冷靜地看著驚慌失措的蘭翠，心中有了主意。

集英殿偏殿裡，正輕歌曼舞，席間歡聲笑語，意趣正濃。

后妃和官眷們難得一聚，此刻正是建立交情的好時機，推杯換盞間，慢慢熟絡起來。

平日薛皇后很少飲酒，但今日敬酒的人太多，她便飲了兩杯，心情不錯。

就在這時，一名侍衛匆匆而來。

侍衛見殿內氣氛熱烈，不敢直接稟報，遂繞到偏殿後面，去找薛皇后的親信莫姑姑。

侍衛對著莫姑姑耳語幾句，莫姑姑面色微變。「此話當真？」

侍衛神情凝重。「千真萬確。」

莫姑姑點點頭，一刻也不敢耽擱，快步走到薛皇后身旁，低聲稟報。

「皇后娘娘，方才常平侯府的二姑娘被人帶到曲臨河邊，差點被推入河裡喪了命。眼下人被帶了回來，凶手也被御林軍抓到了，綁到偏殿外的吟書齋。」

薛皇后神色一頓。「凶手是誰？」

莫姑姑道：「是一個宮女，因此事事關重大，御林軍統領章泱不敢私下審問，故而報到正殿那邊。官家已經去吟書齋了，並且傳話，讓您和麗妃娘娘一道過去。」

薛皇后沈了臉。「本宮倒要看看，是誰膽大包天，敢在千秋節上搞鬼。」交代嫻妃。「本宮去去就來，這兒就交給妳了。」

嫻妃低聲應是。

麗妃得知蘭翠失手，心跳驟然停了一拍，但仍鎮定自若地跟上了薛皇后。

一旁的趙蓁聽見寧晚晴差點被害，頓時氣憤不已。「母妃，寧姊姊這麼好，到底是誰要害她？」

嫻妃看著天真的女兒，低聲道：「也許就是因為太好，才會被害。」

趙蓁站起來。「不行，我得去看看。」

「蓁蓁，不可！」

話音未落，趙蓁已經一溜煙地跑出去。

嫻妃看著女兒的背影消失在門口，無奈地嘆了口氣。

吟書齋偏廳內，寧晚晴一臉蒼白地坐在椅子上，太醫正在為她把脈。
御林軍統領章泱立在一旁，安靜地等著。
片刻之後，太醫收回手。
章泱上前一步，面色沈穩地問道：「太醫，寧二姑娘沒事吧？」
太醫回答。「寧二姑娘沒什麼大礙，就是受了些許驚嚇，老夫開幾副安神的湯藥，養幾日就沒事了。」
章泱點頭，太醫站起身來，退了出去。
寧晚晴溫聲道：「多謝章統領。」
章泱沈默一下，說：「是章某失職，才讓寧二姑娘受驚了。」
一刻鐘之前，章泱在附近巡查，見寧晚晴慌慌張張地跑來求救，遂跟著她去了曲臨河。
路上，寧晚晴簡單說了事發經過，章泱得知情況之後，立即召集人手，救起蘭翠，綁了回來。見寧晚晴冷得發抖，又請太醫來替她看診。
過了一會兒，有太監過來，在章泱身旁耳語了幾句。
章泱轉過頭，對寧晚晴道：「寧二姑娘，官家和皇后娘娘都到了，傳您去問話。」
寧晚晴頷首。「好，有勞章統領帶路。」
章泱應聲，帶寧晚晴去了吟書齋正廳。

第十六章

吟書齋不大，靖軒帝和薛皇后等人一來，帶了不少隨從，瞬間擠滿整個廳堂。

寧晚晴走到門口，無聲抬眸。

靖軒帝正襟危坐，面色不豫；薛皇后一言不發地坐在一旁，時不時打量靖軒帝的臉色。

麗妃靜靜立在後面，神色莫測地看著殿中的蘭翠。

蘭翠瑟瑟發抖地跪著，結冰的頭髮被炭火一烘，便濕漉漉地滴下水，看著很狼狽。

寧晚晴一進去，寧頌就急急迎了上來。「晴晴！」

寧晚晴心中早有準備，暗地揪了胳膊一把，立時哭出聲。「兄長！」

寧頌連忙褪下自己的披風，裹住寧晚晴單薄的肩頭。「兄長聽聞妳出事，急壞了！妳沒事吧？」

寧晚晴搖了搖頭。

靖軒帝開口道：「寧將軍少安勿躁。」聲音不大，卻不容置疑。

寧頌鬆開了扶著寧晚晴的手，站到她的旁邊。

寧晚晴抬眸看向靖軒帝，對方已年近五十，依舊精神矍鑠，那雙眼睛看似平靜，但內裡透著一股精明的審視。單單只是坐著，威嚴感便撲面而來，讓人連大氣都不敢出。

靖軒帝問：「到底是怎麼回事？」

寧晚晴道：「回官家，臣女原本在集英殿偏殿用膳，是宮女蘭翠將臣女帶出去，路過拱橋時，她欲將我推入河中，幸好我抱住了石柱，並未墜河。蘭翠害人不成，一個不慎摔進河裡，最終臣女尋到路過的章統領，這才將她救起。」

靖軒帝看向一旁的章泱，章泱接話。「寧二姑娘所說句句屬實，末將已查探過，那拱橋上有推搡的痕跡。」

靖軒帝又問：「之前妳可認識蘭翠？」

寧晚晴搖頭。「回官家，不認識。」

「那為何會跟著她出去？」靖軒帝語氣不重，但話裡話外都透著強烈的質疑。

問到此處，寧晚晴默默抬頭，看了薛皇后一眼。

「臣女不敢說。」

靖軒帝眸子微瞇。「有朕在此，還有什麼不敢說的？」

趙蓁也跟著著急。「寧姊姊，妳受了什麼委屈，儘管說來。父皇英明神武，定會為妳主持公道。」

麗妃心中緊張起來，不由握緊了手帕。

寧晚晴目光掃過眾人，似是下定了決心，終於開口。「蘭翠說，皇后娘娘想單獨見臣女，讓臣女隨她出去。」

此言一出，麗妃和蘭翠都愣住了。
麗妃疑惑地看著蘭翠，蘭翠也一臉茫然，她不是用太子殿下當藉口，將寧晚晴騙出去的嗎？現在怎麼又變成了皇后娘娘？
薛皇后面色一沈，怒斥。「一派胡言！本宮一直坐鎮殿中，何時單獨傳喚過妳？」
寧晚晴一愣，似是有些不信，解釋道：「是蘭翠說，皇后娘娘喜歡臣女獻上的賀禮，想單獨同臣女說幾句話，臣女這才隨蘭翠出去的。」
她說罷，神色一變。「難道不是皇后娘娘?!」
靖軒帝微微側目，看向一旁的薛皇后，沒有開口，眼裡卻溢出詢問之色。
薛皇后一怔，難不成靖軒帝懷疑是她害了寧晚晴？冷眼看向蘭翠。
「說！妳到底是誰的人？為何要害寧二姑娘，還要嫁禍給本宮？」
蘭翠張了張嘴，不知如何解釋，著急地看向麗妃，但麗妃若無其事地避開了她的目光。
薛皇后見蘭翠不說話，更是生氣，站起身來，向靖軒帝行禮。
「官家，此事妾身確實不知情，請官家徹查，給常平侯府一個交代，也還妾身清白。」
麗妃見狀，心裡明白過來。
好個寧二姑娘，三言兩語便把皇后拉下水，這是想以皇后為刀，來對付她?!
麗妃努力壓制緊張的心情，幸好蘭翠不是鳴翠宮裡的人，萬一東窗事發，不一定會查到她身上。只要讓蘭翠認下一切，便能息事寧人。

於是，麗妃開口道：「蘭翠，妳可要想好了，若再敢欺瞞官家，誣陷皇后娘娘，那可是要株連九族的。」

最後一句話，麗妃咬得格外重。

蘭翠聽了，血色盡失，她的父母兄弟都在麗妃手上，而她卻是一枚棄子了。只得一咬牙，向靖軒帝磕頭。

「回官家，此事與其他人無關，都是奴婢一人所為。」

寧頌怒道：「我妹妹與妳無冤無仇，為何要如此害她？」

蘭翠顫聲道：「因為……因為奴婢傾慕太子殿下！得知寧二姑娘即將成為太子妃，便心生嫉妒，想除掉她！」

靖軒帝皺眉。「怎麼又扯上了太子？」

歌姬案的風波才過去沒多久，若是宮女因愛戀太子而企圖殺害準太子妃之事傳出去，豈不是又要成為百姓茶餘飯後的笑柄？

靖軒帝面色陰沈不少，看也沒看蘭翠一眼，吐出四個字。「就地處決。」

蘭翠嚇得砰砰磕頭。「都是奴婢一時糊塗，還請官家恕罪！求官家饒奴婢一命啊！」

御林軍可不管蘭翠的求饒，逕自過來拖人。

寧晚晴眼看此事要大事化小，不由著急，不時望向門口，似乎在等待什麼。

就在蘭翠快被拖出去時，溫和清朗的男聲響起。

「父皇且慢。」

靖軒帝緩緩抬眸，眾人也向殿門看去，只見趙霄恆在于書的攙扶下，緩緩走進來。他披著厚重的大氅，每走幾步，彷彿都要停下來吸上一口氣，看起來非常孱弱。

寧晚晴蛾眉微攏，難不成他的病又嚴重了？

趙霄恆的目光掃過寧晚晴，兩人四目相對，隨即有默契地移開。

方才靖軒帝聽了蘭翠的話，對趙霄恆沒什麼好臉色。「你怎麼來了？」

趙霄恆淡聲道：「兒臣聽聞寧二姑娘出事了，特地過來看看，不承想，還有人敢將髒水潑到兒臣身上，藉此混淆視聽，掩蓋真相。」說完，瞥了蘭翠一眼。

蘭翠心虛地縮了縮身子，不敢看他。

于書道：「稟報官家，蘭翠是浣衣局的宮女，浣衣局與東宮相距甚遠，按照她的品級，根本不可能見到太子殿下，又談何傾慕呢？」

麗妃卻道：「太子殿下天人之姿，就算未曾見過，單單聽說，也說不定會動心。」

趙霄恆抬起眼簾，看著麗妃，笑了笑。「麗妃娘娘一開口，孤倒是想起一樁事來。

「方才找內侍省查問蘭翠身分時，太監提到，蘭翠曾經當過麗妃娘娘宮裡的灑掃宮女，是因為犯了錯，才被貶入浣衣局。可有此事？」

麗妃面色一變。「太子殿下這話是什麼意思？她幹活懶，品行不佳，本宮將她貶去浣衣局，有什麼錯？難不成本宮之前認識她，此事便與本宮有關？」

趙霄恆溫聲道：「孤只是覺得有些奇怪，麗妃娘娘既然認識這宮女，知道她品行不佳，方才為何不說，還任由她誣衊皇后娘娘？

「或者，我們反過來想想，若是今晚掉進河裡的是寧二姑娘，只有兩個結局，第一是死於非命，追查不到凶手，但內宮布防是御林軍統領安排，皇后娘娘親審，所以皇后娘娘與章統領首當其衝，必須領罰；第二個結果，便是寧二姑娘被人救起，從此與皇后娘娘結怨，勢不兩立。

「無論是哪種結局，都對麗妃娘娘有利無害，不是嗎？」

趙霄恆語氣平靜，卻在眾人心中掀起新的波瀾。

薛皇后見狀，開口道：「還請官家徹查此事。若後宮當真有如此歹毒之人，當按宮規處置，以儆效尤。」

靖軒帝的臉色陰沈，定定看著麗妃。「是不是妳？」

麗妃慌忙跪下。「不，不是妾身！這賤婢早就被逐出鳴翠宮，本宮連她的樣子都不記得了，才沒有開口。」

趙霄恆不慌不忙道：「那下一位，麗妃娘娘總記得吧？」

一個五花大綁的人被于劍扔進來。

眾人的目光匯聚到此人身上，男子穿著御林軍的鎧甲，從衣著看來，還是個巡邏隊長。

他一見到殿中眾人，立時面露驚慌，不覺地向麗妃看去。
這一眼，也引起了薛皇后的懷疑，出聲問道：「這是誰？」
趙霄恆道：「這是負責值守曲臨河的御林軍。他在殿外鬼鬼祟祟地探聽消息，兒臣覺得他有些反常，遂抓來問了幾句，孰料竟是麗妃娘娘下令，今夜將他調派到其他地方，不必再守曲臨河。」
趙霄恆說罷，直視麗妃。「御林軍一被調開，曲臨河上便出了事，這是不是太巧了？」
麗妃心中恨得牙癢癢，她早早籌劃，拿捏蘭翠的家人，調開御林軍不過是協助薛皇后籌辦壽宴時的順手之舉，沒想到卻被趙霄恆抓住了把柄。
她依舊強裝鎮定，道：「太子殿下，今夜集英殿賓客不少，布防之時，並非只調開曲臨河的御林軍，有好幾處御林軍都被調到集英殿附近支援。單憑此事，就要定本宮的罪，只怕不能服眾。」
麗妃說罷，走上前來，對著靖軒帝盈盈一拜。「妾身是因為擔心官家安危，才將曲臨河的御林軍調到集英殿護衛。妾身對官家之心可昭日月，還請官家明鑑。」
麗妃本就生得貌美，一臉委屈地站著，眼中似含了淚，看起來楚楚動人。
靖軒帝沈默地看她一眼，沒有說話。
薛皇后面色卻是不佳，她最討厭的就是麗妃這副狐媚的樣子，恨不得賞她一耳光。
趙霄恆順勢道：「父皇，是不是麗妃娘娘，眼下還不好說，但此事著實不簡單。幕後之人既然能支開御林軍，在父皇眼皮子底下對常平侯府動手，便是不把父皇放在眼裡，更表示皇宮的安全出了紕漏。」

靖軒帝面色微微一變。

他抬起眼簾，只見寧頌濃眉緊皺，寸步不離地守在寧晚晴身旁，看樣子是定要討一個公道了。

常平侯府鎮守西域多年，一直安分守己，進退有度，如今已經掌握大靖三成的兵權。若是因為這件小事，讓常平侯寧暮與他生了嫌隙，可是得不償失。

靖軒帝問道：「眼下線索雜亂無章，依你看，該如何？」

趙霄恆等的就是這句話，微微一笑。「依兒臣之見，父皇只需將此事交給大理寺徹查即可。麗妃娘娘既然有嫌疑，只怕也得配合調查。」

靖軒帝一想，覺得可行，點了點頭，出聲問道：「大理寺今日有誰來了？」

總管太監李延壽答道：「稟官家，大理寺卿因病告假，今日來的是大理寺新上任的寺正，黃鈞。」

「宣。」

寧晚晴微微一愣，那不就是嫂嫂的親弟弟嗎?!

果不其然，黃鈞的身影很快出現在殿門口。

他目不斜視地邁入殿中，恭恭敬敬地向靖軒帝行禮。

「微臣大理寺寺正，參見官家。」

大理寺寺正雖是最重要的審案官，但官階只有七品，平日負責審案斷案，不必上朝，故而靖軒帝對黃鈞沒有太多印象。

趙蓁站在靖軒帝身後，也偷偷地打量此人，只見他面容清俊，身量又高又瘦，若不是套了一身官服，看起來更像一位書生。

靖軒帝徐徐開口。「愛卿平身。今夜之事，事關皇宮安危，也需還常平侯府一個公道，朕給你三天時間查明真相，不得有誤。」

黃鈞沈聲應下。「是，微臣領命。」

靖軒帝又瞥了麗妃一眼。「在真相大白之前，麗妃還是好好待在鳴翠宮吧。」

麗妃氣得咬碎銀牙，只能低聲稱是。

靖軒帝揉了揉眉心，看似有些疲憊。「恆兒。」

趙霄恆躬身。「父皇有何吩咐？」

靖軒帝掃向靜立旁邊的寧晚晴。「今夜寧二姑娘受了驚嚇，你先送她回去吧。」又對寧頌道：「寧頌多留片刻，朕許久不見你了，要好好同你說說話。」

寧頌擔心地看看寧晚晴，寧晚晴輕聲道：「兄長別擔心，我已經沒事了，回去休息兩日就好。」

寧頌這才點了點頭。

趙霄恆走過來，面色溫和，淡淡開口。「寧二姑娘，請。」

寧晚晴向靖軒帝和薛皇后行禮後，隨趙霄恆出了吟書齋。

兩人在前面走著，于書等人刻意放慢步子，跟在後面。

趙霄恆打量著寧晚晴，夜風吹得她長髮微揚，面頰輪廓精緻優美，神情冷靜又淡然，與方才在殿中那委屈可憐的模樣截然不同。

「二姑娘還好吧？」

寧晚晴道：「托殿下的福，臣女並未墜河，算是有驚無險。」

趙霄恆笑了下。「孤問的是妳的手臂。」

寧晚晴微微一愣，詫異地看向趙霄恆。

方才她進吟書齋之前，擔心哭不出來，便暗地掐了自己一把。如此小事，他都能知道，豈不是代表他的人在後宮無孔不入？

趙霄恆道：「不必這麼驚訝吧？不過二姑娘真是膽子不小，皇后要召見妳，居然連消息都不送給令兄，就敢赴約。後宮可不是平安祥和的花園，而是詭異吃人的魔窟。」

「其實，蘭翠並非是借皇后口諭。」寧晚晴停住腳步。「她借的是殿下的口諭。」

趙霄恆盯著寧晚晴，輕輕笑了起來。「這麼說來，二姑娘是為了見孤，才鋌而走險？真是令人感動。」

寧晚晴不語。

此人方才在殿中，還一副病懨懨的文弱樣子。一出殿門，居然有精神插科打諢了。

趙霄恆又道：「寧二姑娘當真反應快，知道暗暗讓寧夫人來找孤報信。只是，孤有些好奇，萬一孤沒能趕來，此事很可能隨著蘭翠的伏法而結束，寧二姑娘又當如何？」

寧晚晴微微一笑。「即便殿下沒來，皇后娘娘與麗妃相爭多年，豈會袖手旁觀？再說了，殿下不可能不來。」

趙霄恆饒有興趣地挑眉。「哦，二姑娘憑什麼如此篤定？」

寧晚晴道：「之前殿下便知麗妃今晚可能有所動作，怎會毫無準備？臣女去曲臨河的路上，連半個御林軍的人影也沒見到，但蘭翠墜河之後，臣女才走出幾步，就遇上前來巡查的章大人，難道是巧合？只怕殿下早就開始守株待兔了。」

趙霄恆笑了笑。「若是孤能調動御林軍統領，那皇宮豈不是盡在掌握之中？孤不過是略施小計，引得章大人過去逛了逛。」

寧晚晴睨了趙霄恆一眼。「殿下此舉，豈不是以我為餌？」

這人也太不仗義了！

趙霄恆側過臉，笑得溫和無害。「以二姑娘為餌不假，但孤並未置二姑娘的安危於不顧。于劍一直跟在不遠處，孰料二姑娘如此英勇，居然將宮女引得掉進河裡，他連出手的機會都沒有。」

寧晚晴無言了。「黃大人也是殿下的人？」

趙霄恆笑而不語，並未回答。

寧晚晴頓悟，黃鈞是不是他的人不重要，重要的是，現在所有的證據都指向麗妃，黃鈞只需公公正正地查案，便對己方有益。

「臣女明白了，殿下早就埋好黃大人這步棋，只等著麗妃自投羅網。就算她今夜沒有動作，殿下肯定也會想法子引出她的罪責，然後讓官家將案子交給大理寺，好順藤摸瓜，一次揭露麗妃之前做的惡事。」

趙霄恆面上笑意更盛。「窺一斑而知全豹，看來『女青天』的名號果然不假。」

寧晚晴有些疑惑。「什麼女青天？」

趙霄恆咳嗽了聲。「沒什麼。」

寧晚晴也沒在意，繼續說：「臣女有一點不太明白。」

趙霄恆溫言道：「二姑娘請講。」

「廖姑姑是麗妃的爪牙，不但勾結我府裡的王嬤嬤，還涉及唆使歌姬鶯娘誣陷太子殿下，不知殿下找到那歌姬了沒有？」

趙霄恆微微頷首。「二姑娘提醒後，孤便派人去了廖姑姑的宅子，歌姬果然被囚禁在那裡，要拿人易如反掌。」

「既然如此，今夜殿下為何不先把廖姑姑和歌姬的事說出來？如今等著他們查，豈不是又兜了一個圈子嗎？」

趙霄恆淡聲道：「人總是相信那些自己願意相信的事。即便是真相，若不是以意料中的方式出現，只怕真的也變成了假的。」

寧晚晴凝視趙霄恆，他收起那似有若無的笑意，眉眼蒙上一層寒冷的霜。

兩人一路走到宮門口，常平侯府的馬車已經到了。

寧晚晴回過頭。「殿下留步吧。」

趙霄恆笑了笑。「二姑娘慢走。今日之事，不必擔心，孤自有安排。」

寧晚晴微微頷首，轉身上了車。

車軸轉動，趙霄恆目送馬車慢慢離去，車影逐漸消失在夜色裡。

于書走上前。「殿下，冬夜寒涼，早些回宮吧。」

趙霄恆轉過身，沈聲道：「明日找個時機，將之前搜尋到的證據和證人，移交給大理寺的黃大人。」

于書點頭應下。「是。」

趙霄恆又問：「冷宮裡的人，安排好了嗎？」

于書道：「殿下放心，一切已安排妥當。」

第十七章

吟書齋內，靖軒帝坐於主位上，一雙深不見底的眸子靜靜在寧頌面上梭巡。

寧頌立在下首，不卑不亢，巋然不動。

半晌後，靖軒帝才牽了牽嘴角，道：「此刻沒有外人，不必拘禮了，坐下說話吧。」

寧頌沈聲應是，找了一處不遠不近的位置坐下。

「如今西域局勢如何？」靖軒帝悠悠問道。

寧頌道：「稟官家，雖然我們與西峽時有爭執，但尚算平穩。」

靖軒帝點頭，端起一盞茶。「這是新上貢的雨前龍井，嚐嚐。」

寧頌聞言，也端起茶盞，輕抿一口。

靖軒帝問：「這茶怎麼樣？」

寧頌實話實說。「回稟官家，末將行軍在外，都是有什麼喝什麼，對品茶一竅不通。再好的茶放在末將面前，只怕也是暴殄天物。」

靖軒帝放下茶盞，輕輕笑了起來。「這些年，你們父子駐守西域，實在是辛苦了。不少與你同年紀的世家子弟，整日飲酒作樂，妻妾成群，你卻連茶都無暇品鑑，膝下又無一兒半女，實在讓朕心疼。」

「你父親戎馬半生，依然寶刀未老，尚能坐鎮一方，朕不忍心你再像他一般，長年與家人分離。這次既然回京，不如就留下來吧。」

寧頌微微一愣。「這……」心中明白，不帶兵的將軍，猶如被折斷翅膀的鷹，再也不可能展翅高飛。

靖軒帝瞧他一眼。「不願意？」

寧頌沈吟片刻。「若是官家的命令，末將不敢不從。只是……」

「只是什麼？」

靖軒帝緊緊盯著他的神色，目光陡然銳利起來。

寧頌道：「末將征戰沙場多年，所學所思，都是如何打敗敵人，護佑大靖疆土與百姓。若是回到京城，末將擔心自己不通朝政，就算想為官家盡忠，也有心無力。」

他說完，吟書齋內安靜了一下，落針可聞。

寧頌覺得頭頂有一股強大的力量，似乎壓得他喘不過氣來。

片刻後，靖軒帝才緩緩開口。「朕不過說笑而已。你乃常平侯嫡子，又是西凜軍的將領，若是將你調回京城，西域可怎麼辦？」

寧頌略微鬆了口氣，也垂眸笑了笑。「末將愚鈍，只知道官家說什麼，便聽什麼。」

靖軒帝讚許地點點頭。「你們父子的忠心，朕一直放在心上，但總有些人眼紅，見不得你們好。」

寧頌聽出靖軒帝話裡有話，順著他的話問：「官家的意思是？」

靖軒帝道：「恆兒和寧二姑娘的婚事，本是多年前就訂下的，但婚期將近，總有人來朕面前搬弄是非，說常平侯府與東宮聯姻，等於將西凜軍的兵權交給了太子。加上太子母族的北驍軍，豈不是掌握了六成兵權？」

靖軒帝鋒一轉，看向寧頌。「你覺得呢？」

寧頌心中緊了緊，靖軒帝單獨留他下來，果然是為了敲打常平侯府。

他沈思片刻，道：「依末將看，說這話的人，當真是大逆不道。」

靖軒帝饒有興趣地看著他。「哦，此話怎講？」

「溥天之下，莫非王土；率土之濱，莫非王臣。」寧頌姿態恭謹，沈聲回答。「大靖的兵馬，無論受誰管轄，都不要緊，因為天下兵權都是屬於官家的。我等不過是受命領兵，談何兵權？說這話的人分明是存了挑撥離間的心思，依末將愚見，說不定他才是弄權之人。」

靖軒帝安靜地注視著寧頌，笑了笑。「你父親教子有方，如今你不但能帶兵打仗，還識大體，懂忠義，不錯。」

寧頌連忙拜倒。「官家謬讚。」

靖軒帝的面色鬆動了幾分。「朕乏了，你也早些回去吧。李延壽——」

李延壽應聲。「小人在。」

「讓內侍省準備一份上好的雨前龍井，讓寧頌帶回去。」靖軒帝語氣溫和地對寧頌道：

「你難得回京，這上貢的好東西，不會少了常平侯府的。」
寧頌低頭拱手。「多謝官家。」
他謝恩告退，李延壽將雨前龍井送過來。
「寧將軍拿好了，這可是江南進貢的新茶，除了太后的慈寧殿和皇后娘娘的坤寧殿，便只有常平侯府得了這份恩賞。」
寧頌接過裝茶的盒子。「有勞李公公了。」
李延壽笑了笑。「寧將軍莫要客氣。日後寧二姑娘入主東宮，還要請她多多照顧呢。」

出了吟書齋，無論偏殿還是正殿的賓客，都已經散了。
今夜發生在後宮的事，並沒有多少人知道，但三日之後，會是什麼光景呢？
寧頌心情複雜，步子踩在石板路上，有些忐忑。
「姊夫。」
寧頌抬起頭，只見黃鈞還等在外面，不由詫異。
「怎麼還沒走？」
黃鈞回道：「方才我去了偏殿，長姊還在那裡等著姊夫。見她有些擔心，我便來等姊夫。你沒事吧？」
黃鈞看出寧頌臉色不大好，寧頌這才發覺，背後居然滲出了一層薄汗。

「我沒事。」寧頌看著黃鈞，神情擔憂。「你早些回去吧。官家只給了你三天時間，務必要好好徹查，千萬別出了紕漏。」

黃鈞點點頭。「姊夫放心，這案子我心中有數。」

寧頌看著黃鈞，忍不住開口道：「這幕後主使只怕不簡單，且他們想害的不僅僅是晚晴，而是常平侯府，甚至是與我們關聯的東宮……總之，你萬不可掉以輕心。」

黃鈞話音未落，黃若雲便找了過來。

寧頌見她面色匆匆，立即迎上去。「妳怎麼來了？」

黃若雲見寧頌沒事，鬆了口氣。「我之前接到晴晴的消息，去找太子殿下，太子殿下讓福生公公陪我一起在偏殿等著，但等了這麼久還沒見你回來，我便過來了。」

寧頌安慰道：「我這不是好好的嗎？沒什麼可擔心的。」

黃若雲打量寧頌一眼，他們夫妻多年，就算寧頌不說，她也能看出他心事重重。但這裡畢竟不是說話的地方，遂沒有多問，只點了點頭。

福生行了個禮。「小人見過寧將軍、黃大人。請問我家殿下還在吟書齋裡嗎？」

其實，他更想問的是，寧二姑娘還在不在？他早想看看女青天長什麼樣子了。

寧頌道：「殿下送舍妹出宮了，不知還會不會再進吟書齋。」

福生嘴角抽了抽。「小人知道了，多謝寧將軍相告。」

寧頌微微頷首，和黃若雲、黃鈞一起離開皇宮。

回去的路上，寧頌一路無話。
黃若雲握住他的手。「官人。」
寧頌微微側目，對上黃若雲溫柔的眸子，心中的焦慮彷彿被沖淡了幾分。
「怎麼了？」
「你有心事。」黃若雲道：「不如同我說說？就算我幫不上忙，說出來也會好受些。」
車廂內安靜了一會兒，寧頌才低聲開口。「今晚官家一席話，字字句句都在試探常平侯府的忠心，只怕已經對我們起了疑心。」
黃若雲蛾眉微蹙。「這些年來，你和公爹駐守西域，為大靖立下汗馬功勞，為何還要疑心我們？」
寧頌自嘲地笑了聲。「興許就是因為功高蓋主，且要和東宮聯姻，才引起官家忌憚。」
黃若雲低聲說：「但這婚事是官家賜的，為何如今又來質疑我們？若是他真的在意，直接解除這樁婚約，豈不是更好？」
「妳不懂。」寧頌聲音更沈。「七年前，北僚大舉進犯，官家急著起用太子仲舅宋楚河，宋楚河卻猶豫再三，不肯答應。
「官家知道，宋楚河是對當年宋家的慘劇耿耿於懷，畢竟當年有人指證他兄長宋楚天貽誤戰機，但死無對證。一件不了了之的事，卻引發宋家一連串變故，連太子母妃也殞命。

「要讓宋楚河為朝堂賣命，就必須將他唯一的外甥立為太子。緊接著，官家又為太子和晴晴賜婚，相當於給了宋家權勢和盟友，宋楚河才重新入朝，接手千瘡百孔的北疆。

「但官家沒想到，這些年來，鎮國公所率領的北驍軍，和父親管轄的西凜軍，會捷報連連，越來越壯大。」

寧頌的聲音很低，讓人聽得發寒。

「於是，官家重新審視東宮和常平侯府的聯姻，但為何沒有取消婚約，我也不清楚。」

黃若雲無聲嘆了口氣。「其實，就算我們不聯姻，也未必能得官家十分的信任。」

「妳說得沒錯。」寧頌若有所思。「原本我只把此事當成一樁單純的婚約，覺得晴晴喜歡才是最重要的。但在官家或者其他人眼裡，這是一場強強聯手的結盟，很可能威脅帝王權威。朝堂不比戰場。戰場上是明刀明槍，而朝堂上的爭鬥，卻是人心叵測，暗箭難防。」

黑暗之中，寧頌的眼神堅定了幾分。

「既然騎虎難下，我們便只能迎難而上了。」

坤寧殿內，花瓣的香氣順著蒸騰的水霧一點一點擴散，芳香悠悠。

薛皇后浸泡在浴池中，靜靜閉著眼。

莫姑姑蹲坐在一旁，輕輕為她揉著太陽穴。

薛皇后忙了一日，終於放鬆下來。

今日雖然出了些差錯，但麗妃被軟禁起來。若是麗妃真的牽扯其中，她便又除去了一名勁敵。

想到這裡，薛皇后勾了勾唇角，出聲問道：「官家何時過來？」

莫姑姑笑著回答。「皇后娘娘莫急，方才官家與寧將軍單獨敘話，只怕沒那麼快。」

薛皇后重新閉上眼，幽幽道：「一年前，太后便提出要為太子和寧家二姑娘辦婚事，但官家沒點頭，想來是計較兵權之事。今夜留下寧頌說話，只怕也與西凜軍的兵權有關。」

莫姑姑低聲問道：「娘娘，官家這般介意兩家聯姻，為何不趁著太子捲入歌姬案，隨便找個由頭，解除他們的婚約呢？」

莫姑姑這話問得隱晦，但主僕兩人心知肚明。唯有解除婚約，易儲才更加容易。

薛皇后笑了笑。「本宮與官家夫妻多年，他的心思並不難猜。當年封太子也好，賜婚也罷，都是為了起用宋楚河。如今宋楚河安定北疆，深得民心，官家愛惜名聲，就算再介懷，也不會明目張膽地拆婚跟易儲。」

莫姑姑明白了，靖軒帝身為帝王，擔心被百姓質疑他忘恩負義，過河拆橋。

薛皇后泡完澡，緩緩出了浴池，披上柔軟的綢緞，坐在鏡子前，靜靜端詳自己。

莫姑姑立在一旁，輕輕為她梳頭。

「今兒皇后娘娘氣色真好。」

薛皇后唇角微牽。今夜是千秋節，按照規矩，無論如何，靖軒帝都會過來陪她。

薛皇后默默看著鏡子裡的自己，她已經年過四十，仍然長髮烏黑，身形窈窕，唯獨眼角處，多了幾道明顯的細紋。

這些年來，後宮新人輩出，除了幾個重要的節日，靖軒帝便很少來坤寧殿了。

此時，一名宮女匆匆進來，道：「啟稟皇后娘娘，李延壽公公求見。」

薛皇后一愣，回過頭問：「他怎麼來了？官家呢？」

宮女搖了搖頭。「奴婢不知。」

薛皇后似有不悅。「讓他進來。」

李延壽信步走入內殿，向薛皇后請安，堆起一臉笑意。

「皇后娘娘，官家說今夜摺子太多，怕是來不了了。」

薛皇后面色一僵。「官家飲了不少酒，還能回福寧殿批閱摺子？」

李延壽笑了笑。「皇后娘娘也知道，官家憂心國事，經常夜不能寐。小人也勸了，只是勸不住啊。」

他說罷，對身旁的太監使眼色，太監立即上前，呈上一只托盤。

李延壽道：「這是上好的千年人參，官家說，皇后娘娘操勞後宮事務，太過辛苦，需要好好進補，調養身子才是。天色已晚，小人先不打擾了。」

待李延壽走後，薛皇后一拂袖，梳妝檯上的東西噼哩啪啦碎了一地。

「娘娘息怒。」莫姑姑急忙安撫道。

「息怒？妳讓本宮怎麼息怒?!他一年到頭不曾來看過本宮幾次。今日是什麼日子？是本宮的壽誕！文武百官朝賀，妃嬪官眷獻禮，這樣重要的日子，他居然……」

薛皇后說著，咬牙偏頭，努力忍住自己的怒火。

莫姑姑提醒道：「娘娘，興許是今夜發生的事太多，官家一時煩悶，才想一個人待一會兒，您千萬別放在心上。」

薛皇后冷靜下來。「是啊，若不是麗妃那個賤人，在本宮壽宴上作怪，引起一連串的風波，本宮也不會落得如此地步。來人！」

一旁的太監急忙上前。「皇后娘娘有何吩咐？」

薛皇后冷聲道：「這三日，大理寺不是要查鳴翠宮嗎？本宮身為後宮之主，自然有責任協助辦案。安排一隊御林軍，將鳴翠宮牢牢圍住，除了大理寺的人，誰都不許出入，包括麗妃和二皇子。」

太監低頭應是，便出去了。

薛皇后又問莫姑姑。「譽兒何時回來？」

趙霄譽是薛皇后的嫡子，也是靖軒帝的長子。

莫姑姑道：「殿下隨薛將軍去練兵，只怕還要一段日子才能回來。」

薛皇后沈聲吩咐。「妳連夜送信去鎮南軍大營，讓譽兒早些回京。」

現在後宮局勢動盪，牽一髮而動全身，她也要早做準備才行。

這一夜如此漫長，福生離開吟書齋後，拖著疲憊的步子，最後一個回到東宮。
于書立在趙霄恆寢殿門口，手中抱著劍，閉眼假寐，待聽見福生的腳步聲，便醒了。
「你為何現在才回來？」
福生橫他一眼，哼了一聲。
于書滿臉疑惑地看著他。「怎麼了？」
福生還是不說話，別過臉去，又哼了一聲。
這聲音也驚動了守在房頂的于劍，身手麻利地滾下來，探出一半身子。
「福生，你鼻子有毛病？」
福生扠腰。「你才有毛病！」
于劍嘀咕道：「那你哼個不停……啊，我知道了，你一定是因為我們沒等你回來，所以生氣了，對不對？」
「放屁！」福生一改平日對宮人們訓話的清高模樣，生氣地瞪著于劍，一張圓臉鼓得更圓了。「你去保護人，為什麼不告訴我？我若是知道，好歹能去看一眼啊。」
于劍有些納悶地看著他。「你為什麼非得去瞧二姑娘？」
于書笑了笑。「你忘了福生屋裡那幾十本斷案的話本子？他聽你說未來的太子妃是『女青天』，所以才想見一見。」

福生的想法被說中了，有些不好意思。「其實，我不過是關心太子殿下，想知道他會娶一位什麼樣的太子妃回來……」

「說起這個，」于劍順勢從房頂上跳下來。「今晚我暗中保護二姑娘的時候，可是危機四伏，險象環生。」

福生頓時來了興趣。「到底發生了什麼事？」

于劍一臉神秘地說：「當時，那宮女誆騙二姑娘去了曲臨河邊。咱們都知道，曲臨河邊有多荒涼，到了冬夜裡，風一吹，落葉就呼呼地轉，跟鬧鬼似的。人一走到拱橋上，那拱橋就會嘎吱嘎吱地響……」

于書不耐煩地開口。「說重點。」

于劍道：「重點就是，二姑娘提前發現宮女沒安好心，所以和那宮女上了拱橋之後，便佯裝受傷，不肯往前走了。」

福生聽得認真，連眼睛都不敢眨一下。于書雖然知道結果，卻不清楚細節，所以也全神貫注地聽著。

「宮女原本的計劃被打亂了，自然要換法子害二姑娘。可二姑娘不但不害怕，還一臉從容地坐到護欄邊。果不其然，那宮女一狠心，朝著二姑娘直直撲了過去。」

于劍手中的劍柄從右手換到左手，彷彿說書人敲摺扇一般，看得福生一愣一愣，忙道：「然後呢？」

于劍面露自豪。「咱們二姑娘、女青天太子妃是何許人也？她不但聰慧過人，還身手矯健。就在宮女前傾的瞬間，她立即閃到一旁，讓那宮女結結實實地撞到護欄上，然後咚的掉進河裡！」

于書詫異地看著于劍。「難不成二姑娘是故意引得宮女推人？」

于劍點點頭。「我覺得是。福生，你覺得……你怎麼了？」

于劍和于書齊刷刷看向福生，卻見福生面色蒼白，彷彿被人用一盆冷水當頭澆下。

這未來太子妃，不但長得像青天大老爺，還身手矯健？

福生腦海中立即浮現方臉、細長眼、厚嘴唇、肩寬腰闊的婦人形象……

殿下也太慘了吧！

第十八章

嗚翠宮裡，麗妃早早備好了信，打算等天亮之後，宮門開啟，差人出宮送給趙霄昀。

孰料，才到半夜，薛皇后便派人圍了嗚翠宮。

麗妃被困在宮中，急得坐立不安。

「臘梅，外面情況如何了？」

宮女臘梅剛從殿門口回來，滿臉凝重。「娘娘，如今外面圍得水泄不通，說是三日之內，若是沒有官家和皇后的命令，誰也不得出入。」

麗妃氣得一拍桌子。「這哪是官家的旨意，分明是薛拂玉那個賤人落井下石！」

臘梅憂心忡忡。「娘娘，眼下我們怎麼辦？」

麗妃沈思起來。

昨日之事，蘭翠已然認下，只要她不改口供，大理寺就找不到人證，更沒有物證。

她更憂心的是，不確定趙霄恆等人查到了多少下毒之事的線索。萬一大理寺的人順藤摸瓜，查出這一連串的事件，只怕她就凶多吉少了。

麗妃低聲道：「妳可知這封信是做什麼用的？」

臘梅想了想，道：「娘娘想讓二殿下去找官家求情？」

麗妃搖頭。

朧梅又道：「那是讓二殿下聯絡您的母族，或去大理寺走動，想想辦法？」

麗妃收起怒意，強迫自己冷靜下來。

「不，昀兒是本宮的兒子，本宮最是了解他。他聰慧有餘，但耐性不足，時常沈不住氣。本宮派人送信，並非是要他救我，是讓他不要輕舉妄動。」

朧梅明白過來。「娘娘是不想牽連殿下？」

「不錯。」麗妃走到窗前，看著外面密不透風的人牆。「唯有昀兒安然無恙，本宮才有翻身的機會。所以，這封信妳務必要送出去。」

朧梅應下。「是。」

于劍步履不停，進東宮之後，逕自去了書房。

「殿下。」

趙霄恆正在低頭寫字，頭也未抬。「如何？」

于劍笑嘻嘻地從懷中掏出一封信，呈到趙霄恆面前。

「這是麗妃要送出宮的信，夾在送餐的食盒裡，被我搜出來了。」

趙霄恆抬起眼簾。「可有人知道？」

于劍搖頭。「沒有，連送餐的太監都不知情。」

趙霄恆頷首，將信交給一旁的于書。「這信封是鳴翠宮特製的，好生拆開。」

于書接過信封，先是用熱水熏開封口處，用刀片一點一點挑開，然後小心翼翼地將信紙取出來。

「殿下請過目。」

趙霄恆接過信紙，一目十行地看完。「按照這封信的筆跡，拓寫一份，告訴趙霄昀，大理寺已經查到歌姬案和下毒之事，讓他設法奔走，救出麗妃。」

于劍有些詫異。「救出麗妃？」

于書了然於胸，笑著解釋。「殿下的意思是，讓二皇子與麗妃娘娘『有難同當』。」

二皇子府中，趙霄昀坐在屋內，臉色難看至極。風流瀟灑的桃花眼，此刻滿是怨憤。

從前天夜裡出事開始，他就打探不到消息，只知麗妃現在被軟禁在宮中。至於到底發生了什麼事，不得而知。

他多方打聽，沒有結果，差點要去求見靖軒帝了。

孰料，昨日天黑之前，他收到了宮裡送出來的信。

趙霄昀看完信，才知道事情有多嚴重。但徹查此事的是大理寺，還有人暗中盯著二皇子府，那些明裡暗裡的證人也動不得了。

唯一的辦法，便是從大理寺入手。

今日一早，趙霄昀派人去遞了帖子，想單獨約見黃鈞。
黃鈞竟以「職務不便」為由，直接拒絕。
趙霄昀又急又氣，催著二皇子妃白心蕊去想辦法。
此時，白心蕊推門走了進來。
趙霄昀見到她，立即追問道：「如何，妳父親答應去大理寺了嗎？」
白心蕊的父親是吏部尚書，乃兩朝元老，在朝中舉足輕重。
白心蕊在侍女的伺候下，緩緩脫下厚重的披風。
「父親說，他去也沒用。大理寺卿告假，離京調養，現任的大理寺少卿是個不頂用的，如今大理寺的案子全由黃鈞說了算。但此人油鹽不進，不必浪費精力了。」
趙霄昀眉頭緊皺。「那如何是好？」拿出麗妃的信。「如今母妃被困在鳴翠宮，身家性命都在大理寺手中。若母妃的罪名不洗乾淨，他們便會順藤摸瓜，之前的事只怕藏不住。」
白心蕊有些不高興。「之前妾身便勸過母妃，讓她別那麼急著對付寧二姑娘，眼下大婚在即，她可是受萬眾矚目，母妃偏偏不聽。若真出了事，必然……」
白心蕊沒往下說，但兩人都明白一榮俱榮，一損俱損的道理。
趙霄昀不耐地回應。「不必事後諸葛了，有本事就想出辦法來。」
白心蕊出身名門，一直嬌生慣養，聽到趙霄昀這話，自然不會給他好臉色。
「妾身一介女子，能有什麼辦法？殿下雄才大略，不如還是自己想吧。」

「妳！」趙霄昀被白心蕊氣得不輕，但心裡清楚，眼下最重要的是救出麗妃，遂壓下自己的火氣。「方才是我一時情急，說話沒了分寸，愛妃可別生氣。」

見白心蕊面色稍霽，趙霄昀又道：「我母族在京城的人不多，遠水救不了近火，而岳父那邊又幫不上忙。妳待字閨中時，不是認識不少名門閨秀、高官家眷，還有沒有別的路子可走？」

白心蕊是吃軟不吃硬的性子，聽到趙霄昀這麼說，沈下心想了想。

忽然間，她腦中靈光一閃。「此人遠在天邊，近在眼前。」

趙霄昀忙問道：「是誰？」

白心蕊笑道：「側妃田氏。她家曾與黃家交好，尤其與黃鈞的長姊來往甚密。

「黃鈞的長姊嫁到常平侯府，成了寧頌之妻。」白心蕊提議。「與其去求大理寺，不如從苦主身上入手。常平侯府雖然勢大，但在後宮沒有根基，若能許以足夠的利益，應該還有轉圜的餘地。」

常平侯府裡，寧晚晴一臉認真地盯著大夫的神色。

「我嫂嫂如何？」

大夫道：「少夫人體內餘毒已清，想來過不了多久，便會逐漸恢復精神。」

黃若雲小心翼翼地問：「那子嗣……」

大夫笑道：「少夫人還年輕。只要身子好轉，子嗣之事不必擔憂，順其自然便好。」

黃若雲這才放下心來。

寧晚晴安慰道：「嫂嫂別擔心，只要好好調理，一定會有孩子的，我還等著小姪兒叫我姑姑呢。」

黃若雲羞澀一笑。「就妳會打趣！本來是讓大夫替妳把脈的，怎麼變成了先替我看？還不快坐下，請大夫幫妳瞧瞧。」

寧晚晴道：「我就不用了。昨晚太醫已經看過，沒什麼大礙。」

太醫說她受了驚嚇，開了苦澀的湯藥讓她服用。再看一次，說不定又要多吃幾服藥。

黃若雲見她面色尚好，便不勉強。「好，若妳身子有什麼不適，一定要告訴嫂嫂。」

寧晚晴笑道：「如今嫂嫂執掌中饋，已經忙得不可開交，實在不必為我的事情操心。」

「這是哪裡的話？」黃若雲溫和地看著寧晚晴。「日後妳嫁入東宮，我想操心，也操心不了了。」

一提起婚事，黃若雲又想起昨夜寧頌的那番話，心疼寧晚晴。

以後寧晚晴入了宮，便是時時站在風口浪尖上。就算他們想幫襯，可能也有心無力。

寧晚晴見黃若雲安靜下來，問道：「嫂嫂怎麼了？」

黃若雲忙道：「沒什麼。自從我執掌中饋才知道，看似不大的常平侯府，內裡有多少彎彎繞繞。日後妳入主東宮，要處理的人和事肯定更加複雜，嫂嫂擔心妳身子吃不消。」

寧晚晴一笑。「那嫂嫂可要常常入宮看我。妳多陪陪我，我便沒有那麼累了。」

黃若雲莞爾。「好好，都依妳。」

姑嫂倆聊得正開心，思雲叩響了門。「少夫人，有位夫人上門，說想見您。」

黃若雲有些意外。「她可說了自己是誰？」

思雲道：「那位夫人自稱姓田，說是少夫人的故人。」

「故人？」黃若雲自言自語。「難道是田柳兒？」

寧晚晴見黃若雲神色複雜，問道：「嫂嫂說的是誰？」

黃若雲道：「是禮部侍郎田大人之女，幼時我們兩家住得近，走動得多，算是手帕交。她自幼容貌出眾，性子溫婉討喜，常與我們一同出遊。但我嫁給妳兄長後，就見得少了。」

她頓了頓，又補充一句。「去年，她嫁給了二殿下當側妃。」

寧晚晴會意。「那她此時登門，莫不是為了麗妃之事？」

黃若雲思索一下，道：「很有可能。畢竟是故人，不好不見，我先招呼著，妳躲在內室，看看情況再說。」

寧晚晴點點頭。

一盞茶的工夫後，田柳兒被帶到黃若雲面前。

黃若雲起身相迎，見田柳兒著了一身米色雪緞裙子，頭上插著一根簡單的簪子，雖然略施粉黛，依舊難掩疲憊之感。

「雲姊姊，好久不見。」田柳兒的聲音依然溫柔，眼睛卻不復從前的神采。

黃若雲請她坐下，又吩咐人上茶，關切地問：「妳的臉色不大好，是不是病了？」

田柳兒輕輕道：「前段日子受了涼，染上風寒，現在已經好了。不然也不敢過來，免得過了病氣給雲姊姊。」

黃若雲笑了笑。「妳沒事就好。」

這時，田柳兒身後的侍女輕輕咳嗽了一聲。

黃若雲這才發現，跟著田柳兒來的，並不是她的陪嫁侍女小若。

田柳兒面色微變，似是有些害怕這侍女，猶豫一下，起身撲通跪在黃若雲跟前。

黃若雲一驚，連忙伸手扶她。「柳兒，妳這是做什麼？」

田柳兒道：「雲姊姊，妳我自幼相識，我便不再兜圈子。我知曉麗妃娘娘對寧二姑娘做了錯事，娘娘是一時糊塗，如今悔之晚矣。娘娘說，若常平侯府願意高抬貴手，日後等寧二姑娘入宮，她必然悉心呵護，不會讓寧二姑娘受半點委屈。」

「田側妃說笑了。」寧晚晴緩緩從內室而出。

田柳兒聞聲抬頭，不由微微一怔。

外面皆傳東宮與常平侯府乃是利益聯姻，卻沒有人談及寧晚晴的容貌。

這般天仙似的人物，若是站在太子殿下身旁，也是郎才女貌、珠聯璧合的一對。

田柳兒很快收斂思緒，道：「原來是寧二姑娘，柳兒在此替麗妃娘娘賠罪了。」說罷，對寧晚晴拜了拜。

寧晚晴道：「側妃不必如此，而今案子交給大理寺，孰是孰非由大理寺定奪，常平侯府只是靜候結果而已，不會插手查案及判決。但我相信，大理寺自會還我們一個公道。麗妃娘娘真想求情，不如去找官家。」堵住了田柳兒的話。

田柳兒抿唇。「寧二姑娘當真不再考慮一下？皇后娘娘畢竟不是太子殿下的生母，日後二姑娘在皇后娘娘眼皮子底下過活，若無人相助，只怕也難得輕鬆。」

寧晚晴笑了。「側妃說得是，可皇后娘娘至少沒有對我下毒手。而麗妃屢次害我，若我還相信麗妃所言，貿然疏遠皇后，田側妃不覺得荒唐嗎？」

田柳兒沈默片刻。「寧二姑娘心思通透，是我唐突了。」遂起身告辭。

黃若雲道：「柳兒……罷了，我送妳出去。」

田柳兒搖搖頭。「不必了。」忽然伸手拉住黃若雲。「多謝雲姊姊今日願意見我，無論我是什麼身分，到了哪裡，都會記得我們一起長大的情分。雲姊姊，保重。」

田柳兒說罷，頭也不回地走了。

黃若雲默默站著，目送她離開。

寧晚晴沈聲道：「嫂嫂，妳沒事吧？」

黃若雲慢慢展開手心，有一枚極小的金色鈴鐺，是方才田柳兒悄悄塞給她的。

寧晚晴問：「這是？」

「少時，我與柳兒常常在一起玩耍，她最喜歡的事，便是紮紙鳶。」黃若雲陷入回憶，語調徐徐。「她心靈手巧，每次紮的紙鳶，不但漂亮，還能飛得很遠。有一次，我見她的紙鳶上拴著一枚金鈴鐺，便也吵著要，她笑吟吟地答應了。可沒過多久，我嫁了人，她也搬離原來的住處，此事便擱置了。」

黃若雲靜靜看著這枚小小的鈴鐺，回想起田柳兒臨走前的那番話，明白過來。

「柳兒將這鈴鐺留給我，便是想告訴我，她待我如初。今日登門求情，也許並非她自己所願，不過是有人強迫，走個過場罷了。」

寧晚晴沈思片刻。「妳的意思是，其實她並不想為麗妃娘娘求情？」

黃若雲嘆氣。「其實，她出嫁之前，便有心儀之人，雖然我不知道是誰，但應該不是二殿下。二殿下要納她為側妃時，她曾來找過我，讓我幫她想辦法。我不過一介婦人，如何能左右皇室的婚事？她見我也束手無策，向我告別，回府去了。」

寧晚晴追問道：「後來，她違願嫁給了二殿下？」

黃若雲搖頭。「不，她服了毒。」

「服毒?!」寧晚晴有些驚訝，田柳兒看起來柔弱，沒想到竟然是個烈性子的人。

「是啊。」黃若雲悵然。「幸好發現得早，沒出什麼大事。後來，她便從了家中安排，嫁給二殿下。

「柳兒嫁人之後，我們在雅集上見過幾次，但我總覺得她變了很多，再也不像以前那般愛說愛笑了，總是病懨懨，無精打采的，可見過得不好。」

黃若雲心中惋惜，寧晚晴卻沒有多說什麼，只靜靜聽著。

無論在什麼時代，各人有各人的命運，但敢與之抗爭的人並不多，田柳兒也算一個了。

第十九章

三日之期很快過去，大理寺寺正黃鈞進宮，向靖軒帝稟報千秋節之事。御書房內，相關的人都已到場，包含了薛皇后、麗妃與寧頌兄妹。趙霄恆和嫻妃等人也來了，立在一旁，並未開口。

黃鈞站在殿中，聲音朗朗。「稟官家，此案經微臣查實，發現蘭翠是受麗妃娘娘脅迫，故而謀害寧二姑娘。據蘭翠說，這並不是麗妃娘娘第一次對寧二姑娘動手，微臣便順著鳴翠宮的宮人開始查，發現一個不是鳴翠宮的人，卻常常出入鳴翠宮。」

他提上一名畏畏縮縮的宮人。「這是內侍省負責採買的廖姑姑，之前得了麗妃娘娘的好處，與常平侯府的王嬤嬤勾結，企圖下毒殺害寧二姑娘，所幸被二姑娘發現，抓了起來。「微臣查案時，試著串起這兩件事，這才發現，麗妃娘娘是因為一擊未中，才有了千秋節的安排。」

此言一出，麗妃面色慘白。

靖軒帝冷聲道：「麗妃，妳為何行此惡毒之事？」

麗妃自知人證物證俱在，不容抵賴，只得一咬牙，跪了下來。

「官家，妾身有罪。妾身身為母親，嫉妒官家疼愛太子，為太子指了一門極好的婚約，心緒不平，故而將怒氣發泄到寧二姑娘身上。千錯萬錯，都是妾身的錯，官家要怎麼懲罰妾身，妾身毫無怨言。但此事昀兒並不知情，還請官家網開一面，不要牽連無辜。」

靖軒帝面色慍怒，指著麗妃。「賤人，太子母妃早逝，朕為他指了一門好親事，妳便如此悍妒，朕真是看錯妳了！」

二皇子趙霄昀跪在一旁，亦是面色驚惶。「求父皇開恩！母妃是一時糊塗，幸虧寧二姑娘吉人天相，並沒有大礙，求父皇再給母妃一次機會。」

靖軒帝更是生氣。「要不是大理寺查出來，朕還被你們蒙在鼓裡，簡直是膽大包天！」

趙霄昀嚇得以頭觸地，不敢言語。

整個大廳，氣氛十分壓抑，麗妃的抽泣聲和靖軒帝略微粗重的呼吸迴盪著。

李延壽上前。「官家息怒，小心龍體啊。」

薛皇后也溫聲開口。「官家，為這樣的人氣壞身子實在不值，您千萬保重。」

靖軒帝這才平下火氣，沈默一會兒，抬起眼簾看黃鈞。

「黃卿家，這三日你辛苦了。此事既是朕的家務事，後續便不用大理寺操心了。」

此言一出，寧晚晴秀眉微蹙。

靖軒帝看似生氣，但她總覺得靖軒帝有些不痛不癢。再仔細聽他說的話，顯然是不想把事情公諸於眾，似乎只打算關起門來，單獨處置麗妃。

寧晚晴瞥向趙霄恆，發現趙霄恆正在氣定神閒地飲茶。

難不成……他還有後招？

畢竟趙霄恆這人難以捉摸，有時候覺得他什麼都沒做，但回過頭一看，卻發現他什麼都做了。

果不其然，黃鈞又開了口。「稟官家，微臣追捕廖姑姑時，還有一件特別的發現。事關儲君，不得不報。」

房中安靜了一瞬。

靖軒帝目光幽幽。「這案子還有隱情？」

黃鈞點頭。「不知官家可還記得，前段時日城中歌姬狀告太子之事？」

一提起這件案子，靖軒帝就面露不悅。「當然記得，那件事與今日之事有什麼關聯？」

黃鈞從容不迫道：「敲登聞鼓的歌姬，藏身在廖姑姑的私宅。」

靖軒帝一頓，眸色微瞇。「你的意思是，歌姬案一事，也是麗妃做的？」語氣陡然冷冽起來。

歌姬案與別的案子不同，是衝著太子來的。太子身為儲君，若流言纏身，他這個做父皇的，自然臉上無光。

況且，敢對太子動手，便意味著對儲位動了心思。若對儲位有意，那他身下的皇位呢？

靖軒帝厲聲問道：「到底是怎麼回事？」

黃鈞回答。「稟官家，微臣找到歌姬時，歌姬已經被人餵藥，有些神志不清了，但看得出來，她很怕廖姑姑，而廖姑姑是麗妃的人。

「微臣審過歌姬，歌姬的精神時好時壞，據她所言，是有人花了重金，讓她陷害太子，目的就是為了讓太子聲名狼藉，民心盡失。」

「混帳！」靖軒帝氣得將茶盞扔到麗妃面前，瓷片碎了一地。「朕待你們母子不薄，妳竟敢陷害太子，覬覦儲君之位，當真是大逆不道！」

麗妃慌了，嚇得連連磕頭。「官家，妾身雖然犯下大錯，但歌姬一案與妾身無關，妾身是無辜的。」

薛皇后冷哼一聲。「無辜？麗妃若是無辜，那太子與寧二姑娘呢？」

薛皇后對於麗妃在千秋節動手耿耿於懷，眼下正是反擊的時候。

「黃大人，這三件案子看似獨立，實際上卻交織重疊在一起。以麗妃一人之能，恐怕難以辦到，二皇子沒有參與嗎？」

麗妃見薛皇后要將她兒子拉下水，急道：「皇后！」

黃鈞不慌不忙地說：「二殿下有沒有參與，微臣不知。但拜二殿下所賜，這幾日微臣辦案十分艱難。」

靖軒帝疑惑。「此話怎講？」

黃鈞答道：「回官家，二殿下多次約微臣私下見面，微臣都婉拒了，但沒想到他還派人去微臣長姊家——也就是常平侯府求情，此舉實在有違規制。」

麗妃目眥盡裂，不可置信地看向趙霄昀。「你怎麼這麼傻！誰讓你去求情了？」

趙霄昀一臉茫然。「母妃，不是您說的……」

趙霄昀話音未落，麗妃立即明白，自己的信被人掉了包，尖聲道：「住口！」

麗妃爬到靖軒帝足下，哀求道：「官家，這一切都是妾身的主意，求您放過昀兒吧。他什麼都不知道，他不過是想救自己的母親，何錯之有呢？」

「何錯之有？」靖軒帝一改之前的冷靜，一腳踢開了麗妃，斥道：「有妳這樣的母親，就是他最大的錯處！你們母子這般作為，將太子置於何地，將朕置於何地?!」

靖軒帝怒不可遏，大手一揮。「來人！麗妃欺君罔上，心懷不軌，即日起褫奪妃位，打入冷宮！」

麗妃面色一僵，癱坐在地。

靖軒帝轉過身，鋒利眼神掠過趙霄昀的面頰。「至於你……」

趙霄昀忍不住瑟縮。「求父皇恕罪。」

「明知你母親犯下大錯，卻不知勸阻，仍是助紂為虐。這京城，你不配再待了，東海水匪猖獗，你去剿匪吧。東海水匪一日不滅，一日不得回京！」

麗妃一聽，幾欲昏厥。「官家，東海水匪已經猖獗數十載，當年齊王殿下出兵，仍未曾全部殲滅。昀兒尚且年輕，如何能當此重任？」

靖軒帝面無表情地看著她。「大理寺是秉公執法之地，他連大理寺的主意都敢打，還有什麼不敢做的？」

麗妃頓時語塞。

靖軒帝不耐地揮手，李延壽便差人將麗妃和趙霄昀帶了下去。

接著，靖軒帝看向趙霄恆，神情淡淡，未見有多少歡喜。「恆兒，之前的事是父皇失察，讓你受委屈了。」

趙霄恆站起身，拱手作揖。「父皇折煞兒臣了，都怪兒臣不慎，這才著了別人的道。他日兒臣必然謹慎行事，不會讓父皇失望。」

靖軒帝聽罷，面色緩和了些，向寧頌和寧晚晴道：「後宮治理無方，讓寧二姑娘受苦了。」

此言一出，薛皇后如坐針氈，忙道：「都是妾身的過失，之後定從嚴治理後宮。寧二姑娘放心，這樣的事情再也不會發生。」

寧晚晴福了福身。「多謝官家和娘娘還臣女一個公道。」

嫻妃打圓場。「如今水落石出，便是最好。太子被曲解，卻懂得反省自身；寧二姑娘險些被害，仍機敏沈穩。依妾身看，他們兩個是天造地設的一對，值得嘉獎。官家覺得呢？」

這話說到了靖軒帝的心坎裡。他因為歌姬案冤枉了趙霄恆，而寧晚晴一再遭麗妃毒手，說到底，還是皇室理虧。

「嫻妃所言甚是。李延壽——」
李延壽上前。「官家有何吩咐？」
「告訴內侍省，太子大婚須好生操持，朕要普天同慶，大宴三日三夜！」
李延壽躬身應下。
靖軒帝又道：「除了原有的聘禮外，朕還要賜良田千畝、黃金萬兩、珠寶十箱，替寧二姑娘添妝。」
寧頌知道這是靖軒帝給他們的補償，仍有些不安。「多謝官家美意，但這些……」
寧晚晴立即打斷他。「這些東西，臣女卻之不恭了，多謝官家。」
靖軒帝這才點頭，讓眾人散了。
待寧頌與寧晚晴出來，發現趙霄恆和黃鈞等在門口。
寧頌帶著寧晚晴走過去，對趙霄恆一揖。「末將聽說，千秋節那晚，殿下安排了人暗中保護晴晴，還未謝過殿下。」
趙霄恆溫聲道：「子信兄不必如此見外。孤說過，以後會好好護著寧二姑娘。」
寧頌聞言，對趙霄恆的印象好了幾分。「多謝殿下，如今謀害殿下和晴晴的人已經伏法，末將便放心了。對了，能這麼快結案，正清功不可沒。」
他轉而看向黃鈞，問道：「你是如何在三天之內，經由千秋節的線索查清前兩個案子的？簡直如有神助！」
黃鈞微微一愣，看趙霄恆一眼。
趙霄恆笑了笑。「這是天譴，孤說過的。」
寧頌帶著寧晚晴出了宮。
兩人坐上馬車，寧頌問道：「之前兄長為妳準備嫁妝，妳還推託不要，怎麼官家賞賜，卻願意接了？」
寧晚晴道：「兄長覺得，官家為什麼要賞賜我們？」
寧頌沈吟片刻。「興許是因為妳受了委屈，所以想補償。」
寧晚晴頷首。「不錯，官家的賞賜，若是我們接了，那這件事便告一段落了。」頓了頓，又道：「若是我們不接，恐怕官家會以為我們還在介懷，不肯與皇室修好。」
寧頌明白過來，神情詫異。「晴晴，以前妳從不會想這些事，如今怎麼變了這麼多？」
寧晚晴看著寧頌，低聲道：「經歷得多了，懂的也自然多了些。兄長，如果我已經不是從前的我了，你還會把我當成家人嗎？」
寧頌笑了笑。「傻丫頭，無論妳變成什麼樣，都是我妹妹，是父親的女兒。」
寧晚晴心頭微動，會心一笑。

趙獻聽說東宮洗清了歌姬案的罵名，高興不已，非要擺上一桌酒席替趙霄恆慶祝。

趙霄恆拗不過，只得赴約。

萬姝閣的雅間內，趙獻笑嘻嘻地幫趙霄恆倒酒。

「殿下，之前我說什麼來著？您一定會沈冤得雪，柳暗花明。來來，嚴書敬您一杯！」

趙霄恆微微一笑，端起酒杯，一飲而盡。

一杯酒下肚，火辣辣的滋味直衝心頭，趙獻大呼過癮。

「以往麗妃娘娘寵冠後宮，二殿下也跟著出了不少風頭，如今官家一句話，便翻天覆地了，真是有些突然。不過，麗妃娘娘構陷儲君，又屢次陷害準太子妃，只廢去妃位，是不是罰得太輕了些？」

趙霄恆沈吟著，並沒有說話。

趙獻急忙道：「殿下，我沒有別的意思，只是覺得此事有些不公罷了。當初歌姬案鬧得沸沸揚揚，殿下不但飽受非議，還大病一場，到現在都未痊癒。如今真相大白，官家卻不向民間澄清，如此一來，殿下豈不是還要繼續揹負罵名？」

趙霄恆靜靜坐著，手指在酒杯邊緣摩挲，狀似不在意道：「父皇自有他的考量。」

這考量，就算趙霄恆不說，趙獻也明白是什麼意思。

若是公布此事，無異於自揭其短，再次將皇室的醜聞展現在百姓眼前，靖軒帝自然是兩害取其輕。

趙獻嘆了口氣。「人人都道太子殿下身分尊貴，卻不知道，即便當了太子，也是要受委屈的。」

趙霄恆瞧他一眼，唇角勾了勾。「所以，還是像你一樣，當世子好？」

趙獻笑著說：「世子也沒什麼好。我父王要麼不來信，一來信就是罵我不學無術。也不想想，他把我送到京城這麼多年，一直不聞不問，我沒日日吃喝嫖賭就不錯了。」

趙獻是齊王長子，也是齊王元配唯一的孩子，繼王妃掌管王府之後，趙獻的日子便難過了起來。對他來說，在京城反而比在王府快活，至少無人敢天天為難他。

兩人想起父母家人，各有各的心情，杯子一碰，就全在酒裡了。

酒過三巡後，趙獻的話逐漸多起來。「殿下要大婚了，我為您準備了一份大禮。」

趙霄恆放下酒杯，笑道：「都是自己人，嚴書不必這麼客氣。」

趙獻忙說：「就因為是自己人，我才要為殿下備上這份獨特的禮物。殿下身負儲君重任，一言一行有百官監視，萬民矚目，許多事情即便想做，也由不得自己。」

趙霄恆看著趙獻，忽然沈默了。

這些年來，他韜光養晦，藏鋒斂銳，為的便是讓靖軒帝放下忌憚。唯有這樣，宋家才能繼續執掌北驍軍，他才能繼續穩坐太子之位。

為此，他故意對朝政三分上心、七分憊懶，還時不時花天酒地，結交京中紈袴子弟，趙獻就是其中之一。

不過，趙獻雖然不學無術，卻是朋友之中對他最掏心掏肺之人。

此刻，趙獻還在滔滔不絕地介紹他準備的賀禮，趙霄恆不免有些感動。

「嚴書有心了。」

趙獻笑著擺擺手。「我本來想等您大婚時，再將賀禮送到您宮外的宅子。但今日殿下來了，不如先隨我去看一看，若有什麼不妥的，也好再準備準備。」

趙獻說完，不等趙霄恆答應，晃晃悠悠地拉著他起身，大呼一聲。「小嫦！」

趙獻的兩名貼身侍女生得貌若天仙，故而被他取名小嫦和小娥，意指仙女就在身旁。趙霄恆聽了多次，早已見怪不怪。

小嫦聞聲而來，嫋嫋福身，柔聲問：「世子有何吩咐？」

趙獻道：「本世子替殿下備的賀禮，調教得怎麼樣了？」

小嫦道：「世子放心，都調教好了，正待在後院。若世子和殿下想看，隨時都可以。」

趙獻滿意地點點頭。「好！」迫不及待地拉趙霄恆去了後院。

第二十章

萬姝閣裡，最多的便是美酒和美人。

白日客人少，美人們待在後院的廂房休息，有些在院子裡聊天練舞，一見趙獻帶著趙霄恆過來，忙不迭行禮。

若是平時，趙獻會與她們調笑幾句，今日卻步履匆匆，帶趙霄恆逕自去了最東邊的一處廂房。

趙獻走到門口，扒著門縫，悄悄往屋裡看了一眼，似乎看到了什麼好東西，一臉自豪地回過頭，咧嘴一笑。

「殿下，這就是我為你準備的大婚之禮。」

趙獻說完，雙手一推，門便開啟——

趙霄恆抬眸看去，下一刻，覺得自己快瞎了！

廂房中點了香，被熱呼呼的炭火一烘，撲面而來，實在有些嗆人。

裡面地方不大，卻坐了清一色的小倌，有的樣貌清秀、有的俊朗不凡、有的雌雄難辨，約莫十來個人，簡直各有千秋。

趙霄恆暗道，怕是上次的誤會還沒解開，趙獻才準備了這些。

趙獻清了清嗓子。「你們聽好了，這位是你們將來的主人，還不快過來見禮。」

眾人一聽，爭先恐後地奔上前，搶著向趙霄恆行禮。

縱使冷靜如趙霄恆，也嚇得倒退一步，胳膊上起了一層雞皮疙瘩。

趙獻得意道：「殿下，我可是花了半個月的工夫跟高價，才從各地搜羅到這些美男子，買回來好吃好喝地供著。瞧瞧，一個個多水嫩。怎麼樣，殿下喜歡嗎？」

趙霄恆無語地看著趙獻，趙獻卻興高采烈地盯著他，滿臉都是期待。

上次事發突然，趙霄恆不好解釋，只得開口道：「嚴書的美意，孤心領了。但孤即將大婚，不宜放這麼多人在身旁。」

趙獻嘿嘿一笑。「這個簡單，若您的私宅不便，我出錢置上一間宅子，繼續養著他們，您有空的時候來玩玩便好。」

趙霄恆嘴角抽了抽。「嚴書當真體貼，可是……」

「殿下！」趙獻喝了酒，說話擋都擋不住。「人生苦短，要及時行樂，您就別推辭了。他們不僅長得好看，而且琴棋書畫樣樣精通。對了，還有一個練過拳腳功夫，那身段，連我都有些眼饞。哎，十二郎去哪兒了？」

這裡一共有十二名小倌，趙獻懶得一一起名字，為了好記，就用數字命名。

小嫦連忙上前，點了一遍，確實只有十一個人。

一個小倌怯怯開口。「世子，方才有人來後院，說是長公主來了，點了許多人去伺候。

但長公主都不滿意，非要親自來選人，結果看上十二郎，將人帶走了。」

趙獻一聽，頓時變了臉色。「姑母怎麼又來了？讓管事過來！」

長公主與靖軒帝是一母同胞，趙獻的父親是齊王，與他們是同父異母的兄弟，趙獻自然也稱長公主為姑母。

片刻後，萬姝閣的管事氣喘吁吁地跑來了。「叩見太子殿下，參見世子。」

趙獻不耐地免了他的禮。「姑母何時來的？今日沒作什麼怪吧？」

管事面色猶豫。「這……長公主今日過來，倒是沒有像上次一樣，要求用春風露泡澡，也沒再替小廝們畫鬍子。但她今日點了二十幾個小倌，還是不高興，後來，連十二郎也被拉去伺候了。」

趙獻聽了，兩條眉毛擰成麻花。若問他最怕誰，第一是他爹齊王，第二不是靖軒帝，而是愛瞎折騰的長公主趙念卿。

「長公主來了多久？」趙霄恆淡淡問道。

管事想了想，回答。「長公主說昨夜失眠，所以一大早就來了，已經坐在雅間裡，喝了大半日的酒。對了，長公主還說，只有十二郎勉強入得了她的眼，想將人帶回公主府。」

趙獻一聽，差點跳起來。「那怎麼行？這可是我替殿下準備的。」

趙霄恆道：「無妨，姑母喜歡，便讓她帶回去好了。」

趙獻一本正經地說：「不可！前陣子殿下受的委屈夠多了，怎能再被女人欺負？我趙獻沒別的本事，但承諾兄弟的事，言出必行。」說罷，對管事道：「帶路，老子要去搶人！」

管事連忙應下。

趙獻風風火火地跟著管事走了。

趙霄恆哭笑不得，又擔心趙獻喝多了口不擇言，只得跟上。

幾人很快到了雅間門口。

雅間的門虛掩著，管事輕輕叩門。「啟稟長公主殿下，太子殿下和世子來了。」

房中傳出慵懶的女聲。「進來吧。」

管事推開門，只見原本寬敞的雅間內擠滿了小倌，粗略一看，有二十幾人，大半已經脫去上衣。有幾個容色出眾的，正跪在趙念卿腳邊伺候。

幾個身材略微壯碩些的，立在她面前，手裡拿著未開刃的刀劍，似乎在表演武藝。其中一人生得濃眉大眼，高大壯碩，陽剛之氣最盛，便是十二郎。

趙霄恆對這一切置若罔聞，只道：「給姑母請安。」

趙念卿輕輕嗯了聲，目光瞥向一旁的趙獻。

趙獻原本氣勢洶洶，但被這一眼掃過，彷彿泄了氣般，鵪鶉似的低下頭。「嚴書向姑母請安。」

趙念卿年近三十，依然雪膚花貌，妍姿豔質。若是不說話，便是活脫脫的大美人；可一且說起話來——

「趙嚴書，你這萬姝閣，不如關張算了吧。」

趙獻微微一愣。「姑母這是什麼意思？」

趙念卿道：「這地方號稱萬姝閣，可本宮瞧著，美人兒也沒幾個。這些小倌，一個個弱不禁風，連舞劍耍槍都不會，無聊至極。」

她說完，長輩似的嘆了口氣。「你讀書不行也罷了，怎麼開個妓院都開不過人家？」

此言一出，滿屋子人都驚了，他們從沒見過誰敢對趙獻如此無禮，以為趙獻定會暴怒。

孰料，趙獻卻紅著臉道：「姑母，我開的是酒樓！」

趙念卿蛾眉微攏。「若你開的是酒樓，弄這些花裡胡哨的做什麼？一門心思踏踏實實地賣酒不好嗎？還有你那個管事，實在該換了，本宮要用春風露泡澡，他居然說酒不夠。這是什麼意思，覺得本宮付不起銀子嗎？」

管事一聽，急忙往趙獻身後縮了縮。

趙獻忍不住道：「我的姑奶奶，春風露是萬姝閣的鎮樓之寶，一罈難求，您要用來泡澡，不是要了姪兒的命嗎？而且，話說回來，您來萬姝閣那麼多回了，什麼時候付過銀子了？」

趙念卿聽了，晃晃悠悠地站起身，走到趙獻面前，一把揪住趙獻的衣領，妍麗面容霎時逼近。

趙獻嚇了一大跳，卻一動也不敢動。

趙念卿伸出手，輕輕拍了拍趙獻的臉，勾唇一笑。「你爹欠本宮的多了。他躲在封地不肯回來，自然要父債子償了。」

趙獻強顏歡笑地撥開趙念卿塗著嬌豔蔻丹的手指。「只要姑母高興，日日來萬姝閣，姪兒都歡迎。」

趙念卿這才鬆了手，意興闌珊地轉過身。「罷了，今日時辰不早了，本宮要回府了。對了，」下巴微抬，指了指十二郎。「這小子還算有點意思，本宮帶回去了，嚴書不介意吧？」

趙獻忙道：「姑母，旁人都可以，但十二郎不行。」

趙念卿沈下臉。「為何他不行？」

趙獻脫口而出。「因為他是太……唔！」

趙霄恆一把捂住趙獻的嘴。「因為此人太難得，是嚴書好不容易找來的。君子不奪人所好，姑母不如另擇他人吧。」

趙念卿輕輕笑了聲。「若本宮偏要他呢？」

雖然趙獻被捂著嘴，但依舊嘰哩呱啦說個不停，手腳亂蹬地表示抗議。

趙霄恆知道，以趙獻的性子，別的事都可以妥協，但在義氣上，卻是半點不能相讓，若是不出面解決，他一定會和趙念卿鬧起來。明日此時，恐怕全京城便知道太子的大婚賀禮是什麼了。

於是，趙霄恆將趙獻推給旁邊的管事，上前對著趙念卿耳語了一句。

趙念卿面上的笑容僵住，不可置信地看著趙霄恆，眸中似有一抹痛色。

趙霄恆退後兩步，對著趙念卿一揖。「若是姑母累了，孤親自送姑母回府可好？」

趙念卿斂了斂神，語氣已經沒了之前的跋扈。「不必了，本宮自己走。」

說罷，她出了雅間，逕自離開了。

趙獻終於鬆了口氣。「姑母這樣喜怒無常，到底要禍害我到什麼時候？不嫁人的女子真可怕。」

趙霄恆看著趙念卿的背影，神情有些複雜。

太子婚期臨近，宮內宮外張燈結綵，多了一絲喜氣。

京郊的官道上，一輛寬敞的馬車正緩緩駛向京城。

馬車外觀看起來十分簡樸，沒有任何華麗裝飾，周圍卻有十幾名身穿盔甲的侍衛相護。

馬車平穩地沿著官道駛去，一路上山。

到了山腰處，已近正午，車夫放慢車速，回頭問道：「老爺，夫人，已經中午了，小人見到前面有一座寺廟，是否要去用些齋飯？」

馬車裡堆著厚厚的古籍書卷，占據大半個車廂。面容溫和的老夫人側過頭，看向白髮蒼蒼的老者。

「老爺，不如就在這裡停下，歇一歇吧。」

老者從書卷中緩緩抬頭。「已近京城，入城再歇吧。」說罷，忍不住咳嗽了幾聲。

老夫人蹙眉。「你連早膳都用不下，如何能熬到晚上？再說了，京城比罔山冷得多，你不休息，身子垮了可怎麼辦？到時候不但沒幫上忙，還把自個兒搭進去。」

老者無奈地笑了笑。「好好，都依妳。」

老夫人這才露出了笑容。

不到一炷香工夫，馬車緩緩停下。

侍女和管家連忙過來，扶著兩位老人下車。

這寺廟看著偏僻，但香火還算鼎盛，老夫人不由望向了佛堂大殿。

老者知道她遇佛必拜，笑了笑。「想去便去吧，我等妳。」

老夫人微笑頷首，喊了管家。

管家應了聲。「夫人有何吩咐？」

老夫人道：「你先去安排齋飯，我們去去就來。」

管家低聲應是。

老者和老夫人肩並著肩，徐徐向大殿走去。

寺廟不大，來拜佛的人卻不少，老者回過頭，吩咐侍衛。「安排兩個人隨老夫一起進去。其餘人在外面等吧，莫要嚇著百姓了。」

「是！」侍衛應聲後，帶著其餘的人隱匿起來。

老夫人恭敬地拜了佛，在侍女的攙扶下，顫顫巍巍起身，準備去求籤。隨她一起邁出大殿的，還有兩位年輕的小娘子。不是別人，正是寧晚晴與黃若雲。

寧晚晴大婚在即，黃若雲打聽到這間寺廟十分靈驗，便拉著她來拜佛。

兩人拜完，黃若雲又去求了兩個平安符，一個給了寧晚晴，另外一個則小心翼翼地收進荷包裡，再三囑咐侍女拿好。

寧晚晴見她一臉認真，忍不住笑道：「不過一個平安符而已，若是丟了，再求一個不就好了？」

「妳不懂。」黃若雲一本正經道：「這是我為妳兄長求的。他長年衝鋒陷陣，萬一丟了，不吉利。」

寧晚晴雖是無神論者，但看黃若雲這般鄭重的樣子，不好再打趣她，便道：「嫂嫂放心，兄長一定會平安無事。」

黃若雲輕輕點頭。「方才幫妳求的平安符，一定要收好了，日後離家，也要萬事順遂才好。等會兒，妳再去求個姻緣籤，讓大師看看。」

寧晚晴哭笑不得。「我的姻緣早就定了，還有什麼好看的？」

「婚事是婚事，姻緣是姻緣。」黃若雲道：「妳若能求得上上籤，嫂嫂便安心了。」

兩人出了大殿，便有一名陌生侍女走過來。

「打擾兩位娘子，我家老夫人想求籤，敢問求籤處在哪兒？」

寧晚晴順著侍女身後看去，見到一位面容慈祥、氣質恬靜的老夫人，含笑對她們點頭。

寧晚晴和黃若雲回了一禮，寧晚晴道：「巧了，我們也要去求籤，老夫人可隨我們來。」

老夫人輕輕點頭，跟著她們向前走。

寺廟的環境十分清幽，一殿一閣都很精巧。

寧晚晴享受著山間的空氣，唇角不覺上揚了幾分。

她穿著雪白狐裘，只露出精緻的巴掌小臉，笑起來靈動嬌美，看得人心頭為之一蕩。

老夫人沒有兒女，見寧晚晴生得明豔嬌美，黃若雲又溫婉可人，心生喜歡，與她們攀談起來。

「兩位娘子是從京城來的？」

寧晚晴頷首。「是，我們今日特地來拜佛求籤。老夫人也是京城人士？」

老夫人溫言回答。「我們即將回京，路過此處，便想來拜拜。」

寧晚晴笑了笑。「原來如此。前兩日下過大雪，我們自京城來時，發現山路難行，若是老夫人急著回去，還是早些動身為好。」

老夫人微微頷首。「多謝姑娘好意，老身記下了。」

寧晚晴又介紹。「這位是我嫂嫂，黃氏。」

黃若雲對老夫人笑了笑。「老夫人有禮。」

老夫人和藹地道：「剛才不經意聽見娘子說，夫君長年衝鋒陷陣，莫不是軍中之人？」

黃若雲點頭。「官人從軍多年，一直在外拚殺，故而妾身為他求了個平安符，以期事事和順，化險為夷。」

老夫人說：「大丈夫保家衛國，當展鴻鵠之志，將立不世之功，娘子有福氣。」

黃若雲莞爾一笑。「承老夫人貴言。」

寧晚晴見老夫人談吐不俗，再次打量起她。老夫人看起來約莫六十多歲，但精神矍鑠，滿頭銀絲盤成一個圓髻，只簡簡單單插著一根古樸的玉簪。

她身上的衣裳雖不華麗，用料卻是上乘，渾身散發著一股書卷氣，令人如沐春風。

這位老夫人，只怕不是尋常婦人。

第二十一章

幾人繼續向前走，到了求籤處，發現這裡排起了長隊。

黃若雲的侍女小嬋去前面看了看，回來道：「少夫人，二姑娘，前面還有好幾個人，恐怕得等一會兒。」

黃若雲道：「無妨，我們等著便是。」

寧晚晴特地將老夫人讓到她前面。「老夫人先請。」

老夫人和善地笑道：「多謝姑娘。」

沒等多久，寧晚晴便聽見一陣抽泣聲，循聲看去，這聲音居然來自解籤臺。

求籤臺與解籤臺相距一丈有餘，只見一個衣著陳舊的婦人坐在解籤臺前，縮著身子，掩面而泣。

一旁解籤的廟祝，正在低聲說話。說完之後，婦人哭得更大聲了。

老夫人對侍女道：「去看看怎麼回事。」

侍女低聲應是，過去打聽，片刻之後回來覆命。

「老夫人，那婦人的官人病重，為了替官人瞧病，已經家徒四壁，走投無路，便來求籤，偏偏求了支下下籤，才忍不住哭起來。廟祝說，若是請寺中方丈為她官人開壇祈福，與許還有救，但需要花費不少銀子。婦人拿不出，更傷心了。」

老夫人一聽，面露同情。「妳拿些銀子給她，好生安慰一下。」

寧晚晴與黃若雲對視一眼，黃若雲點點頭，寧晚晴遂吩咐一旁的慕雨。「妳也去。」

慕雨乖巧應聲，隨著老夫人的侍女一起過去了。

婦人得了銀子，才知遇上好心人，連忙站起身，快步而來，眼看就要向老夫人和寧晚晴跪下。

寧晚晴扶起她。「夫人快起來。」

婦人擦了擦眼淚。「多謝貴人。如今這世道，沒想到還能遇見真菩薩。」

老夫人安撫幾句，婦人才千恩萬謝地走了。

黃若雲忍不住道：「這婦人也是可憐，不知這些銀子夠不夠救她官人？」

話音未落，只見婦人找上廟祝，居然將方才得的銀子盡數給了他。

廟祝頓時展露笑顏，帶著婦人入了大殿後堂。

慕雨瞪大了眼。「這……用銀子開壇作法，當真比請大夫買藥強嗎？」

寧晚晴心情複雜。「也許到了絕望之時，買希望才是最重要的吧。」

眾人把心思從哭泣的婦人身上收回來，繼續等候求籤。

下一位求籤的，是一位樣貌平庸、身形略胖的姑娘，雙手握著籤筒，一臉虔誠地搖著，直到一支籤落到地上，才放下籤筒，急忙拿著求到的籤去找廟祝。

廟祝接過木籤，對著一旁的木質箱籠看了看，找出一張籤文，遞給她。

姑娘迫不及待地打開，才看一眼，就洩了氣，喃喃道：「為何又是下下籤？」

廟祝雙手合十。「施主問的是姻緣，姻緣雖有天定，但人力亦可改之。」

姑娘一聽，著急地問：「如何改姻緣？我已經訂了兩次婚，可未婚夫要麼暴斃，要麼出家，這可如何是好?!」

廟祝不冷不熱道：「姑娘，要尋得金玉良緣，自然得讓佛祖感受到妳的誠意。」

姑娘明白過來，掏出荷包，拿出兩錠銀子。「這些銀子是給寺裡的香油錢，還請師父指點迷津。」

廟祝這才笑了。「好說，好說，姑娘請到內堂稍候片刻，大師很快就來。」

寧晚晴離得不遠，聽到這對話，心頭不由浮起一絲疑惑，而後耳邊傳來侍女的聲音。

「老夫人，輪到您了。」

老夫人上前一步，先朝面前的佛像拜了拜，再閉上眼，無聲默念幾句，才拿起籤筒，開始搖籤。

籤筒嘩啦的聲音搖得讓人心慌，隨即掉出了一支籤。老夫人擲了筊杯，確認一陰一陽後，侍女便將木籤拾起來。

老夫人向寧晚晴和黃若雲點了下頭，先行一步，解籤去了。

寧晚晴低聲對黃若雲道：「我猜又是下下籤。」

黃若雲微微一愣。「妳如何得知？」

寧晚晴沒說話，只目不轉睛地盯著廟祝。

廟祝打量老夫人一眼，轉過身，在箱籠裡找了半天，好一會兒後，拿出一張籤文，瞇起眼讀了一遍，臉上露出幾分驚恐。

「這位老夫人，求的可是家人康健？」

老夫人立時有種不祥的預感。「是。情況如何？」

廟祝嘆了口氣。「此籤乃是大凶之兆。」

老夫人面色一白。「怎麼會？」

廟祝一面打量老夫人的表情、一面道：「您瞧，這籤文上說，『心願未成含淚忍，油盡燈枯了殘生』。這不是大凶，是什麼？」

老夫人手指顫顫地接過籤文，失了神。

寧晚晴將這一切盡收眼底，走到求籤臺前，拿起籤筒，學著老夫人的樣子搖了搖，很快掉出一根木籤。

寧晚晴拿起數字一瞧，見是四十七。

黃若雲面色不太好。「籤筒裡應該有六十支籤，數字越大，越不吉利。妳沒有許願吧？

要不要重新求一次？」

寧晚晴沈聲道：「嫂嫂，這籤筒恐怕有問題。」

黃若雲有些詫異。「什麼問題？」

寧晚晴道：「方才我悄悄看了一眼，前面那位姑娘求到的是第五十三支，老夫人得的是第四十九支，每個人抽到的數字都這麼大，也太巧了些。」直接伸手，將籤筒裡的第一支籤找出來。

第一支與第四十七支看起來沒什麼差別，但拿在手中，卻比第四十七支重了不少，故而搖籤筒時，第一支籤極難掉出來。

她又多找了幾支數字小的木籤，發現一至二十的木籤都偏重，越到後面則越輕。求籤者不僅要閉著眼許願，還不能碰到籤筒裡的籤，是以這麼明目張膽地作假，都沒有人發現。

寧晚晴側目看去，和藹溫柔的老夫人此刻已經淚水漣漣，心中頓時竄起一股無名火。

後面的人催促道：「這位姑娘，求完了籤，便去解籤吧，後面還有許多人等著呢。」

寧晚晴轉過身，對眾人道：「諸位，這坑人的假籤，不求也罷！」

她說罷，拎著籤筒，朝解籤臺大步走去。

解籤臺前，光頭廟祝正繪聲繪色地向老夫人介紹廟裡的祈福消災儀式，卻忽然聽見咚的一聲巨響。

廟祝嚇得直起身，一抬頭，發現桌上多了一只籤筒。

拿著籤筒的，正是一位氣質不凡的姑娘。

寧晚晴當著廟祝的面，抄起籤筒，反手一扣，木籤嘩啦啦倒在桌上，引得所有人全看了過來。

她冷聲開口。「還請師父解釋一下，為何好籤搖不出來，壞籤卻每搖必中？」

原本嘈雜的大殿霎時安靜下來，所有人都注視著解籤臺前發生的一幕。

廟祝心虛，道：「施主這話是什麼意思？」

寧晚晴一笑。「既然大師聽不懂，那我便說給你聽。這籤筒裡的好籤重得像鐵片一般，壞籤卻輕如竹片，所以在求籤時，幾乎人人都會抽到壞籤。」

寧晚晴每說上一句，廟祝的臉色就難看一分。

「只要抽到壞籤，師父便會給出一張不吉的籤文，引得信徒驚慌失措，繼而花更多的銀子祈福消災。我說得沒錯吧？」

話音落下，廟祝面如土色。「施主，這裡是佛門清淨地，容不得妳胡來。妳……妳這是褻瀆神佛！」

寧晚晴笑了。「我不過實話實說，師父才是在佛祖的眼皮子底下招搖撞騙，到底是誰褻瀆神佛？」

廟祝被堵得啞口無言。

寧晚晴又道：「這樣吧，不如師父當著所有人的面來求籤，你搖上十次，若能搖出一支好籤，我向你賠禮道歉，捐一百兩香油錢；若是你搖不出來——」一字一句道：「便直接跟我去見官吧！」

黃若雲也附和。「沒錯，現在就搖籤！」

侍女早將老夫人扶起，護到一旁，但老夫人仍聚精會神地盯著眼前的情勢。

大殿裡還有十幾位善男信女，有人小聲嘀咕了一句。「難怪，上次我搖出來的也是下下籤，還讓我多捐了足足一兩銀子呢。」

有人跟著嚷起來。「搖籤！」

「對，搖給我們看看！快搖啊！」

廟祝額上冷汗涔涔，作勢要拿起籤筒，但下一刻，便將籤筒往寧晚晴的方向一扔，轉身就跑。

廟祝一跑，等於坐實了寺廟騙人之事，眾人怒不可遏，抓起身邊的供品朝廟祝扔去。

廟祝被扔得滿頭髒污，抱頭鼠竄，一溜煙跑進了後殿。

眾人奮起直追，寧晚晴高呼一聲。「姜勤！」

姜勤應聲而來，二話不說，使出輕功追了出去。

廟祝慌不擇路地跑進道場，方丈正立在此處，身邊還有兩個小和尚。

方丈口中念念有詞，假模假樣地為方才的貧苦婦人祈福，求姻緣的姑娘也候在一旁。

廟祝大呼一聲。「師父，不好了！被發現了！」

方丈兩眼一睜，發現有十幾個人追著廟祝而來，手持各種物件，凶神惡煞，彷彿索命閻羅一般。

方丈嚇得扔了手中的佛珠，拔腿就跑，連收的銀子掉了也無暇顧及。

姜勤縱身一躍，趕到所有人前面，一把揪住方丈的袈裟。

方丈如驚弓之鳥，嚇得抱住頭，不小心將頭頂上的六點戒疤擦了個乾淨。

姜勤一驚。「居然是個假和尚?!」

假方丈被姜勤一劍攔住，一屁股坐到地上，不住求饒。「好漢饒命，好漢饒命，小人不過是混口飯吃。」

姜勤冷聲道：「舉頭三尺有神明，就讓神明的信徒先處置你吧！」

遠道而來參佛的信徒們，將手裡的東西狠狠砸向假方丈，一顆雞蛋啪的在他頭頂裂開，蛋清流了一臉，十分狼狽。

寧晚晴和黃若雲手牽著手過來看，老夫人也不甘落後，在侍女的攙扶下趕至，見到假方丈被眾人口誅筆伐，覺得大快人心！

不到一盞茶的工夫，姜勤便將假方丈綁起來，老夫人帶來的侍衛也上前幫忙，抓住了幾個年輕的假和尚。

此時，等在山門外的老者也趕過來。「方才有和尚衝出寺廟，發生什麼事了？」

老夫人將前因後果原原本本說了一遍。

老者一聽，連忙拉起老夫人的手，上下打量她。「妳沒事吧？」

老夫人笑著搖搖頭。「我沒事，這熱鬧還沒看完呢。」

寧晚晴走來，溫言道：「讓老夫人受驚了。這寺廟裡的和尚都是假的，如今被抓了起來。可惜廟祝狡猾，趁亂逃了。」

老夫人慈祥地道：「好姑娘，妳已經做得很不錯了。」將寧晚晴引薦給老者。「這便是我方才說的那位寧二姑娘。」

寧晚晴抬眸一看，面前的老者頭髮花白，雙目炯炯，面上帶著淡然笑意，看起來睿智而開明。

老者捋了捋鬍鬚，道：「姑娘敢當眾揭露廟祝的罪行，當真勇氣可嘉，但妳就不怕引來報復嗎？」

寧晚晴也笑。「若因害怕報復而選擇忍氣吞聲，便會有更多人上當受騙。遇惡不揭，與助紂為虐沒什麼分別。」

老者讚許地點頭。「世間女子，大多囿於宅院之中，難見天地。妳如此年輕，居然有這等見識，實在難得。」

寧晚晴望向身後的信徒們，來的大多是女子，便道：「老先生說得不錯。如今的世道，女子卑微，但凡心中有所願，卻力所不能及，家宅也好，姻緣也罷，便總想著寄託於神佛。這一點卑微的心思被人加以利用，實在可惡。」

老者問她。「姑娘打算如何處置這些人？」

寧晚晴不假思索地回答。「送官法辦。」

老者思索片刻。「寺廟行騙，倒是少見，律法中未必能得出公正的判決，很有可能關上幾日，就放出來了。」

寧晚晴笑了笑。「確實如此，所以律法也該不斷改進。」

此言一出，老者不由詫異。「改進律法？我朝創立至今，唯有開國皇帝修改過律法。」

寧晚晴淡淡道：「朝代更迭，日新月異。若律法不改，如何配得上如今的大靖？」

老者深深看了寧晚晴一眼，忽然撫掌大笑。「妳這個小姑娘，著實有趣！方才聽說姑娘姓寧，不知是京城哪一戶寧家？」

常平侯府赫赫有名，但寧晚晴並不想暴露身分，遂溫言道：「小門小戶，不足掛齒。」

老者含笑點頭，沒再多問了。

姜勤捆了一群假和尚，讓府中侍衛押送下山，寧晚晴和黃若雲則往停馬車的地方走去。

兩人走到一半，黃若雲便頓住腳步。「我們的馬車呢?!」

老夫人恰好還沒上車，聽到這話，回過頭來。「怎麼，馬車不見了嗎？」
一旁的侍衛聞言，問道：「是不是一輛深藍色的馬車？」
寧晚晴連忙點頭。「是，侍衛大哥可看見了？」
侍衛回答。「之前有個和尚跑出來，二話不說跳上馬車，將車趕走了。難不成，他是偷車賊？」
寧晚晴無語。
冬日的午後，天氣正好。
于劍趕著馬車，一路小心翼翼地避讓著行人。但大街上人來人往，即便他穿梭得再靈活，馬車也快不起來。
于劍側目，瞧了于書一眼。
于書正捧著一本話本子，看得起勁。
「哥，你什麼時候喜歡上看話本子了？」
于書道：「這是福生寫的。他給了銀子，不看白不看。」
于劍皺了皺眉。「話本子有什麼好看的？當心看了之後像他一樣，整日神神叨叨的，作夢都想當個威風八面的青天大老爺。昨日我房門口多了一道劃痕，福生摸著下巴推斷半個多時辰，一會兒懷疑是我曾經惹過的仇家潛進來了、一會兒又覺得身邊有叛徒要刺殺我。最後發現，是被七公主的哈巴狗抓的。」

于書悠悠道：「福生喜歡作白日夢，喜歡破案，便由著他。讓他過足了癮，就不會再來煩咱們了。」

于劍點點頭。「哥說得是。對了，我已經趕了一個時辰的車，該換你了。」

于書道：「我這話本子還沒看完呢，你再趕一會兒。」

于劍有些鬱悶。「我再趕一會兒，就要出城了。」

于書聽了，放下話本子，一本正經地看向于劍。

「我問你，今日趕車是為了什麼？」

于劍不假思索地回答。「是為了送太子殿下去接老太傅和老夫人啊。」

于書凝視著自家弟弟，道：「老太傅是何許人也？三朝元老，股肱重臣，不但桃李滿天下，還是殿下的恩師。當年，宋家沒落，殿下孤立無援，官家讓老太傅挑選一位皇子教導，老太傅二話不說，便選了咱們殿下，這是雪中送炭、如解倒懸的恩情啊！難道你不感念老太傅的恩德嗎？」

于劍喃喃道：「感念是感念，可是……」

「沒有可是。」于書義正詞嚴地打斷了于劍。「試問，整個大靖，能有幾人有資格駕車去接老太傅？」

于劍想了想，好像真沒有幾個人能去。「是有幾分道理……」

于書一拍他的肩膀。「所以，這是你的殊榮，萬萬不可懈懶，定要好好珍惜。」

于劍一聽，連忙認真點頭。「是，我知道了。哥，你要不要也分享一點殊榮？」

于書擺手。「你知道的，我一向淡泊名利。這樣的機會，還是留給你們年輕人吧。」

于劍愣愣地點頭，雖然韁繩還在他手裡，卻覺得趕車更有勁了！

第二十二章

馬車又往前駛了一段路，趙霄恆掀起車簾，出了聲。

「還有多久才能出城？」

于劍道：「回殿下，眼下集市人多，馬車走得慢。小人估計，至少還要一個半時辰。」

趙霄恆蹙眉。「走小路。」

于劍提醒道：「可小路顛得厲害，小人擔心殿下不適……」

「無妨，走吧。」趙霄恆放下車簾。

于劍和于書對視一眼，調轉方向，走上快捷的小路。

于劍問道：「老太傅不是傍晚才到嗎，殿下怎麼這麼著急？」

于書低聲開口。「老太傅身子不適，原本要在罔山過冬，這次是為了殿下才趕回來的，殿下自然要早早去接。」

于劍會意點頭，趕車走上小路，很快便出了城。

他們將馬車停在城郊一處茶樓門口，這裡便是約定的見面地點。

趙霄恆早將此處包了下來，是以茶樓沒有其他客人，十分安靜。

于書要來一壺茶，幫趙霄恆倒了一杯，趙霄恆邊喝邊等。

約莫過了半個時辰，太傅府的簡樸馬車出現在眾人眼中。

趙霄恆放下茶杯，親自走出茶樓。

趕車的車夫認得趙霄恆，勒住轠繩，將馬車穩穩停在路邊。

趙霄恆立在馬車旁，低聲道：「學生恭迎老師回京。」

下一刻，車簾被撩起。

趙霄恆抬手，準備去攙扶江太傅，卻忽然看見一雙清靈的杏眼，不由微微一怔。

寧晚晴大半張臉藏在狐裘裡，發現來人是趙霄恆，緩緩抬起頭，嫣紅的唇驚訝地張成圓形，像一顆好看的櫻桃。

兩人一高一低，四目相對，都錯愕了。

寧晚晴先開口。「殿下怎麼在這兒？」

趙霄恆也十分意外。「這話，應該是孤問寧二姑娘才對吧？」

老夫人掩唇笑起來。「下了車再說。」

寧晚晴點點頭，瞥見趙霄恆伸出的手。

她猶疑一下，但太子的手都伸出來了，若是不領情，他豈不是很沒面子？

於是，她便大大方方地抬起手臂，送到了趙霄恆的手上。

趙霄恆怔住，不由自主地托住寧晚晴，看著她一步步走下車，才收回手。

寧晚晴莞爾。「多謝殿下。」

趙霄恆沒說什麼，轉身去扶江太傅。

茶樓的雅間十分寬敞，中間豎起一道半透的屏風，能見其人，卻不聞其聲，互不干擾。

寧晚晴、黃若雲和江老夫人坐定不久，小二便端上不少吃食。

寧晚晴一大早就出了門，折騰到現在，早已餓得前胸貼後背，見到吃食遂沒客氣，愉快地享用起來。

黃若雲瞧著寧晚晴，忍不住笑著打趣。「剛才在廟裡還是個懲惡揚善的女俠呢，這會兒成小餓鬼了？」

寧晚晴有些不好意思。「抓那幾個假和尚，費了不少力氣。」

江老夫人笑著開口。「餓了就多吃些，女兒家珠圓玉潤更好看。」

寧晚晴聽了，連忙放下碗筷。「晚輩有眼不識泰山，未認出老太傅與老夫人，還請老夫人見諒。」

江老夫人溫和一笑。「寧二姑娘不知我的身分，還願為我打抱不平，揪出假廟祝，應該是老身謝謝妳才是。對了，二姑娘與太子殿下的婚期將近了吧？」

寧晚晴點頭，不由側目看向趙霄恆。

屏風後面，趙霄恆與江太傅面對面而坐，似乎在低聲說話。

今日趙霄恆著了一身青藍常服，坐著的時候依舊身量筆直、氣度悠然。

或許是感知到寧晚晴的目光，趙霄恆回眸，目光相接的一剎那，寧晚晴連忙低頭，猛地往嘴裡塞了一口吃食。

趙霄恆的唇角不經意牽了牽。

坐在他對面的江太傅將這一切盡收眼底，卻不戳破，只靜靜用飯。

用完飯後，趙霄恆親手為江太傅倒了一杯茶。

「老師的身子可好些了？」趙霄恆問道。

江太傅溫言回答。「還是老樣子，無妨。」

江太傅不說，趙霄恆也知道，他腿上寒疾嚴重，若在京城，得日日待在暖房之中；若是在外凍上一日，只怕連床榻都下不了。

故而近幾年間，京城一入冬，江太傅便會向朝廷告假，去四季如春的罔山過冬。

這次，江太傅剛離開京城不久，就發生了歌姬案。

起初，趙霄恆並沒有告訴江太傅，是江太傅從同僚那裡得到了消息，詢問趙霄恆時，他才承認的。

當時江太傅便想回京，但不慎得了風寒，一病不起，休養了一個多月，才徹底好起來。擔心趙霄恆的婚事還有波折，待身子好一些後，立即啟程。

此時此刻，江太傅一句也沒提，只淡淡開口道：「殿下，聽聞歌姬案之事，大理寺已經查明真相了？」

趙霄恆收起目光，將歌姬案、常平侯府下毒案，以及千秋節晚上發生的事，全告訴了江太傅。

末了，他又補充道：「如今麗妃已經被打入冷宮，老二不日也將啟程去東海。」

江太傅聽罷，思索一下。「這所有的事，當真都是麗妃和二皇子所為？」

趙霄恆道：「除了歌姬一案，其餘的罪，麗妃都認了。歌姬案的證據指向麗妃，她不肯認罪，可能是不想揹上謀害儲君的罪名。」

江太傅微微頷首。「那殿下打算何時上朝？」

趙霄恆淡淡道：「不急。」

江太傅抬起眼簾。「殿下在等著接手吏部？」

趙霄恆端著茶杯的手輕輕一頓，笑了。

「什麼都瞞不過老師。」趙霄恆放下茶杯，低聲說：「學生確實意在吏部。」

江太傅問：「那歌姬案？」

趙霄恆沈聲道：「算是意料之中。這幾年來，老二時常在父皇耳邊煽風點火，孤早就料到他會動手。」

江太傅接著他的話道：「所以，殿下便將計就計，暫時退出朝堂的漩渦，藉此讓官家放心，也讓二皇子一黨放鬆警惕，是不是？」

「老師說得沒錯。」趙霄恆低聲承認，又道：「不過，孤沒有想到，他們會三番兩次對常平侯府動手。

「老師應該清楚，孤這輩子最恨人玩弄權勢，牽連無辜。所以，孤藉著千秋節之事，將所有證據交給大理寺，讓他們順著線索反查，便扯出了下毒案和歌姬案。」

江太傅沈吟。「所以，你如願將麗妃送入冷宮，將二皇子逐出京城。但你如何能保證，官家會把吏部交給你？畢竟吏部尚書白榮輝是二皇子的岳父。」

趙霄恆笑了下。「歌姬案中，父皇失了顏面，狠狠斥責孤，孤便順著他的心意，在東宮靜思己過，養病一段時日。如今真相大白，他顧及皇室威嚴，不肯公開還我清白，自然要給些補償才是。」

江太傅聽出他意有所指，悵然道：「殿下，老臣自幼看著你長大，知道有些事即便過去再久，你也不可能放下。如今你已身居太子之位，未來可期，何必此時鋌而走險呢？」

趙霄恆沈默片刻。「解鈴還須繫鈴人。」

江太傅語重心長。「可是，這繫鈴人很可能會要了你的命，難道你也在所不惜？」

趙霄恆語氣平靜。「若真能求仁得仁，亦沒什麼不好。」

他說罷，凝視江太傅，放下太子的身分，沈聲道：「我知道，老師是為了我好。但有些事，我若不做，便永遠沒有人做了。」

江太傅目不轉睛地看著趙霄恆，見他眸色清冷，神色堅定，有著誰也不能動搖的決心，長嘆一聲。

「罷了，既然你想去做，那就去吧。老夫雖然年事已高，但在官家面前，尚且說得上話，若是殿下有什麼需要老夫幫忙的，開口便是。」

趙霄恆搖搖頭。「如今老師身子不濟，理應多休息才是。且您不問政務多年，早已遠離了是非，實在不必為學生再蹚一次渾水。」

江太傅默默看著趙霄恆，看著看著，想起另一張相似的臉。

「殿下真是越來越像宋先生了……」

趙霄恆聞言，不由一愣。

宋先生指的是趙霄恆的外祖父宋摯，乃淮北宋家家主，更是名滿天下的大儒。

江太傅繼續道：「猶記得當年，先帝想請宋先生入國子監，但那時的國子監以門第為先，幾乎成了京城高門大戶的私塾。於是，宋先生便拒絕了，自己出錢在京城蓋了不少學堂，不設門第，有教無類，接納了許多寒門子弟。

「每逢初一、十五，他還會開壇講學，但凡願意學的，無論男女老少，都可來聽。一時之間，讀書蔚然成風，再也不是貴族獨享之事，連最底層的百姓，都開始識字明理。」

江太傅說著，陷入回憶。

「彼時，老夫剛剛考過科舉，在翰林院供職，不明白為何宋先生有入朝機會，卻不珍惜。直到很久以後，老夫才明白，宋先生心中有丘壑，他的願望並非是功名利祿，而是希望大靖成為國富民強的禮儀之邦。

「那條路，就算無人理解，無人支持，他也一個人走了許久……若非遇到後來之事，只怕宋先生的願望，早已實現了。」

趙霄恆垂下眼瞼，半張臉埋在陰影裡。

外祖父逝世時，他不過十歲。老人的面容，他已經記不清了，但那些循循善誘的話語，卻時常縈繞在耳邊。

趙霄恆手握成拳，摸了摸自己的墨玉戒。

這是外祖父最後留給他的東西了。

「外祖父的願望，孤會替他實現。」

趙霄恆緩緩抬頭，清冷月色照進他的眼睛裡。「但那些人欠他的，欠宋家的，孤也會一樣一樣討回來。」

晚膳過後，趙霄恆將江太傅和江老夫人送回府，才帶著寧晚晴等人離開。

黃若雲見于書備了兩輛馬車，識趣地上了後面的小車，將寧晚晴趕上趙霄恆的馬車。

馬車穩穩前行，趙霄恆與寧晚晴肩並著肩坐在一起。

車裡安靜得出奇。

寧晚晴默默坐著，覺得氣氛太過尷尬，便聽趙霄恆開了口。

「平日寧二姑娘能說會道，今日怎麼不說話了？」

寧晚晴哦了聲。「臣女見殿下面有疲色，故而不敢打擾。」

趙霄恆笑了笑。「對了，還未恭喜寧二姑娘，又破了一件案子。」

寧晚晴扯了扯嘴角。「殿下過獎，不過是小事而已，不值一提。」

「小事？」趙霄恆悠悠道：「既如此，二姑娘為何不用自己的名號，要把孤搬出來？」

寧晚晴微微一頓。「殿下這麼快就知道了？」

趙霄恆從袖袋中，掏出一張紙條。

「這是半個時辰前傳來的消息，說是順天府府尹接到一批犯人，這批犯人假冒和尚行騙，蒙蔽不少百姓。有一位『光明大俠』受太子之令，將那些人抓起來，送到了官府門口。」

趙霄恆側過頭，似笑非笑地看著寧晚晴。

「這位女俠，犯人都送去了，為何還要說是孤授意的？」

寧晚晴不好意思地開口。「聽聞順天府辦案章程太多，臣女這不是想讓他們動作麻利些嘛……」

「所以，寧二姑娘就打著孤的旗號，讓順天府審案了？」趙霄恆繼續道：「若是父皇問起來，這『光明大俠』是誰，孤怎麼回答？」

寧晚晴理直氣壯。「那自然是太子殿下本人啊！太子乃是大靖的明日之光，為了救百姓於水火，化身『光明大俠』不是很好嗎？」

趙霄恆挑眉。「寧二姑娘還沒入東宮呢，就學會拉孤墊背了。以後入了東宮，孤豈不是要日日為妳善後？」

「那臣女敢問殿下，若是您今日在場，看到那些人坑騙百姓，會不會出手相助？」寧晚晴清亮的眼神直視趙霄恆。

趙霄恆沈吟片刻，道：「會。」

寧晚晴笑起來。「那就是了，殿下愛民如子，定不會袖手旁觀。臣女正是看不慣那些黑心的騙子，才想為百姓們討回公道，殿下不想這樣做嗎？」

「公道……」趙霄恆喃喃重複一遍，也笑了。「孤也想的。」

他直勾勾地看著寧晚晴，眸子又深又黑，彷彿是觸不到底的深淵。

「二姑娘。」

寧晚晴一怔。「嗯？」

趙霄恆含笑提議。「不如我們將婚期提前吧？」

這話著實把寧晚晴嚇了一跳，美目微睜。「殿下說的是真的？」

趙霄恆道：「怎麼，寧二姑娘害怕了？」

寧晚晴斂了斂神。「臣女有什麼不敢。遲早是一條船上的人，早一日上船，晚一日上船，有什麼分別？」

趙霄恆盯著寧晚晴一會兒，忽然道：「二姑娘可知自己上的是一艘什麼船？」

寧晚晴唇角牽起好看的弧度。「既然父親和兄長都選了這艘船，那定是一艘好船。」

趙霄恆的聲音又沈了三分。「二姑娘知不知道，這艘船要開往哪裡？」

寧晚晴鎮定開口。「開往哪裡不重要……重要的是，不沈就行。」

第二十三章

一日之後，宮裡便來人了。

靖軒帝身邊的太監李延壽親自到了常平侯府，送上不少賞賜。

幾十抬箱子，從中庭一直擺到正廳，東西多得令人咋舌。

「寧二姑娘真有福氣，不但官家追加賞賜，連皇后娘娘、嫻妃娘娘都各自備了一份賞賜給您。日後入宮，日子定是蜜裡調油，美得很呢。」

寧晚晴微微一笑。「多謝李公公。」對思雲使了個眼色。

思雲立即會意，送上一個鼓鼓囊囊的荷包。

李延壽假意推託一番，最終還是收下了，抱著手中拂塵，滿臉堆笑。

「官家聽說，因為西域又起了戰事，常平侯無法回來參加大婚，實在是遺憾得很。到時候會單獨安排一份賀禮送去西域，讓侯爺同慶。」

寧頌道：「謝官家隆恩，末將改日定入宮叩謝。」

寧晚晴知道李延壽是靖軒帝身旁的紅人，遂道：「聽聞李公公喜歡鑑賞字畫，我這兒恰好有一幅，想請公公幫我品鑑一二。」

李延壽在宮裡混了多年，自然是個人精，一聽這話，便猜到寧晚晴另有所求。

「寧二姑娘客氣了。小人不過附庸風雅，哪裡真懂什麼字畫呢？」

寧晚晴道：「公公還未看過，如何知道看不懂？」吩咐慕雨去取。

慕雨拿出卷軸，呈給李延壽。

李延壽打開一瞧，是一幅大器磅礴的山水圖，詫異道：「這是真跡？」

寧晚晴頷首。「不錯，這是兄長從西域搜羅回來的，我不太懂字畫，放在身邊也是暴殄天物。若是李公公喜歡，便送給李公公了。」

李延壽知道不該收，但這位畫家的畫，實在一幅難求，有些猶豫。

「寧二姑娘，所謂無功不受祿，不知二姑娘有什麼用得上小人的地方？」

寧晚晴笑了下。「公公是個爽快人，那我也不兜圈子了。千秋節晚上的事，想必李公公也清楚，雖然我即將嫁入東宮，但初來乍到，對後宮並不熟悉，想煩勞李公公指點一二。」

李延壽一聽，笑得眼角的皺紋更深了些。「這個好說。其實，您只要先了解幾位主子便夠了。

「這第一嘛，自然是太后娘娘，但太后娘娘長年禮佛，深居簡出，很少過問後宮之事，都是皇后娘娘操持。皇后娘娘是薛太尉的女兒，薛太尉在朝中的地位，就算小人不說，想必您也心中有數。」

寧晚晴點了點頭，問道：「那薛大姑娘是？」

李延壽笑著回答。「薛大姑娘是皇后娘娘胞弟，也就是薛弄康將軍之女。」

寧晚晴會意，薛顏芝上有皇后這個姑母，下有薛太尉這個祖父，自己的父親還執掌鎮南軍，怪不得如此囂張，連太子妃之位都敢妄想。

不過，以薛顏芝的門第，若是靖軒帝沒有為她與趙霄恆賜婚，說不定趙霄恆真有可能娶薛顏芝。

李延壽在後宮浸染多年，見寧晚晴問起薛顏芝，以為她介意薛顏芝欽慕太子的事。「寧二姑娘大可放心，薛家大姑娘欽慕太子殿下多年，但太子殿下一直未給回應，想必殿下心中更看重與您的婚事。」

寧晚晴斂起思緒，笑道：「公公說笑了，我不過隨口問問。對了，聽聞殿下的母妃早逝，那太子殿下是由哪位娘娘照顧呢？」

李延壽遲疑片刻，道：「珍妃娘娘去世時，殿下才十歲，官家有意為他擇一位娘娘為母妃，殿下卻拒絕了，寧願一個人住在珍妃娘娘的居所裡，不肯出來。為了這事，官家可是發了好大的火呢。」

寧晚晴有些意外。「可是，殿下不是十四歲才被封為太子嗎？那中間的四年……」

「中間的四年，殿下自己照顧自己，聽聞除了嫻妃娘娘偶爾去看看他，便沒有旁人去過了。」

李延壽似乎不想再多說這件事，端起茶，作勢抿了一口，又放下茶杯。

「寧二姑娘，小人好心提醒您一句，日後入了宮，別的都可以慢慢學，只有一條，務必要記住了。」
「公公請講。」
李延壽一臉認真。「在官家面前，千萬別提珍妃娘娘。」
待李延壽走後，寧晚晴立在門口，靜靜看著下人們收拾宮裡的賞賜。
寧頌見她有些出神，開口問：「晴晴，妳怎麼了？」
「兄長，你聽說過珍妃娘娘的事嗎？」
寧頌回憶一下，道：「我只知道珍妃娘娘在時，集萬千寵愛於一身，曾是眾望所歸的皇后人選。」
寧晚晴自言自語。「所以，若非宋家劇變，現在坐在后位上的人，也許是珍妃娘娘？」
寧頌一聽，連忙拉住她。「隔牆有耳，休得胡言。」
寧晚晴沒再說什麼，想起每次見到趙霄恆的情景。要麼玩世不恭，要麼一臉無辜，要麼溫和敦厚，必然是因為處在極為複雜的環境中，一個人才會生出不同的面具，用以應對不同的危險。
寧晚晴心裡明鏡似的，遇上趙霄恆，做朋友總比當敵人要強。
他們的合作只是一時的，待趙霄恆登上皇位，她便要找機會出宮，瀟灑自由地過日子。
想到這裡，寧晚晴喚來思雲和慕雨。「妳們把我所有的嫁妝清點一遍，將每樣東西編列成冊，一式兩份。給我過目之後，再好生保管起來。」

慕雨笑道：「姑娘，之前您不是嫌東西太多，不願花心思看嗎？」

寧晚晴認真道：「此一時，彼一時。」

《大靖律典》她已經讀得滾瓜爛熟，在大靖，女子的陪嫁之物算是婚前財產，即便嫁了出去，夫家也沒有資格動用；若是和離回家，還能全部帶回來。

寧晚晴看著眼前這一口口箱子，就好像看到了下半輩子的榮華富貴，能不上心嗎？

李延壽回宮之後，逕自去了御書房。

他見御書房的門虛掩著，便問自己的乾兒子李瑋。「誰在裡面？」

李瑋低聲答道：「今日大皇子回來了，似乎是鹽稅的事辦妥，正在旁敲側擊地邀功。」

御書房中，靖軒帝合上大皇子趙霄譽的摺子，道：「這次鹽稅的事，你辦得不錯，可有什麼想要的賞賜？」

趙霄譽低頭拱手。「兒臣為父皇分憂，乃是分內之事，怎敢要賞賜？」

靖軒帝笑了笑，不說話。

趙霄譽頓了頓，又道：「這次兒臣去江南巡查，意外發現一事。」

靖軒帝抬起眼簾。「何事？」

「江南有不少低階武官，已過了天命之年，一不能上陣殺敵，二不能護百姓安穩，卻還領著俸祿，人數之多，實在數不勝數。」趙霄譽一面說著、一面暗自打量靖軒帝的神情。「兒臣覺得，是時候吐故納新了，不知父皇意下如何？」

靖軒帝目不轉睛地看他。「譽兒當真能幹，收了戶部鹽稅，還有閒暇關注吏部的疏漏。」

趙霄譽立即道：「兒臣並非有心參奏吏部，只是擔心那些老邁之人，做不好朝廷交代的差事。」

靖軒帝扯了扯嘴角，眼中卻沒什麼笑意。「譽兒想得十分周到。吏部是時候革新了，容朕考慮考慮。」

趙霄譽心頭一喜。「多謝父皇。」躬身退出了御書房。

門外，李延壽和李瑋見到趙霄譽，依照規矩行禮。

「恭迎殿下回宮。」

趙霄譽面無表情地嗯了聲。「方才怎麼沒見李公公？」

李延壽掛起笑容。「小人奉命去常平侯府送賞賜，剛剛才回宮覆命。」

趙霄譽也笑。「這些跑腿之事都要李公公親自去做，內侍省是無人可用了嗎？」

李延壽不慌不忙地回答。「官家重視太子的大婚，才特意囑咐小人去一趟，小人哪敢推辭呢？」

趙霄譽聽罷，臉色有些不自然，冷冷瞥了李延壽一眼，便拂袖而去。

李瑋忍不住道：「乾爹，咱們和大皇子無仇無怨，他何苦擠對您？」

李延壽面色平靜。「有些人啊，覺得自己天生高人一等。他若是不把咱們當人，咱們也不必把他當主子，明白嗎？」

李瑋點頭。「明白。」

李延壽瞧著趙霄譽的背影，道：「如今的薛家，既有薛太尉，又有薛將軍，女兒連后位都坐上了，還敢討賞？你記住，過滿則溢，千萬別學他。」說完，進御書房伺候。

李瑋低頭應是。「兒子受教。」

李延壽走進御書房，沒兩步，就聽到啪的一聲。

靖軒帝面色慍怒，平日最愛用的茶盞碎了一地。

他冷冷看向李延壽，幽聲道：「不過天命之年，便垂垂老矣，萬事不堪了嗎？」

李延壽面色變了變，忙道：「官家是萬歲，如今還未到百歲，怎能稱老？說這話的人，簡直是大逆不道！」

靖軒帝面色稍霽，重新坐下來。

李延壽急忙上前收拾茶盞。「官家這是怎麼了？誰這麼大膽，惹您生氣呀？」

靖軒帝冷笑一聲。「牢牢控制戶部還不夠，又想對吏部伸手，當大靖是他們的嗎？」

靖軒帝沒說是誰，李延壽卻明白了，笑著安慰。「大靖自然是官家的，官家願意分給誰，就分給誰，哪能容旁人來討呢？」

靖軒帝聽罷，忽然掃了李延壽一眼。

李延壽忙道：「小人失言，還請官家恕罪。」

靖軒帝長眸微眯，沈思片刻後，道：「宣太子來。」

一刻鐘後，趙霄恆到了御書房。

他一臉恭順地向靖軒帝請安，便安靜地立在房中，一言不發。

靖軒帝一面翻閱手中的摺子、一面道：「可知朕喚你來，所為何事？」

趙霄恆沈聲道：「回父皇，兒臣不知。」

靖軒帝說：「你大皇兄回來了，鹽稅的事情辦得很周到，你見過他了沒有？」

趙霄恆微微訝異。「恕兒臣消息閉塞，還不知道大皇兄回來了。等等兒臣便去探望大皇兄，順便請教請教他，鹽稅的事情是如何辦的。」

靖軒帝聽罷，點點頭。「鹽稅之事了了，但近日又有一事，讓朕有些頭疼。」

趙霄恆問道：「父皇為何事憂心，不知兒臣能否幫得上忙？」

靖軒帝將吏部的情況複述一遍。

「那些老邁之人，為朝堂奉獻大半輩子，若是貿然裁減，只怕會寒了他們的心；若是不處置，新人又沒有機會。你覺得，該如何是好？」

趙霄恆沈吟片刻，答道：「兒臣以為，可以嘗試革新武官考察制。」

靖軒帝一聽，立時來了興趣。「如何革新？」

「回父皇，以往的武舉考試，皆是考一次，保終身，若不跟蹤考察，很可能有所鬆懈。且不少武官是靠著蔭補入朝，本就不是武舉人出身，而每年的功績考評，又極少直接考察武官，久而久之，便容易有漏網之魚。

「若是每年考察現任武官，既能篩選出那些不適合之人，予以勸退，又能選賢任能，不知是否值得一試？」

靖軒帝面上不辨喜怒，審視著趙霄恆。「這法子是什麼時候想到的？」

趙霄恆不慌不忙道：「兒臣不能未卜先知，如何能提前想呢？不過是受了父皇啟發，一時興起。」

靖軒帝有些意外。「朕的啟發？」

趙霄恆頷首，淡笑著回答。「方才父皇說，不想寒老臣的心，說明父皇體恤臣子，同時又想選拔新人，自然得給新人展現身手的機會，故而兒臣想到了這個折衷的法子。」

趙霄恆態度謙虛，微微低頭而立，似是不敢看靖軒帝。

靖軒帝唇角勾了勾。「不錯，近來有些長進。」

趙霄恆忙道：「多謝父皇誇獎。」

靖軒帝輕輕嗯了一聲。「吏部這件事，便交給你去辦吧。」

趙霄恆微微一愣，詫異地看向靖軒帝。「交給兒臣？可是，兒臣從未接觸過吏部之事，不如還是讓大皇兄試試？或者四皇弟也可……」

「讓你接，你就接。」靖軒帝的語氣不容置疑。「鹽稅之事已經夠老大忙了，老四整日跑得沒影，無心於此。若交給他，朕還不如維持現狀。」

趙霄恆面色猶豫，似是好一會兒才下了決心。「父皇有命，兒臣自當遵從。若兒臣做得不足，還請父皇多多指教。」

靖軒帝說：「你乃當朝太子，當大大方方接管吏部，無須這般畏首畏尾。」

趙霄恆這才微微站直了身子，朗聲道：「多謝父皇，兒臣一定不讓父皇失望。」

趙霄恆出了御書房，于書和福生已經等在一旁。

于書壓低聲音道：「恭喜殿下，得償所願。」

趙霄恆面上卻沒有太多笑意。他要吏部，不過是為了查一個吏部的人而已。

但身旁最擅斷案之人，眼下卻不在京城。

「忠傑何時能回來？」

于書回答。「照殿下的意思，歌姬案釐清之後，小人便寫信捎去南邊，讓他們放了邱長史。但近日雪天難行，信只怕沒那麼快送到南越。」

趙霄恆道：「忠傑流放南越，已有兩個月了吧？」

于書應聲。「是。之前小人去信問過邱長史的情況，南越那邊回覆一切安好。殿下放心，如今歌姬案已了，他們沒有理由再拘著邱長史了。」

趙霄恆點點頭。「知道了。」

第二十四章

趙霄恆繼續向前走，迎面遇到了兩位官員。

為首那位年近半百，身著緋色官袍，生得微胖，故而走起路來有點大搖大擺的架勢。

他一見到趙霄恆，滿臉堆笑地走過來。

「微臣參見太子殿下。」

他身旁還跟著一位清瘦的官員，看著約莫四十來歲，也跟著欠了欠身。

趙霄恆溫和地點頭。「溫大人和田大人是去覲見父皇嗎？」

禮部尚書溫喻笑道：「不錯，最近禮部正在為殿下籌備大婚，如今大婚的安排已定，昨日呈了摺子給官家。」

趙霄恆也笑。「孤已看過，安排得十分用心，不知是哪位大人主導？」

溫喻不假思索道：「這都是微臣分內之事。」

趙霄恆掃了站在旁邊的禮部侍郎田升一眼，見他安安靜靜低著頭，一言不發。

趙霄恆問：「這安排哪裡都好，只是有一處，孤頗有疑慮。」

溫喻連忙道：「殿下請講。」

趙霄恆說：「如今西域動盪，常平侯無法回京；而西域與北疆接壤，孤的仲舅鎮國公亦無法分身。接親、迎親之時無長輩牽引，是否不符禮法？」

溫喻愣了下。「鎮國公不歸？」

趙霄恆長眉微挑。「不錯，之前吏部派人來東宮議事時，孤便說過了。怎麼，溫大人忘記了？」

溫喻頓時有些尷尬，賠笑道：「近日事多，一時記岔了。」看向田升。「此事是如何安排的？」

田升這才緩緩開口。「殿下請勿擔憂，此事微臣已徵得官家允許，屆時常平侯府由寧將軍暫代長輩一職；而殿下是儲君之尊，就算無長輩牽引，親自迎太子妃入宮，亦是可行。」

趙霄恆唇角微揚。「那孤就放心了，可惜常平侯和舅父都不能回京，無法當面觀禮。」

田升又道：「微臣請了御用畫師，屆時會將殿下大婚的場景畫下來，分別送去北疆與西域，讓鎮國公與常平侯一賞大婚盛況，喜餅和賀禮也將悉數送達。若殿下還有什麼需要的，也可一併交代微臣。」

趙霄恆看著田升，露出滿意的神色。「田大人心細如髮，辦事妥貼，孤的大婚交到你手上，萬事放心。」

田升聽罷，生出一絲惶恐。「殿下過獎，這都是溫大人指導有方。」

趙霄恆打量田升一眼，沒再說什麼，笑了笑便離開了。

待趙霄恆走後，溫喻面色不悅地瞥向田升。

「田大人，看不出來啊，將自己女兒嫁給二殿下當側妃還不夠，如今二殿下倒了，便趕來攀附太子殿下了？」

田升面不改色。「下官不過克盡職責，太子大婚乃禮部重中之重的事，萬一出了紕漏，下官承擔不起，故而格外謹慎些。」

溫喻不屑地笑了。「最好是這樣。人得清楚自己的位置，若是起了不該起的心思，選錯了路，只怕是荊棘滿布，會走得鮮血淋漓。」

田升面色難看，卻沒有反駁，低低應了一聲。

從御書房出來後，天色徹底暗下。

方才溫喻被靖軒帝耳提面命好一會兒，出了門，遂忍不住打了個哈欠。

「方才官家交代的事，你都記下了？」

田升回答。「是。」

溫喻點點頭。「那你回去改吧，改好了明早給本官過目。」

田升怔了下。「溫大人，官家提出的事情太多，一夜恐怕……」

「一夜改不完，要你何用？」溫喻毫不客氣地掃了田升一眼。「田大人，你別忘了，當年你是如何辛辛苦苦考入禮部的。如今得了禮部侍郎的位置，就想懈懶推託了？」

田升面色白了白。「下官不敢。」

溫喻笑了。「好，那此事便交給你了。」說罷，頭也不回地離開。

田升面色慍怒地盯著溫喻的背影，敢怒不敢言。站在原地，平靜好一會兒之後，才邁出了腳步。

田升沒走出幾步，便被一個侍衛攔住去路。

田升詫異，定睛看去，竟然是太子殿下的親信。

「于侍衛？」

于書淡笑。「田大人，又見面了。」

田升打量于書的神色，知對方是故意在這兒等著他。

他性子耿直，忍不住問道：「于侍衛來找本官，有何貴幹？」

于書道：「殿下回東宮之後，又看了一遍禮部呈上來的大婚安排，越發覺得田大人才幹卓著。可惜禮部一直論資歷排輩，害得田大人沒有嶄露頭角的機會。」

田升聽了，神情複雜起來，但片刻之後，便定了定神。

「殿下過獎了，微臣不過是食君之祿，擔君之憂，沒有想過要木秀於林。」

于書唇角彎了彎。「田大人不想，不代表旁人也這麼想。若是溫大人相信您，就不會處處打壓您了，不是嗎？」

田升面色僵了僵。「殿下到底想做什麼？」

平日他與趙霄恆並無交集，少數幾次交談，都是為了政務。

田升思索一下，臉色變了，開口解釋。「麗妃娘娘和二殿下雖然謀害太子，可微臣事先並不知曉，還望太子明鑑。」

于書道：「田大人不要誤會，殿下是非分明，不會遷怒無辜。殿下讓小人傳話給田大人，是因為惜才，不願讓明珠蒙塵罷了。」

田升半信半疑地看著于書。「此話當真？」

于書鄭重點頭。「不錯。殿下還說，如果田大人遇到困難，儘管差人去東宮找他。若有他幫得上忙的地方，一定義不容辭。」

于書說完，對田升恭敬作揖，便離開了。

田升沈思一下，突然想起一事，急忙轉身，向宮門走去。

田升出宮後，並沒有直接回府，而是讓車夫將他送到城西的長街。

長街上人群熙攘，夜市裡也是沸沸揚揚。

田升坐在馬車上，小心翼翼地撩起車簾，目光梭巡過路邊的招牌，彷彿在尋找什麼。

他瞧見一家食肆，連忙招呼車夫停車。

下車之後，田升左顧右盼，檢查一番，確定沒有人跟著他，才匆匆入了食肆，逕自上了二樓。

侍女小若已經在二樓樓梯口等了許久，見到田升，立時激動地迎上去。
「老爺，您終於來了！」
田升步履不停。「今日事多，耽擱得晚了。柳兒在哪裡？」
小若將田升帶到一處雅間門口。「姑娘就在裡面，不過……」話說到一半，欲言又止。
田升生出不祥的預感，二話不說，推開了門。
「柳兒，父親來了。」
田柳兒孤零零地坐在雅間中，聽到田升的聲音，轉過身來。
田升定睛一看，身子僵住。
「柳兒，妳這是怎麼了？」
雅間裡燈火昏暗，本就不能完全看清人的面容，田柳兒卻還戴著面紗，眉宇之間的愁色，一點也遮不掉。
見田升進來，田柳兒不由按住面紗，福了福身。「女兒見過父親。」
田升問她。「為何戴著面紗？」
田柳兒避開田升的目光，低聲道：「殿下不讓我出來，只能避人耳目。」
田升緊盯著她。「這兒沒有外人，取下面紗吧，讓父親好好看看妳。」
田柳兒聲如蚊蚋。「父親還是別看了。」
田升最是了解自己的女兒，田柳兒性子溫順乖巧，受了委屈也會往肚子裡吞。見她不肯說，表情更是擔心。

「妳若還把我當父親，就說實話。到底發生了什麼事，為何會突然送信找我見面？」

小若勸道：「姑娘，事到如今，您就別瞞著老爺了。」

田柳兒猶豫一下，輕輕嘆了口氣，抬起手，緩緩摘下面紗。

田升瞧見她的臉，倒抽一口涼氣！

原本嬌美白皙的臉蛋上，現在紅腫起來；右邊的脖頸下，還有一道寸許長的血痕，看著十分駭人。

田升怒氣填胸。「他又打妳了?!」

田柳兒紅了眼，偏過頭去，算是默認了。

田升氣得渾身發抖。「畜生！妳好歹是官宦人家的女兒，他怎麼敢！」

田柳兒聽了，心中的委屈一陣陣翻湧，忍不住抽泣起來。

小若憤憤不平道：「老爺，麗妃娘娘謀害太子，被打入冷宮。二殿下亦是幫凶，如今被官家冷落，要趕他去東海的荒蕪之地剿匪，他便將所有怒氣發泄在姑娘身上。姑娘不只臉上有傷，連身上也沒有一處好皮肉。」

她一把拉起田柳兒的手，衣袖滑落到手肘，田升便見到三、四塊瘀青，心頭驟痛。

「柳兒，妳怎麼不早些告訴父親！」

田柳兒哭著搖頭。「如今我是二皇子府的人，就算告訴父親，除了給您徒增煩惱以外，還有什麼用呢？」

田升目不轉睛地看著田柳兒。這段日子，她本就瘦得脫了相，如今雙肩微聳，看起來更是瘦骨嶙峋，讓人心疼萬分。

田升啪的打了自己一巴掌。「都是父親沒用！」

田柳兒嚇一跳，連忙攔住他，泣不成聲。「父親千萬別這麼說，都怪女兒自己不聽話。當初我若聽父親的，少出門，多待在府中，便不會被二皇子看上，更不會被他強娶。」

田升眼眶猩紅。「不，是父親的錯，父親沒有護好妳。當初，二皇子說想娶妳當側妃，這側妃說來好聽，但不就是個妾室嗎？日子過得好不好，不但要看丈夫的人品，還要看主母的器量，父親心中是一萬個不願意。

「二皇子見我不答應，便私下找溫喻幫忙。溫喻這無恥小人，得了二皇子撐腰，便處處排擠我，想將我趕出禮部……」

田升滿臉悔恨。「都怪我，當時不該妥協。若非如此，如今妳也不會吃這麼多苦。」

田柳兒擦了擦眼睛。「父親切莫自責，我們田家在京城毫無根基，能有今天的日子，全憑父親的努力。換了誰，都不可能輕言放棄。」

田升道：「是父親不好。明日我便上書一封，向官家稟明原委，請他為妳作主。」

田柳兒默默搖頭。「官家哪會管這種小事，若鬧得人盡皆知，也對父親官聲有損。」

田升跟了靖軒帝多年，知道他有多重視聲譽。二皇子被貶，他又去參奏，只怕會被靖軒帝當成落井下石之人。

田升嘆氣。「孩子，當真是委屈妳了。」雖然不甘心，也只得強迫自己平了胸中的怒氣，拉著女兒重新坐下。「今日妳急著找我，可是出了什麼事？」

田柳兒沈默片刻，道：「二皇子將啟程去東海，但他只會帶白心蕊去，想讓我留在京城，照應麗妃娘娘。雖然麗妃娘娘被打入冷宮，但官家並未禁止探視，只要給足銀子，我去探視，冷宮的太監也是睜一隻眼、閉一隻眼。

「可是，麗妃連到了冷宮都不安分，今日對我說……」田柳兒面色越發發白。「讓我在太子大婚那日，趁著眾人不注意，在新房裡放一把火，徹底毀了這場聯姻。」

田升渾身一震。「她瘋了?!」

田柳兒道：「我也覺得她是異想天開，但麗妃說，官家之所以沒有直接置她和二皇子於死地，是因為還有別的考慮。

「官家最重制衡之道，原本是大皇子、二皇子、太子三足鼎立，如今二皇子要被送出京城，若是太子聯姻不成，如同斷了一臂，難以再成氣候。官家不會坐視大皇子和薛家一家獨大，定會重新起用二皇子。如此一來，麗妃和二皇子才有翻身的機會。」

田升聽了，心慌不已，緊張得來回踱步。「麗妃當真是個瘋子！謀害儲君可是誅九族的罪過，她不要命了嗎？」

田柳兒壓低聲音道：「麗妃自然也想到了這一點，所以才讓我去。一來，我與雲姊姊相識，可以此為藉口在大婚當日出入東宮；二來，萬一我失敗了，她和二皇子大可保住自身，畢竟他們一個在冷宮，一個在東海，權當是我為夫報仇。」

「荒唐！」田升氣得胸口起伏。「且不說這事有多大逆不道，這麼危險的事，憑什麼讓妳去做？」

田柳兒沈默一下，道：「麗妃說，若是我成功了，她立即修書一封，讓二殿下與我和離，放我自由……」

田升怔住。

即便二皇子被逐出京城，但田柳兒還是他的側妃，只要他一句話，她便得乖乖地從京城趕去東海，任由他折磨。

這一次，或許是田柳兒能離開二皇子的唯一機會。

田升凝視自己的女兒。「妳答應了？」

田柳兒垂下眼瞼，搖搖頭。

「雖然女兒很想離開二皇子，但雲姊姊與我自幼一起長大，寧二姑娘是她的小姑子，看起來感情甚好，我實在是不忍心。

「況且，之前我被二皇子逼迫，上常平侯府求情，即便寧二姑娘知道我是仇人之妾，卻並未因此而為難我，我又怎能以怨報德呢？」

小若聽罷，忍不住道：「姑娘，那您自己怎麼辦？眼下二殿下還不知道麗妃的主意，若他知道麗妃有此一計，您卻不肯聽從，一定不會放過您的。」

田柳兒悵然一笑。「也許，這就是我的命吧。」

田升覺得心頭被壓了一塊大石，沈甸甸的，讓人喘不過氣來。

他沈默許久，才緩緩道：「答應她。」

田柳兒愣住。「父親?!」

田升目不轉睛地看著她，認真道：「妳答應她。剩下的，交給為父。」

第二十五章

二月初二龍抬頭，是一年之中最重要的吉日，太子大婚也將在這天舉行。京城許久沒有喜事，到了這一日，處處張燈結綵，裝飾得喜氣洋洋。

天還未亮，常平侯府便忙碌起來。

寧晚晴從睡夢中被喚醒，迷迷糊糊地更了衣，再被按在凳子上梳妝打扮。

宮裡安排了一位多子多福的夫人，來為寧晚晴梳頭。

夫人見到未施粉黛的寧晚晴，眼前驀地一亮。「姑娘容姿出眾，若太子殿下見了，定會喜歡不已。」

寧晚晴有禮地與她寒暄兩句，夫人便拿起一把玉梳，一面幫寧晚晴梳頭、一面唱起了梳頭歌。

「一梳梳到尾，二梳舉案齊眉，三梳兒孫滿地……」

寧晚晴心知與趙霄恆的婚約只是一場利益交換，但聽了這悠長喜慶的梳頭歌，不知怎的，有些緊張起來。

黃若雲早就來了，一面盯著裡裡外外的安排、一面照顧寧晚晴這邊，見寧晚晴沒有說話，便走了過來。

「晴晴，想不想吃些東西？今日禮儀繁瑣，等會兒可能就沒有工夫吃了。」
寧晚晴道：「不用，我沒胃口。」
黃若雲打趣她。「依我看，晴晴是緊張了吧？」
寧晚晴輕咳了下。「有什麼好緊張的？又不是第一日知道要成婚。」
黃若雲忍著笑，對寧晚晴道：「好好，嫂嫂不說了。等會兒接親的人要來了，妳先好好準備。」
寧晚晴乖乖坐著，任由下人們七手八腳地打扮她。
一個半時辰之後，寧晚晴在眾人的注視之下，緩緩起身。
她身上的喜服繁複精緻，迤邐曳地；頭上珠冠如雲，華美無雙。轉過臉來，眼波流轉，顧盼生姿。
眾人無不豔羨與讚嘆。
黃若雲看著當初那個柔弱羞怯的小姑娘，變得這般明豔照人，也不禁有些感嘆。
「晴晴當真是長大了。」她拉住寧晚晴的手。「以後的路，妳就要自己走了。但別忘了，常平侯府永遠都是妳的家，我和妳兄長，永遠歡迎妳回來。」
寧晚晴點頭。「嫂嫂，您和兄長一定要保重，我會回來看你們的。」
吉時已到，禮官奉旨迎親，聲勢浩大，寧頌與一干人等在前廳迎接。
寧晚晴在眾人的簇擁下，拜別兄長寧頌、二叔寧遂，連之前鬧過不愉快的寧錦兒，她都笑著點了點頭。

寧錦兒站在弟弟寧祥身旁，縱使再嫉妒寧晚晴，可見她儀態萬千，風姿出塵，心中也不得不嘆服。

寧頌不捨地看著自己的妹妹。「晴晴，兄長祝妳與太子舉案齊眉，相敬如賓。若是受了委屈，千萬不要忍著，一定要告訴兄長，兄長會為妳作主的。」

寧晚晴莞爾。「是，我記下了。」

禮樂聲響起，禮官笑著催促。「太子妃，時候不早，我們啟程吧。」

寧晚晴微微頷首，在慕雨和思雲的攙扶下，一步一步登上了婚車。

婚車駛出常平侯府門前大街，除了御林軍守衛之外，還擠滿了圍觀的百姓。

百姓們見到婚車緩緩駛來，忍不住伸長了脖子，想一睹太子妃的風采。

原本寬敞的街道，如今被擠得水泄不通，婚車僅能緩慢行駛。長街上的御林軍只得舉起長槍，才能勉強擋住人牆，可還是有不少人想往前擠。

寧晚晴坐在婚車中，聽見外面嘈雜不已，思雲藉著半透的雕花窗櫺往外看，嘆道：「人可真多呀。」

慕雨笑嘻嘻地說：「誰讓咱們姑娘生得美呢？自然誰都想一睹為快。」

寧晚晴問道：「今日護送我入宮的是誰？」

思雲回話。「姑娘，奴婢方才問過禮官，說是御林軍統領章大人。」

寧晚晴輕輕嗯了一聲。「妳去同章大人說，請御林軍留意，護衛百姓，切勿造成踩踏、傷亡。」

思雲應是，出了婚車。

章泱與禮官並肩而行，聽到思雲的呼喚，回過頭來。

他聽了思雲的話，揚聲吩咐。「太子妃下令，眼下街道擁擠，危險叢生，御林軍需優先保證百姓安全，任何人不容有失！」

御林軍得令，高昂地應了聲。「是！」

百姓們聽了，紛紛對這位太子妃心生好感，不再往前擠了。

不知誰喊了一句。「祝太子與太子妃白頭偕老！」

而後，祝福聲便如山呼海嘯般傳來——

「祝願太子與太子妃百年好合，恩愛如初！」

「永結同心，比翼雙飛！」

「祝願太子妃娘娘玉體安康，與太子殿下早生貴子！」

一時間，祝福的話語此起彼伏，不絕於耳，連見過無數大場面的禮官都驚訝了，立即吩咐追加一批賞錢。

婚車沿著長街，朝皇宮的方向行駛，鮮花和賞錢撒了一路。百姓們看足了熱鬧，每個眉開眼笑，當真是一派普天同慶的盛景。

此時此刻，趙霄恆依照禮制，在宮門口等著。他身著九旒九章的袞冕，上衣為玄色，與纁紅色的下裳為配，丰神俊秀，英姿勃發，安靜地立在宮門之下，彷彿是這座古老宮殿的主人。

直到婚車出現在目光中，緩緩向他靠近，趙霄恆平靜的眼眸，才起了些許波瀾。他攥緊拳頭，心跳沒來由快了幾分。

禮樂更加歡暢，婚車在禮部官員的引導之下，穩穩停住。

禮官指引太子上前，趙霄恆便信步走到婚車旁邊。

寧晚晴被喜娘迎下婚車，喜娘笑容滿面地將紅綢的一端交給寧晚晴，另一端呈給趙霄恆。

「姻緣一線牽，恩愛度華年。起——」

皇宮中門大開，豔紅的地衣從宮外一直延伸到宮內。

趙霄恆攜著寧晚晴的手，一步一步向裡面走去，彷彿走上了一條萬事順遂的平坦大道，能將人帶向繁華的終點、權力的頂峰。

趙霄恆依照禮部的安排，帶著寧晚晴拜謁太后、靖軒帝與薛皇后，又在百官見證之下，行了祭禮。

太子為君，太子妃為臣，寧晚晴在禮官的指引下，對著趙霄恆躬身一拜，趙霄恆隨即俯身還禮，完成了大婚儀式。

大婚儀式結束，已經到了傍晚，寧晚晴終於被送回東宮。

她在新房的喜床上坐下，頓時覺得自己累得骨頭都散了，加之一日沒有進食，已有些頭昏眼花。

寧晚晴想取下自己的蓋頭，卻被思雲和慕雨聯手按住。

思雲道：「姑娘不可。所謂蓋頭蓋頭，有著夫妻共白頭的意思，定要等殿下親手來揭，不然不吉利的。」

寧晚晴本想說她並非是真的嫁給趙霄恆，又擔心兩個丫鬟咋咋呼呼，便作罷了。

慕雨見喜娘離得遠，壓低聲音問道：「姑娘，您餓不餓，要不要先吃些點心墊一墊肚子？」

寧晚晴雖然餓得很，但猶豫一下，仍是拒絕了。「哪有剛入新房，蓋頭還沒揭掉就偷偷吃東西的太子妃？莫不是要被人笑掉大牙。」

過了一會兒，外面傳來叩門聲。「皇嫂！」

寧晚晴心中一動。「七公主？」

趙蓁激動地應聲。「是我、是我，快開門！」

寧晚晴連忙讓思雲過去，門一打開，趙蓁便蹦蹦跳跳到了寧晚晴跟前，見寧晚晴頂著蓋頭，遂歪著身子，笑咪咪地從蓋頭縫隙裡瞧她。

「嫂嫂真好看！」

這模樣著實可愛，寧晚晴也忍不住笑了笑。「妳怎麼來了？」

趙蓁道：「太子哥哥讓我來的。」說罷，大聲吩咐。「這裡不需要伺候了，除了皇嫂的陪嫁侍女，其他人都出去吧。」

喜娘與宮女們乖順應下，齊刷刷退了出去。

趙蓁連忙讓思雲把門關上，接著變戲法似的從懷中掏出一包點心。

「皇兄說今日儀式太多，妳一定累了，讓我來告訴妳，不必拘著那些俗禮，餓了就吃些東西，累了便早些睡。」

寧晚晴聽了這話，便抬手揭掉了蓋頭。

這一次，思雲和慕雨想攔也沒攔住。

寧晚晴大大方方地接過點心，小口吃了起來。「沒想到妳皇兄還挺講義氣。」

趙蓁愣了愣。「講義氣？」

寧晚晴連忙改口。「我的意思是說，他挺會疼人的。」

趙蓁小聲道：「太子哥哥平日性子很好，還有些人覺得他好欺負。但是生氣的時候，是很可怕的。」說完之後，立即補了一句。「千萬別告訴他是我說的。」

寧晚晴忍俊不禁。

寧晚晴在房中與趙蓁敘話，趙霄恆則在集英殿裡應酬。

太子大婚，文武百官道賀觀禮，祝頌、敬酒的官員絡繹不絕，趙霄恆領著一幫東宮屬臣應接。

于書和福生跟在他身後不遠處，福生小聲嘀咕。「這些人變起臉來可真快！之前殿下捲入歌姬案，他們一個個要麼明哲保身，躲得遠遠的；要麼落井下石，使勁寫奏摺，想讓官家廢黜咱們殿下。如今見殿下大婚辦得體面，便知道了殿下在官家心中的分量，又趕緊巴巴地湊上來，真是不要臉。」

于書低聲提醒道：「小聲些，別讓人聽見了。」

福生哼了一聲，繼續念叨。「聽見了才好呢，必須讓他們那些人知道，牆頭草就是惹人煩！」

福生的話音還未落下，見大皇子趙霄譽走過來，連忙噤聲。

趙霄譽無甚表情道：「還未恭喜太子，雙喜臨門。」

趙霄恆飲了不少酒，原本蒼白的面上多了一絲血色，語氣溫和地笑著。「皇兄何出此言？」

「太子不必再裝了，你騙得了別人，卻騙不了我。」

趙霄譽目不轉睛地盯著趙霄恆，接著十分篤定道：「你將老二趕出京城，就是為了他手中的吏部吧？」

趙霄恆微微一愣，忙道：「皇兄誤會了，趕二皇兄出京城的不是孤，而是父皇。你也知道，孤平日裡閒散慣了，實在不想理吏部那一攤事，是父皇覺得孤缺乏處理政務的經驗，這才將吏部塞了過來。」

趙霄恆說罷，一臉誠懇地看著趙霄譽。「若是皇兄對吏部有興趣，不如我去稟明父皇，請他將吏部分給你？」

趙霄譽氣結，冷冷道：「不必了！」將杯中酒一飲而盡，轉身走了。

這一幕落在靖軒帝的眼中。

他獨坐於高臺之上，嘴角勾起若有似無的笑意，隨口問道：「李延壽，你可知道他們在聊什麼？」

李延壽立在一旁，自然知道靖軒帝問的是誰，低聲道：「回官家，隔得太遠，小人實在沒聽見。」

靖軒帝笑著說：「朕猜，是老大不滿老三得了吏部，生氣了。」

李延壽機靈地接話。「官家英明。怪不得方才大皇子面色不怎麼好，原來是因為這事，果然什麼都瞞不過官家的眼睛。」

靖軒帝笑了笑，語氣幽幽道：「龍生九子，各有不同。朕有那麼多兒子，你覺得誰最像朕？」

這個問題把李延壽問懵了。

若要論相貌，自然是大皇子更像靖軒帝。兩人的面部線條都較為剛硬，不怒自威。二皇子長相過於陰柔，還帶著幾分風流，氣質與靖軒帝截然不同。

四皇子趙霄凌乃惠妃所出，性格直率，長相俊美，行事隨心所欲，少了幾分儒雅。且他領命在外點兵，連今日也沒能趕回來。

至於六皇子……

李延壽望向六皇子趙霄平，人如其名，學問、武藝皆是中庸之才，連長相也是平平無奇，沒有什麼出色的地方。在一眾皇子之中，是最不起眼的。

李延壽又看向了太子趙霄恆。不得不說，珍妃容姿傾城，而趙霄恆也完美繼承母親的優點，相貌雖然沒那麼像靖軒帝，卻具天人之姿，更令人見之難忘，站在一眾人中，簡直鶴立雞群。

但他自然不敢這麼說，遂道：「皇子們身分尊貴，全是官家的血脈。小人瞧著，無論哪位皇子，都是極好的。」

靖軒帝瞧他一眼，笑得玩味。「你這老東西，也學會跟朕虛與委蛇了？」

李延壽忙道不敢。

靖軒帝說：「老大精明能幹，這是他的優點，卻也是他的缺點；老二做事不擇手段，能力還欠些火候，這才害了他自己。至於太子……」

他的目光落到正在應酬的趙霄恆身上。「他同幼時相比，變了不少，那股初生牛犢不怕虎的銳氣，如今是看不見了。不過……不知他心中的怨氣，還剩下多少？」

靖軒帝的話一說完，李延壽立即去打量他的臉色。

靖軒帝有些矛盾，一面盼著皇子們歷練成才、一面又忌憚他們擁有自己的勢力，且他對於趙霄恆的心結，又格外深重一些。

李延壽只得安撫道：「從前殿下還小，不懂官家的難處，如今長大成人，自然就明白了官家的苦心。且官家待殿下不薄，他定是感念於心，不然也不會收斂脾性。」

靖軒帝冷哼一聲。「他最親厚的，未必是朕這個父親。他不是還有個舅父嗎？這次大婚，寧暮因西域動盪不歸，宋楚河便也說要顧著北疆，不肯回京，誰知道他們在想些什麼？」

想起宋楚河，靖軒帝的神情立時變得冷鬱了幾分。

李延壽知道，玉遼河之戰是靖軒帝的心病，而宋家劇變卻是宋楚河的心病。

玉遼河一戰過後四年，北僚捲土重來，靖軒帝不得已重新起用宋家在北方的勢力。雖然他重新給了宋家權勢與地位，宋楚河也答應出山，但不代表兩人心中的刺已經拔了。

李延壽不敢隨意答話，道：「官家無須憂心，鎮國公不回來，不是更好嗎？他若是常常回來，勢必影響太子。如今他鎮守北疆，官家卻與太子朝夕相對，言傳身教，孰遠孰近，那是一目了然啊。」

這話說完，靖軒帝的臉色才稍微好些。「還是你會哄人。」

李延壽笑得討好。「小人不過是實話實說。」

這時，忽然傳來一陣瓷片摔碎的聲音。

靖軒帝抬眸看去，只見長公主趙念卿踉蹌不穩地站在殿中，左手拎著一壺酒、右手拿著一只精巧的酒杯。

她對面站著一個面目清秀的年輕官員，此刻正漲紅了臉，尷尬地杵在原地，似乎不知如何是好。

趙念卿妝容明麗，恍若一朵豔色逼人的芍藥，似笑非笑道：「黃大人怎麼如此不禁逗，才說了兩句話，就嚇得連酒杯都端不穩，哈哈哈哈……」

靖軒帝蹙眉。「念卿，不得胡鬧！」

趙念卿聽見靖軒帝的聲音，不慌不忙地回過頭，笑道：「皇兄，臣妹可沒有胡鬧。聽聞這位新上任的大理寺正最擅破案，臣妹便想請他講一講斷過的案子，與臣妹飲上一杯，孰料他竟如此忸怩。」

在文武百官面前，這調笑聲顯得格外輕佻。而被長公主趙念卿調戲的對象，正是黃鈞。

靖軒帝生氣了，道：「李延壽，你去——」

趙霄恆聽見動靜，抬腳走過來。

「父皇，交給兒臣吧。」

靖軒帝見趙霄恆開了口，便沒有再說什麼，點了下頭。

趙霄恆快步走到趙念卿身旁，順勢擋在黃鈞面前，笑道：「姑母，您喝多了。」

趙念卿面色緋紅，不冷不熱地睨他一眼。「怎麼，還敢管你姑母了？」

趙霄恆溫和地笑道：「孤不過是關心姑母的身子。」對身後的黃鈞道：「黃大人也真是的，姑母只是想同你喝一杯，是你太過緊張了。快去喝杯茶，醒醒酒吧。」

黃鈞如蒙大赦，連忙對著趙霄恆和趙念卿作揖，退了下去。

趙念卿見黃鈞走了，頓時意興闌珊，涼涼開口。「沒勁！」

趙霄恆道：「姑母先坐。」引著趙念卿重新坐下。

桌上擺著兩只酒壺，趙霄恆拿起金色那只，親手為她斟了一杯酒。

「姑母嚐嚐，這酒如何？」

方才趙念卿並沒有留意這只金色的酒壺，見趙霄恆滿臉笑意看著她，便不情不願地端起酒杯，輕抿一口。

這酒入口極烈，連趙念卿這般長年飲酒之人，都差點嗆住。而後，清甜的滋味便慢慢爬上舌尖，逐漸散開。待酒滑入喉嚨之後，餘香還在，但又像帶了一絲苦澀，令人悵然若失。

趙念卿從沒喝過這樣的酒，喃喃問道：「這是什麼酒？」

趙霄恆沈聲回答。「這酒名喚『長相思』。」頓了頓，看著趙念卿的眼睛。「是舅父特意差人送回來的。」

話音落下，趙念卿怔住了。

男女相戀，起初熾烈，而後甜蜜，最終卻因因絮果，無疾而終。陷得越深，回憶越重，便活得越痛苦。

趙念卿冷臉道：「這酒有什麼好的？還不如陳年的女兒紅，至少一瓣心香，有始有終。」

她說罷，將那壺酒推遠了些，語氣更是不客氣。「況且，送酒回來有什麼用？你的大婚難道缺酒嗎，他算哪門子舅父？」

趙霄恆道：「舅父是身不由己，姑母別怪他。」

趙念卿面上的酒意褪下，脂粉也淡了不少，更顯得臉色蒼白。

「你這大婚無聊至極，本宮不如回公主府找幕僚聽戲。」

她站起身，貼身侍女竹心立即走過來，扶住了她。

趙霄恆面色平靜，對著趙念卿一揖。「恭送姑母。」

等趙念卿走遠，趙霄恆吩咐福生。「把酒收起來，送到公主府去。」

福生一愣。「殿下，長公主不是不喜歡這酒嗎？」

趙霄恆沒說什麼，只淡淡瞥了他一眼。

福生連忙低頭。「小人這就去安排。」

——未完，待續，請看文創風1221《小虎妻智求多福》2

第351期-2023年終幸福特別企劃

大汪小喵的幸福日記

不論心情晴天或是雨天，天天都想與你作伴，
記錄下我們的相處點滴，未來回味可有意思了吧！

【340期：乖乖】　寶貝兒子ㄚ財　　　高雄／陳org

邁入中年，夫妻倆已不打算生孩子，之前的毛小孩也過世一陣子了，便決定再領養個毛孩子，所以老婆就積極上網看領養資訊，最終在桃園新屋的「浪愛一生」看中了乖乖，於是兩夫妻就在過年連假北上與牠互動。

隨著導航來到了浪愛一生，志工帶我們見了乖乖，果真不負其名，所有的狗兒活潑的到處吠叫奔跑，唯有牠靜靜的看著我倆，隨後志工為牠套上牽繩並將繩子交給我，說可以帶去走走互動一下。互動期間，牠其實都很安靜，一路上尾巴低垂著，並不是很開心的感覺，但我倆討論完，還是決定領養牠了，因牠的安靜在園區顯得特別，其他的狗兒帶回去恐怕會拆家，至於取名更是隨興，我說今天是初四迎財神，那就叫我的寶貝兒子「ㄚ財」吧。

接下來的生活日常就是不斷的教導、磨合，ㄚ財雖有ㄋㄧㄡ、脾氣，曾因為餵藥把牠媽的手咬得腫成麵龜，但其他方面還算聽話。有次ㄚ財過敏了，看醫生打針、改處方飼料，仍是無效且掉毛水瀉，甚至還抓到傷口流血，後來聽老人家說狗狗泡海水皮膚可改善也試了。直到某天去到柴山小秘境的海邊泡澡，兒子跟老婆玩得超開心時，引來一位大姊的關注並介紹了她認識的老獸醫，才診斷出不是因為飲食過敏，而是不斷舔舐所造成的酵母菌感染，後續配合醫生的洗劑，我的乖兒子終於恢復健康啦。

領養兒子也十個月了，之前的習性在努力不懈的教導下已漸漸改掉，不再撿檳榔渣，喜歡與各種動物交朋友，愛散步，出去不牽繩也不吠人，老爸的叫喚和訓話也能聽得懂，但中間的點點滴滴真的細數不完，只能說寶貝兒子ㄚ財，爸爸媽媽真的很愛你，也謝謝浪愛一生救了ㄚ財，讓我們有機會愛牠！

【341期：小藍】　不簡單的你

屏東／林愛媽

發文送養至今只有一人詢問過小藍，卻又不了了之，最後決定由我收留。小藍這半年多來身體健康，食慾也良好，基本上沒什麼狀況，唯一的問題就是牠仍然對人戒心重重，靠近牠還是會對我哈氣、會想攻擊人。最近常常躲到看不見的地方，讓人難以觀察，所以考慮把牠移到三樓更大間的貓房，那邊空間比較空曠，我也比較好觀察牠的狀況。

小藍算是很特別的貓，我自己本身是愛媽，家裡也收留了二、三十隻貓，但很少像小藍這樣過了這麼久還對我抱持很大的敵意，可能流浪太久了，極度不親人，之前幫牠弄藥或是帶去看醫生，也被抓得都是傷口。

即使如此，我並不想放棄小藍，滴水能穿石，鐵杵也能磨成繡花針，哪怕牠只釋出一點點的善意，做媽媽的都不會放棄自己的孩子，期許這孩子的未來不再是黑夜，而是太陽和白雲交織出的美麗藍天。

別走開！這裡也有好事發生

【338期：幼咪】

【344期：肉鬆】

好事一籮筐，除了上述寫文分享的家庭外，這些寶貝們也已成功送養有了新家囉！但礙於版面有限，就簡單告知，並祝福牠們與親愛的家人幸福久久！

請大家一起支持領養代替購買～～

\Hello/ 毛小孩也想去有愛的地方，找家中……

一個剛剛好，兩個很幸福，
只要您有愛心與耐心，歡迎來敲門結緣！

335期：Jen寶

別看Jen寶身體有點不完美，但牠活潑、親人愛玩、愛撒嬌，最愛坐上狗輪椅在戶外行走快跑，元氣滿滿到不時衝過頭導致後腳被輪子卡住，當下牠愣住的模樣，簡直令人捧腹大笑。如此個性不服輸的生命鬥士，十分適合成為您人生的狗老師，快來報名啦！
（聯絡方式：Jerry先生→0932551669 or Line ID：kojerry）

337期：Jimmy

一身乳牛斑紋的Jimmy，親人親狗，不怕生，愛吃不護食，更不會亂吠，妥妥的優良模範生，牠時不時露出微笑，一舉一動頗有明星的上鏡潛質。快來親近帥度零死角的Jimmy，詢問度即將危險破表！
（聯絡方式：Xin小姐→Line ID：0931902559）

342期：班長

視零食為情人的班長，非常親人、忠心、愛撒嬌，一看到零食會乖乖坐好等著，一副垂涎三尺的求餵模樣，非常可愛。若您平時下班後想找伴吃喝，不妨回家找班長這個隨傳隨到的好食友吧。
（聯絡方式：李小姐→0915761172 or serenalee0429@gmail.com）

妮妮

娜娜

343期：妮妮和娜娜

姊姊妮妮，很活潑愛玩，喜歡邊喝水邊玩水；妹妹娜娜，有條特別的麒麟尾，個性呆萌，相對容易緊張、膽小。姊妹倆的個性不太一樣，不過感情非常好。乖巧好照顧的一對姊妹花，歡迎您登門造訪尋寶啦！
（聯絡方式：李小姐→Line ID：dianelee0817）

認養資格：

1. 須同意簽認養寵物切結書。
2. 須同意送養人日後之追蹤探訪，對待寵物不離不棄。

來信請說明：

a. 個人基本資料：姓名、性別、年齡、家庭狀況、職業與經濟來源等。
b. 想認養的理由。
c. 過去養寵物的經驗，及簡介一下您的飼養環境。
d. 若未來有結婚、懷孕、出國或搬家等計劃，將如何安置寵物？

2023年12月出版

夫君別作妖

文創風 1217～1219

縱使枕邊人未來會是權傾天下的家宰，
但是作為書中反派就註定沒有好下場。
讀過原著的她知道投奔主角陣營才能改變宿命，
無奈身為短命炮灰妻，光是保住自個兒小命就是個大難題～～

反派要轉正，人生逆轉勝／霧雪燼

在公堂上，面對原主留下「與人私奔、謀殺親夫」的爛攤子，
只能說自己實在不怎麼走運，一朝穿書就成為反派權臣的惡毒正妻，
這人設也是一絕，一來不孝順公婆，二來不服侍丈夫，三來專橫跋扈。
李姝色心中無語問蒼天，只能跪著抱住沈峭的大腿，聲淚俱下地道：
「夫君，我錯了！我以後再也不敢忤逆你了！一定好好伺候你！」
雖說她急中生智從死局中找到出路，但後面還有個大劫正等著她──
按原書劇情發展，秀才沈峭高中狀元後，就要尚公主，殺糟糠妻了！
為了給自己留條活路，她平時努力當賢妻與枕邊人搞好關係，
本想著日後他平步青雲，當上駙馬能高抬貴手給一紙和離書好聚好散，
孰料，這年頭還有公主流落民間的戲碼，而這反派女配角不是別人，
正是在村中與她結怨、覬覦她丈夫許久的鄰女張素素！
如今死對頭當前，她這元配即使想騰位置出來，人家也未必肯放過她啊，
那不如引導夫君走上正道，抱對主角大腿，再怎麼樣下場也不會差了去～～

文創風 1220

小虎妻智求多福 1

國家圖書館出版品預行編目資料

小虎妻智求多福 / 途圖著. --
初版. -- 臺北市 : 狗屋出版社有限公司, 2024.01
冊 ; 公分. --（文創風 ; 1220-1223）
ISBN 978-986-509-486-7（第1冊 : 平裝）. --

857.7　　112020320

著作者	途圖
編輯	安愉
校對	陳依伶
發行所	狗屋出版社有限公司
地址	台北市104中山區龍江路71巷15號1樓
電話	02-2776-5889～0
發行字號	局版台業字845號
法律顧問	蕭雄淋律師
總經銷	知遠文化事業有限公司
電話	02-2664-8800
初版	2024年1月
國際書碼	ISBN-13　978-986-509-486-7

本著作物由北京晉江原創網絡科技有限公司授權出版

定價290元

狗屋劃撥帳號：19001626

網址：love.doghouse.com.tw　E-mail：love@doghouse.com.tw